U0007768

GOBOOKS
& SITAK
GROUP©

致青春 114

三分野

（上）

耳東兔子　著

高寶書版集團

目錄
CONTENTS

第一章　空降西安　005
第二章　你好，我是向園　054
第三章　曾經少年　105
第四章　闖禍　166
第五章　註定　211
第六章　維護　277

第一章　空降西安

北京機場。

十月深秋，暮色溫潤清透地壓著最後一縷微光。太陽西墜，細草搖頭，斑駁的胡楊林殘葉肆無忌憚地落了滿地，像鋪了條黃澄澄的毯子。黃昏的霧氣，煙波滾滾，機場熙熙攘攘。

向園起晚了，剛手忙腳亂地辦完登機，就收到高中好友許鳶的訊息，隔著螢幕都能感覺到她燃燒的八卦魂。

『Few 神跟那個電競主播蕭蕭公布戀情了？妳跟 Few 那麼熟，這消息妳知不知道？』

『知道。』向園回完訊息，跟服務生要了包洋芋片，剛付款完，許鳶十萬火急的電話就殺過來了。

她抱著洋芋片往貴賓室走，上了手扶梯，才不疾不徐地把電話接起來。

許鳶急不可耐地刺探敵情：『有料？』

「妳怎麼這麼八卦？」她低頭笑。

許鳶眉飛色舞的抱怨：『是你們圈子亂好不好，自從前幾天妳宣布退圈上了熱搜之後，大家都瘋了似的開始搶熱搜頭條。什麼代打啦、出軌啦、家暴啦……我們八卦群眾心也很累的好不好？』

向園遊戲打得可以，她什麼都打，槍策類、塔防對戰類……消消樂也行，包括社群軟體的小程式，她有強迫症，必須把分數打到第一。電競帳號叫Ashers，社群幾百萬粉絲。但就是不參加比賽，也不加入任何俱樂部，不論邀請多少次，她都一一拒絕了。開直播不露臉，還要開變聲器。有人罵她是人妖，罵她長得醜。因為這件事被黑粉罵了很多年。前不久宣布退圈，粉絲都被她氣瘋了。

向園走進貴賓室，笑著拆穿她：「心很累？我看妳看八卦看得很開心啊。」

許鳶是自媒體編輯，因為向園的緣故，手裡掌握的電競圈八卦多如牛毛，但這些不知真假的事她也不敢往自己的社群帳號上寫，只能跟好友過過嘴癮：『蕭蕭真的懷孕啦？』

向園找了張按摩椅坐下，電話夾在耳邊，歪著腦袋窸窸窣窣拆著洋芋片說：「年前就懷了，這時應該快要生了。邀請賽的後臺，Few請吃飯，我們都心知肚明才瞞著。」

許鳶忍不住發出土撥鼠尖叫：『我靠，那蕭蕭是婚內出軌啊，孩子真的是Few的？』

「還有更精彩的。」

『快說快說！』

「Few跟蕭蕭的事，其實她老公都知道，聽說Few幾次去蕭蕭家都當著人家老公的面……」向園顧及到一旁的小孩沒說下去，咬牙含混兩句暗示。

『你們圈子這麼野的嘛？』許鳶覺得刺激，尾音揚到雲際。

「蕭蕭現在光是直播就年入千萬，她老公白領階級，兩人收入這麼懸殊，男人自尊心又強，怎麼可能受得了，本來協議離婚了，結果她老公臨時反悔讓蕭蕭把這幾年的收入都交出來淨身出戶，蕭蕭怎麼肯，兩人就一直拖著不離婚。」

許鳶破天荒表示理解：『其實也怨不上誰，就是不合適。經濟實力不對等，離婚是遲早的事。所以說結婚還是得找門當戶對的，我說妳乾脆聽老爺子的，跟周煜晨結婚算了，反正要找比妳有錢的也很難。』

周煜晨是京城圈內有名的花花公子，換女朋友都不眨眼的。向園瞬間萎了，眼皮悻悻地垂著，不是很想聊下去。

許鳶不依不饒地繼續刺激向園：『反正妳也花，你們在一起誰也不耽誤誰。』

「以後別打電話給我了，漂流瓶聯絡吧。」

聽聲音是真的生氣，許鳶連忙撒嬌：『別啊，我錯了還不行嘛！不過妳到底為什麼退圈呀，總不能是因為那些代打的傳言吧？其實妳跟大家解釋一下……』

「只是單純不想再玩了。當年Down不參加比賽的時候，也沒這麼多怨言，怎麼到了我這就成了代打了。雖然很不願意承認，但現在這個年頭，男人比女人好混多了。」

提到Down，許鳶是久違的。這個名字放在現在，或許有些陌生。但對於她哥那批老《魔獸》玩家來說，這個名字就是神一般的存在。看他打比賽雞皮疙瘩能起一身。不過他很少參加比賽，唯一參加過的一場還是戴著口罩，所有人都不知道他是誰，來自哪裡。聽說很多俱樂部都邀請過他，被他拒絕了。Down只是輕描淡寫地回了一句：「志不在此。」

「不說了，要登機了，掛了。」向園懶洋洋地，欲收線。

許鳶回神，連忙追問：『妳去哪？』

「西安。」

許鳶知道前陣子向園為了拒絕聯姻跟老爺子打賭。當時也是氣昏了頭，當著幾位董事的面，信誓旦旦地拍著胸脯誇下海口，說要將西安那家即將關閉的分公司重振旗鼓。老爺子當時就樂了，小丫頭沒見過世面，什麼海口都敢誇，必須挫挫她的銳氣，腦門一拍，立下賭約——如果她在一年之內能將公司的營業額提升三十個百分點，就算她贏，絕對不逼她做任何選擇。

許鳶是知道的，別說三十個百分點，對於普通公司來說，一年要提升十個百分點都相當困難，老爺子擺明是為難她。結果向園當即應下。

許鳶一萬個不理解，向園給了她一個豪情萬丈的回答——

贏了，摘星攬月。

輸了，下海拍片。

向園掛了電話，她百無聊賴地看著一旁在按摩椅上抖胳膊抖腿抖得正歡的小孩，莫名覺得有點可愛，於是把桌上的零食遞過去跟他分享。

長相標緻的小孩瞥了她一眼，冷漠：「我不吃垃圾食品。」

向園挑挑眉，現在的小孩都活成白骨精了，小小年紀學大人擺什麼撲克臉啊，她伸手過去，輕輕捏了下小孩的鼻子：「要尊重世界上的每一種零食，沒有東西一出生就活該是垃圾，你這樣非常不可愛。知道嗎？」

小孩不服氣朝她做了個鬼臉，略略略……

小孩不是很討喜，向園不太滿意地拍拍他的頭，玩了下消消樂起身去上洗手間。

沒多久，小孩的監護人回來。男人穿著件淺灰色的毛線背心，白色襯衫領子規整地翻在脖頸處，約莫二十七八的年紀，身材修長勻稱，五官是典型的英眉挺鼻，清爽細碎的黑色短髮襯得他臉部輪廓乾淨流暢，是非常英俊且張揚的長相，眼尾處透著一絲不著痕跡的冷淡，正在跟朋友聊天。小孩輕輕拉了下那人的袖子：「哥。」

兩人被打斷，男人低頭瞥了眼，淡聲：「誰給的。」

他真的很冷淡，那眼尾比一般人多了幾分弧度，眼皮顯薄，所以低垂著睨人時，異常沒有情緒，令人生畏。不過也正常，男人在這個年紀，對小孩都沒什麼耐心的。

反正他長得帥，沒愛心算什麼缺點。貴賓室的女孩們毫不猶豫幫他找了個充分的理由。

小孩有點懷恨在心地對他哥說：「是你最討厭的那種女人。」

一旁的朋友笑到抽氣，使勁揉著小孩的腦袋教育說：「徐成禮，你能不能別學你哥說話！還有，我怎麼不知道你哥討厭哪種女人？」

小孩一揚下巴：「就是那種一邊打遊戲還一邊吃零食、還喜歡八卦的倒楣女人，哥，你以後要是找這種女人當女朋友，我就離家出走。」

「你放心，你哥這個畜生要是會談戀愛，我就能跟我女神Ashers結婚。他那張嘴，誰跟他談戀愛誰倒楣。雖然很多女人排著隊想倒楣……」朋友半開玩笑，去勾那人的肩，「但你哥一心想『嫁』入豪門。」

「離家出走？」英俊男人沒理他，而是微微擰眉，似乎有些不高興。整個休息室的人都以為他要開始教訓這個說話口無遮攔的弟弟了。誰知道，他波瀾不興地睨著腳下的小孩，嘴角微揚——

「真是太好了。」

晚上八點，飛機抵達西安。

十三朝古都，厚重的城牆裡掩著無數歲月的嘆息。古城河靜靜流淌著，宛如一條綴滿星光的絲帶，在腳下蜿蜒。出了航廈，秋風獵獵，呼呼作響，要將人生吞活剝。

向園攏緊了衣服領口，在門口等拼車司機。她要去的地方是溧州，沒通高鐵和機場，這個時間只能搭車。

沒多久，司機笑吟吟地領了三個人回來。確切地說，是兩個男人和一個小孩。

向園窩在副駕駛座上玩消消樂拉著衣服帽子擋風，聽見動靜隨意抬頭掃了眼，忽然頓住——是下午那個欠扁的小孩。

一群人拖著行李在等紅綠燈，小孩不是很聽話，臉紅脖子粗地探著身子想闖紅燈。身後的矮個男人根本拉不住，一臉心急、想揍又不敢下手的表情，向園見他眼神發急地四下張望。

直到——

視線裡出現一道高瘦的身影，那人剛打完電話，隔開密麻的人群，將手機揣回口袋裡。沒什麼情緒地低頭掃了作亂的小孩一眼，不耐煩地直接拽著他背後的帽子，毫不客氣地拖回去。

小孩脖子被領子勒得漲紅，嗆咳了幾聲他也不管，緊接著又一臉不爽地皺著眉賞了小孩一個大爆栗：「明天幫你買個保險再闖，你撞死我就發達了。」

是親哥了。

車就停在路邊，不到十公尺遠。向園仰在副駕駛座上，忍不住打量起那人。

男人裡面一件乾淨的灰色毛線背心，白襯衫領子規整，外面敞著一件黑色衝鋒衣外套，帽子鬆鬆垮垮地隨意扣在腦袋上，低著頭傳訊息，看不太清臉，打扮不算精緻，很隨意，是個衣架子。站在人群裡，總顯得有那麼些鶴立雞群。

不光是女人看骨相，男人也看骨相，骨相好，端端正正乾乾淨淨站著，就很吸引人。

男人傳訊息間或會抬頭看下紅綠燈，路燈的餘光攏在他頭頂，有那麼一瞬間，能朦朦朧朧地看見他的臉。

向園的眼睛一亮，來了興致。

下巴硬朗不尖細，很有男人味。下顎線流暢緊繃，接吻一定很棒。

雖然她已經金盆洗手很多年了，但是這種極品還是少見的。

綠燈。

人群不斷往這邊湧，接二連三，魚貫而來。

等人再走近一點，她傻眼了。

雖然這麼多年沒見了，剛才眼拙沒認出來，但這時整張臉完完整整地暴露在燈光下，她想認不出來都難。頭髮仍舊是簡單的碎髮，臉瘦了些。眉目之間的疏離和冷淡比以前更甚，從頭髮絲到腳尖，每一寸都透著不耐煩。鼻梁上那副精薄的眼鏡，莫名添了三分禁欲。

是徐燕時啊。

孽緣啊孽緣。

向園反應很快，在幾人上車之前，她以迅雷不及掩耳之勢抽緊了上衣帽子兩邊的帽繩，臉被埋在裡面，整個腦袋瞬間被包起來。為了掩飾尷尬，她優雅且慢條斯理地幫自己打了個精緻的蝴蝶結。

這動作全程落入司機和那三人眼裡。

除了徐燕時微微抽了抽嘴角，其餘幾人都已經笑瘋。

司機上車還不忘勸她：「小妹妹，冷就多穿點。腦袋包起來幹什麼。大半夜的，怪嚇人的。」

「你港咩，我母雞啊。」

向園決定用她貧瘠的廣東話裝死。

車上所有人：「……」

夜幕沉臨，路燈層疊亮著，乳白色的光暈像是蓬鬆的棉花糖。車窗外道路兩邊的夜景是出人意料的繁榮。

手機在口袋裡狂震，向園掏出來，扒著帽縫看，司機又被她逗笑，向園已經自暴自棄了，反正不能讓徐燕時認出她。

許鳶：『妳真的去西安了？瘋了？妳不打遊戲了？妳去上什麼班啊？』

許鳶：『我跟妳說現在車用導航的市場本來就不好，大家都用手機導航又快又方便，去年就死了很多家同類公司了，妳去了能改變什麼？妳忘了妳大學學什麼啦？播音主持啊！』

許鳶：『聽話，買機票回來，跟老爺子認個錯。』

向園：『妳還記得徐燕時嗎？』

許鳶：『記得啊，當初跟妳鑽小樹林被抓那個？』

向園默默望了下車頂，這麼說好像也沒錯。

許鳶不依不饒地將她的家底刨了個乾淨：『妳忽然提他幹什麼，他後來轉學了吧？當初要不是因為他，妳也不會和封俊分手了。妳說妳這個紅顏禍水，一邊跟封俊談戀愛，一邊勾引人家好兄弟，害得人家兄弟都做不成，徐燕時也是夠渣的，好朋友的牆腳他都撬！說！你們那晚在小樹林到底幹了什麼！』

她為什麼要提起這個話題。

她跟徐燕時的孽緣不是三言兩語能解釋清楚的，當初發生小樹林那件事她承認她有錯在先，是她威逼利誘把人騙去小樹林，但她絕對沒做對不起封俊的事，他們是清白的。她當時忍辱負重跟老師承認他們早戀也是為了他的前途著想，沒想到，他非但不領情，還說她臉皮厚如城牆，不要的話可以貢獻給國家拿去研究新型防彈衣一定會有收穫。

徐燕時罵她不要臉，傻子都聽出來了。這是原話，向園一字不差記了十幾年，可見有多討厭他。

想到當時那森冷的語氣，向園後背一涼，默默地把衣服帽子上的蝴蝶結打成了死結——絕對，不能被他認出來。

誰料，後座上有人發出三聲震耳欲聾、響破車頂的哀嚎：「啊啊啊——！」

向園正在打死結的手嚇得一抖。

徐燕時原本盯著窗外的視線也被他吼回來了，向園抬頭看後視鏡，他大喇喇敞腿靠在椅背上，斜睨著一旁的高冷，一臉「你有事嗎」的不耐煩表情。

矮個男人叫高冷，一個跟本人背道而馳的名字。

高冷哭喪著臉：「我才出國一週，女神 Ashers 就宣布退圈了！社群也關了，以後看不了她的直播了……嗚嗚嗚嗚太難過了，你請我吃宵夜吧？」

Ashers？

向園勾勾嘴角，心情總算亮敞了些，慢悠悠地打回優雅的蝴蝶結，佯裝若無其事地低頭滑手機，由衷感嘆，粉絲太多，她要反省反省。

她又用餘光瞥了徐燕時一眼——小樣，你也有被我迷倒的一天。

完蛋，她又有回歸的衝動了。

冷靜。

「不請。」

這男人真是把冷酷無情發揮到極致，向園忍不住想笑，聽到下一句，她又笑不出來了，因為徐燕時非常不友好地推了推鼻梁上薄薄的眼鏡說：「她每次直播都開變聲器有什麼好看的，徐成禮每次都以為你在看一隻會說話的老母雞線上表演敲鍵盤作業都不肯寫了。」

向園難以置信地倏然抬頭，目光透過帽縫看向後視鏡裡，牢牢鎖定那兩個人。

帽下的整張臉，僵硬得像一塊剛從冰箱裡拿出來的巧克力。

她再次勸自己冷靜。

下了車你們就不會再見了。

原諒他。

說實話，高冷知道這畜生不看直播也不玩遊戲，活的跟廟裡的菩薩似的，剛想跟他開杠。結果向園猝不及防地抬頭把他嚇得不知道要說什麼了，畢竟一個腦袋全包、看不清臉，黑洞洞的帽縫裡也看不見任何皮肉，就像一個外星人一樣的人坐在前面突然對你展開死亡凝視，後背不涼心裡不發毛那是不可能的。

直到向園重新低下頭。高冷才哆哆嗦嗦地找回自己的聲音：「你你……怎麼能這樣說我女神的聲音呢，我本來還以為你是正經人，你太猥瑣了！」

他一邊說，一邊還拿小拳拳搥了下徐燕時的胸口。徐燕時懶得理他，直接把他的手擋開，眼皮都懶得掀視線仍落在窗外，聳了聳被高冷扯得亂七八糟的外套，眼神輕輕一佻，表示不想跟你扯蛋，滾回去看你的《粉紅豬小妹》。

出發前，高冷在 iPad 上下載了《粉紅豬小妹》，原意是給徐成禮看，徐成禮哪肯看。高冷不想浪費，豈料隔壁座位上的三歲小孩目光垂涎地盯著他看，於是兩人就在飛機上親親密密地看了三小時。

安靜片刻。

向園聽見高冷回過神又問：「你剛剛為什麼拿中指推眼鏡？鄙視誰呢？」

「……」

真是個敏感又善於捕捉蛛絲馬跡的男人。

徐燕時仍是懶懶散散地靠著後座椅，半死不活地說：「你回去問一下你爺爺，為什麼用中指滑手機，是食指不夠細，還是大拇指不夠長？」

高冷：「……」

車裡靜了半晌，高冷劈里叭啦按了一串手機後，把手機塞回口袋裡，哼哼唧唧地說了句：「我已經把剛才你說Ashers是老母雞的事上傳社群了！馬上就會有腦殘粉來攻擊你。」

高冷也就這麼一說，他的社群幾乎沒什麼粉絲，觸及率個位數，完全不擔心會有人看見。徐燕時完全不理他，反正他也不玩社群和遊戲。

倒也不是澈底杜絕，社群他也有，高冷也關注了，不過沒發過什麼內容，他是連動態都不怎麼發的人，遊戲也真的沒見他打過，高冷嘲笑他擁有高智商大腦卻是個手殘，老天爺還是公平的。

不像他，長得雖然抱歉了點，好歹擁有了「上帝之手」。

高冷喋喋不休：「你別小看了這些粉絲，Ashers的粉絲真的瘋狂，我記得當初有個男粉為了追她，直播禮物送了幾百萬。你猜她怎麼了？」

徐燕時遞過來不感興趣的一眼。

高冷無視，繼續說：「人家第二天就把這幾百萬全捐了，還曬了捐款記錄，發文說，不用給我禮物，不缺錢。」

徐燕時又遞過來一眼。

高冷笑嘻嘻地去勾他的肩：「聽到是富婆，是不是心動了？」

「沒你這麼缺錢。」徐燕時冷笑著扶眼鏡，「下個月的錢記得準時還。」

「別這樣……」

向園當時發完那篇貼文，所有人都傻眼了。一個不打比賽直播也不要禮物的遊戲主播居然說自己不缺錢，那時候大家是真的信她之前說自己打遊戲只是消遣的話了。

高冷嘆了口氣：「欸，真不知道以後哪個男人能娶 Ashers，上輩子簡直就是拯救了宇宙。不過我們這麼缺錢的男人就別想了，人家要找也不可能找我們的，社會還是很現實的，有錢人得找更有錢的，誰也不想當扶貧戶啊。」

徐燕時終於轉頭看他，表情莫名誠懇：「你認真的樣子，真的很……」

「迷人？」

「像天橋底下貼保護膜的王大爺。」

「……」

向園怎麼也想不到，自己有一天會在社群上搜尋關鍵字「Ashers 母雞」。

更沒想到的是，居然多到滑不完。她真是又氣又想笑，最後還是強壓下亂竄的火氣精確了一下搜尋關鍵字——「Ashers 會說話的老母雞」。

居然真的搜到了，她順藤摸瓜地找到了高冷的社群帳號——@高冷是你大爺。

——『老大今天又毒舌了，他居然說我女神 Ashers 開直播的時候就像一隻會說話的老母雞線上表演敲鍵盤，大家別衝動，我已經拿小拳拳搥他了。』

——『老大到底是什麼生物啊，為什麼他解演算法那麼快啊！嫉妒的小火苗控制不住了。』

——『跟老大開會的時候，你只要觀察他是用中指推眼鏡還是食指推眼鏡，就能知道他是否贊同你的 idea。我可真機靈。』

這篇文下面還有人留言：『道理你都懂，可你還是無法獲得老大認可。』

高冷回了個加油的表情符號，『我總有一天會獲得老大的認可的。』

向園都有點心疼這孩子了。她正興致勃勃地把高冷關注的人都找了一遍，結果司機忽然把車停在路邊自己下了車。

身後高冷腦中警鈴大作，緊張兮兮地抱住一旁的冷漠男人：「我靠，不是遇上黑車了吧？我上次聽老楊他們幾個講，拼車回來被司機宰了，停在半路不加錢就不肯走。沒那麼倒楣吧？」

徐燕時嫌棄地把人拉下來，仍是那副死人臉：「那就走回去，天亮就能走到了。」

高冷罵：「靠，你不考慮我也不考慮一下小孩子好不好……」隨後，他狐疑戰兢地瞥了前面包得嚴嚴實實的向園一眼，小聲在徐燕時耳邊嘀咕：「你說這個人把臉綁那麼緊會不會跟司機是一夥的？」

「可能是吧。」徐燕時終於不動聲色地往她這邊瞥了一眼。

向園惡作劇心頓生，罪惡的小火苗如烈火熊熊燃起，她猛地一轉頭，對著高冷陰森森地笑了笑，雖然他看不見，但是演戲嘛，情緒得到位。她專業播音主持，各種聲線信手拈來，以前沒事的時候還幫一些著名的廣播劇作品配過音。除了書讀不好，亂七八糟的事情她都幹得有模有樣的。

「黑車？」向園壓低嗓音，「你想多了。」

高冷正要長舒一口氣，又聽她道：「我們是打劫的。」

「打打打打打……打劫？」

一聲尖銳刺耳能劃破黑夜卻又後知後覺的尖叫。

然而向園的「劫色」還沒出口，四人就被趕下車了，司機說爆胎了，叫了救援，讓他們自己再找車。

向園打量一下四周，黑漆漆一片，樹木光禿，連片殘枝敗葉都沒有，比她去年去甘肅的無人區還荒涼。她看了那個站在路邊穿著衝鋒衣的男人一眼，表情懨懨，並不是很想下車。

在司機的再三催促下，向園硬著頭皮摸索著下了車。

徐燕時他們已經叫到車了，高冷看見向園摸摸索索跟盲人學步似的下來，雖然這女生包著頭古古怪怪的，剛剛還嚇自己，但誰讓他是善良的小天使呢，隨口問了句：「妳要不要跟我們一起？這邊不好叫車，多個人當是分攤車費了。」主要還是想找個人分攤車費。

高冷問完，徐燕時沒說話，低著頭，單手在跟人傳訊息。修長的手指操作飛快，一幅事不關己的冷淡模樣。向園想了想，反正就十幾分鐘路程。她抿著嘴，鄭重地比了個OK的手勢。

「那先加個好友吧，等一下妳把車費轉給我就行了。」高冷調出自己的好友條碼，忙不迭解釋：「別多想，我有女朋友，不是刻意搭訕，或者妳有現金？」

向園當然沒有現金，她翻著白眼把好友加了。

結果她忘了自己的好友名就是本名，高冷這個大傻子還對著手機確認了一遍，「叫向園對吧？」

一旁低頭玩手機的徐燕時，大概是覺得這名字耳熟，向園發現他先是心不在焉地抬頭掃了高冷的手機一眼，然後又下意識看了一旁的她一眼。下一秒，極其冷淡地嗤笑一聲，視線重新回到自己手機上。

向園忍住搥爆他頭的衝動，深吸一口氣，三度勸自己要冷靜。

高冷聽見她細微的吸氣聲：「怎麼了？」

「沒事，帽子有點緊。」向園硬邦邦地說。

高冷笑了下，「誰讓妳把腦袋包這麼緊？怕我們是壞人啊？長得很好看嗎？」

向園悠悠地說：「比你好看一點。」

「那肯定也沒我女神好看。」高冷哼唧。

向園明知故問：「你女神是誰啊？」

「Asshers 啊！人稱在世妲己微波爐。」

向園對自己這個綽號很陌生，自己好像並沒有用過這種ＩＤ？

高冷悄悄湊到她耳邊，「全服第一妲己，聽說是個平胸，所以粉絲親切地稱她在世妲己微波爐。對了，妳玩遊戲嗎？」

「不玩。」

高冷忽然覺得寒風四起，這女孩的聲音怎麼有點陰森森，莫名有點委屈，嘀咕了句：「不玩就不玩嘛，忽然凶什麼。」

「……」

高冷又說：「我老大也不玩。簡直不懂你們這種不玩遊戲的人生有什麼意思。說老實話，我老大這個長相當個遊戲主播月收入過百萬沒問題吧？可惜他手殘。」

「真棒。」向園不自覺說出聲。

高冷聽岔了，「妳說什麼？」

向園：「我說他長那麼帥，要是再像你女神那樣的電競王，還讓不讓人活了。」順帶誇自己一波。

半晌後。

高冷覺得她說的很有道理，若有所思地頻頻點頭——

「那看來 Ashers 真的是人妖沒錯了。」

「……」

滾吧。

高冷到一旁跟女朋友傳訊息：「寶寶，我們快到了。」

向園聽見那邊語音回：『徐燕時呢？』

高冷佯裝吃醋：「妳怎麼老是問徐燕時？他死了。」

一旁的男人仍是專注地盯著手機，頭也沒抬，聞言拿手推高冷的後腦勺，高冷早有察覺，賊兮兮地笑著躲，徐燕時不耐煩，一腳踹在他的屁股上。然後重新扣上背帽看手機，螢幕的光打在他臉上，神情說不出的寡淡。

電話那頭的女人也暴躁了：『韋德那邊的單子又退回來了！你上次出去的那批追蹤器出了問題你知道嗎！老娘幫你擦屁股擦到現在。我功力有限，這個版本的型號早就已經停產了，老梁那邊又把控得嚴，這個型號的高精度板我上哪去找？徐燕時不是跟老梁那邊熟嘛……讓他問問有沒有別的辦法？』

語音撥放結束。

高冷苦兮兮地像條哈巴狗似的看著徐燕時，後者終於從手機中分出點神，淡聲：「讓她把型號傳過來。」

「好嘞，」高冷變臉飛快，如釋重負地立馬打開聊天訊息，「寶寶，老大讓妳傳型號，他應該有路子。」

那邊回得也很快，『行。』

半晌，又一則：『告訴徐燕時，這輩子他是沒機會了，但下輩子請一定讓我以身相許。』說完自己都笑得花枝爛顫。

然而，高冷真的生氣了。

「別以為我不知道妳是什麼想法，開玩笑可以，但這種沒分寸玩笑再開一次我們就完蛋。」高冷臉色難看地對著手機說。

樹風靜立，荒涼蕭條。

向園揹著包安安靜靜立在一旁，雙手插在衣服口袋，仰著被帽子緊緊綁著的腦袋，默默望著稀寥的星辰，嘖嘖嘆息。

她記得高中自己有次讓封俊找他幫忙寫篇英文檢討書，封俊說他不會同意的，向園死活讓他問問，結果沒想到他還真的同意，當時電話裡的口氣也像剛才那樣，冷淡帶著點無奈：『讓她拿過來。』

所以——

他怎麼就那麼喜歡對兄弟的女朋友「下手」呢？

公路邊，北風呼嘯，風聲凜冽，光禿禿的枝椏面目猙獰地立著。山丘上的月，卻跟明鏡似的亮，清透的銀白色月光像是浸在水裡那般涼，遙遙鋪灑著層巒疊嶂的山丘。向園身後是茫茫大戈壁，身邊是兩個冰雕一般的男人。

十分鐘後，車到了。

高冷跟司機確認了號碼後，自顧自地坐上了副駕駛座。

向園被人占了座位，愣了一瞬，眼疾手快地伸著腿抵著車門不讓他關上，咬牙低聲問他：「你搶我位子幹什麼？」

高冷並不理她，非常平靜地問了司機一句：「這是她的位子？」

司機很不給面子，說了句不是。

高冷挑眉，二話不說帶上車門，關門之前，扶著門把面無表情地補了一句：「妳剛剛不是跟我說他挺帥挺喜歡他的嗎？」隨後他把手一攤，請賓上座的意思：「來，VIP黃金席位讓給妳了。」

「……」

黑色的日產Teana四平八穩地駛上路，風景往後倒，一路飛馳，高冷煩躁地玩了幾分鐘手機，「啪」把螢幕一鎖，手撐著腦袋看窗外反思自己現在是不是「拉不出屎還怪地球沒有吸引力」的典型。而且剛剛老大答應幫忙也完全是為了幫他擦屁股。

徐燕時這人嘴雖然毒，說話不愛給人留餘地，得罪的人不少，朋友也不多，但被他真正當作朋友的那些人，大多時候也都非常照顧他們的情緒。說老大不暖嗎？暖。

他的暖可能常人無法理解，至少高冷他們組裡收慣了老大的人參，偶爾冒出一句「吃了嗎」那都是來自世界末日佛地魔式的關懷。

他們是大學同學，感情非同一般。徐燕時雖然嘴上不說，但高冷也知道，自己笨，學東西又慢，很多時候如果不是老大在後面幫他擦屁股他哪能混到今天。

當年上學時其實兩人關係不怎麼樣。徐燕時不太跟班裡人接觸，高冷記得那時他好像在準備保送研究所，整日泡在圖書館裡。因為成績過於優秀，連當時測繪系有名的「鐵面包公頭」包教授逢人就誇這是自己的得意門生。但高冷沒想到，最後兩人居然進了同一家公司實習——維林電子。

維林電子是一家研究車用電子產品的公司，主要做車用導航、定位、追蹤器等方面的設備。早年在行業內很有名，但如今車用導航市場幾乎被GPS壟斷，而維林因為入行早，老產品口碑好，是目前業內僅剩不多的幾家跟國內還有合作的公司。但這兩年來，網路電子、車用智慧市場競爭激烈，維林的市場占比早已不如鼎盛時期，去年連老產品的市場占比都在下降，總部那邊下了通知，如果今年的新產品還是沒起色，會考慮關掉一個分公司，形勢其實相當嚴峻。

而他們測繪這種科系，如果不保送研究所讀博士，成績又不是很優秀的，都會因為受不了測量公司前期實地蹲點的苦，最後轉型做程式設計，IT公司多且雜，工作好找。所以高冷當時能進這家公司純屬是瞎貓撞上死耗子，讓他白撿了一個大便宜。然而他萬萬沒想到，徐燕時最後居然也進了維林。其實以他的條件，完完全全可以保送研究所，再選個衛星定位類的研究方向，多高大上啊。

所以報到那天，高冷看見徐燕時驚得下巴都快掉下來了，當年武大測繪系多大的一個神啊，居然成了自己的同事。兩人當時不太熟，高冷也不敢太打擾他，戰戰兢兢打完招呼就縮回自己座位上了。

那時的徐燕時，在他眼裡就是一個可遠觀不可褻玩焉的宇宙級男神。更沒想到成為同事後的徐燕時其實沒那麼難相處，甚至在跟老闆討論演算法自己沒答上來的時候，他還會幫忙解圍：「這個案子他沒參與，不知道很正常。」

雖然原本只是打算訓兩句的老闆聽完他的解釋後雷霆大怒，拍著桌子火冒三丈差點掀翻整個會議室的屋頂：「這是他的案子，你告訴我他沒參與？」

「是嗎？那我記錯了。」徐燕時不痛不癢地說。

他永遠都是那一副表情，不卑不吭，偶爾老闆被他氣瘋了也會訓他，「徐燕時你給我閉嘴，你是老闆還我是老闆？」

「好的。」徐燕時用中指一推薄薄的鏡片，優雅又無聲地表達了憤怒。

高冷就是那時候澈底粉上他的，什麼叫腹黑啊，這才是王者啊。

高冷每次自己生悶氣，最後腆著狗臉去講和的時候，徐燕時大多都不知道他生氣的理由。但這次傻子都聽出來了，別說他沒錯，就算錯了，他也不會哄人的。再說，高冷著實像個小女生，煩得很，讓他自己在前面冷靜下吧。

所以，一路無話，星辰閃爍。

後排的向園緊緊裹住自己，帽子上的蝴蝶結改成了死結，還狠狠地拉緊，不放心又在死結上打了個死結。徐燕時瞧她這幅生怕被人強奸的模樣，面無表情地側開頭，嘴角微微扯了扯。

又是這種死亡嘲諷……

徐成禮小朋友自始自終保持著冷漠臉，拿著 iPad 看動畫電影，還是英文版的。看起來像《獅子王》那類的，特效逼真，畫面精湛。

向園盯著看了一陣子，隨口問了句：「什麼電影？」

徐成禮也隨口胡謅：「英文版的《粉紅豬小妹》。」

糊弄誰呢，我又不是沒見過那隻豬。向園翻了個白眼。

轉頭又想起，徐燕時以前英文好像很好。向園記得高中時，他們年級裡有個大佬團，經常代表學校出去參加各種競賽拿獎。徐燕時就是其中之一，他跟長在學校的展覽櫥窗裡似的，窄小破舊的窗子裡，滿滿當當貼得全是他花花綠綠的獲獎證書。

有時候外校的小姐妹過來考試，看見櫥窗上清秀英俊的嚴肅臉，都激動得手舞足蹈，跺著小碎腳拉她發花癡——「徐燕時居然是六中的，我以為他是三中的欸！成績這麼好，怎麼沒上三中啊！上次他演講比賽，連外國語學校的外教都拍手稱讚。說他發音很標準，有沒有女朋友啊……」

向園解釋說：「男朋友的朋友，不是很熟。」當時確實不熟。

小姐妹很沒三觀，別有深意地搡著她的肩慫恿她：「哎呀，妳可以換男朋友了，這個比封俊好多了。」

向園雖然當時笑著警告她們說要告訴封俊，其實心裡還挺唏噓的。

跟封俊交往之後，向園偶爾聽到他跟人用英文打電話，雖然好聽也忍不住吐槽，覺得一個高中生也太會裝了。結果後來才知道，他母親是華僑，三歲就跟父母移民，中文不太好，半天講不出完整的句子，徐燕時似乎跟他母親的關係很僵，不是很願意聽，有時候在吃飯講一半嫌煩，就索性改成流利的英文。

那時她覺得，他口語這麼好，當個翻譯應該沒什麼問題，或者會是一個英俊非凡的外交官。想想又覺得還是別當外交官了，萬一兩個國家發生政治糾紛，他在旁邊喊加油怎麼辦？而且外交官這個職業本就不怎麼接地氣，他已經很不接地氣了，還是讓他離人間近一點吧，反正魔鬼已經這麼多了，多一個徐燕時又怎樣？

不過，不知道他現在在做什麼工作？

這時，司機忽然回頭問向園：「小妹妹，妳要去的南御園在春江路上？」

向園傻了，南御園的房子是老爺子留給她最後的財產，除了這間房子，在溧州市，她就是一個銀行卡存款不超過兩千塊的窮光蛋。老爺子確實狠，澈底斷了她的活路。

「不是啊，」向園忙掏出手機，看了下地址，「府山路啊。」

司機狐疑地重複：「府山路？」他轉頭問高冷：「你知道在哪嗎？」

高冷搖頭。

司機說：「這樣妳切個導航，我這邊定位的是他們的導航，不能改地址。」

「您沒有車用導航嗎？手機快沒電了。」向園晃了晃手機。

「誰裝那東西啊，又貴又不好用，」司機低著頭在扶手箱裡動翻西找，抽出一根皺巴巴的充電線，遞給她，「妳先充著，等一下告訴我怎麼走。」

向園可不想在這時候刷什麼存在感，雖然徐燕時並沒有認出她來。

「我幫您開 carplay 吧，你看螢幕就行。我怕指錯路麻煩，這邊我不熟。」

「可以。」

向園低頭用手機，一旁沉默已久高冷終於按捺不住，莫名其妙地開始噴司機：「其實現在車用導航的功能很多，可不只導航功能，還有語音智慧對話，而且定位比手機導航更準確，剛才您找不著的那個地址，是因為手機軟體沒有及時更新，現在的車用導航都能自動更新了，不知道多方便。」

「多方便也不裝，你是賣車的吧？」司機一臉要趕他下車的表情。

高冷閉嘴了，沒有反駁。

因為怕惹怒司機，他決定等到了目的地，再義正辭嚴地好好跟司機介紹一下什麼叫GNSS工程師。雖然他現在做的工作跟這個職位差十萬八千里。但好歹也是相關專業。

向園聽到賣車兩字，驚訝一愣，按在螢幕上的手指微微一頓，心想不至於吧——

徐燕時現在落魄到這種地步了？

難怪上次同學聚會，九班的人說，徐燕時從來不參加同學會，連群組都沒加。整個像不食人間煙火的高嶺之花，現在九班的人都說他是看不起這群同學。大家一度以為他是被關在祕密實驗室做什麼驚悚的科學實驗呢，結果就……就賣車？

當年六中那麼風光的一個風雲人物，反差也太大了吧？

難怪不跟老同學聯絡，拉不下面子吧，畢竟當年讀書比他差也都混到檢察廳或者各個機關幹部了。

向園覺得惋惜之餘，想到九班那些人背地裡說的話，又有點同情他。心裡五味雜陳，滋味難辨，也不知道自己在難受什麼。

你看，誰讓你當初對我不好的，現在遭報應了吧。

想著這，腦中忽然想起一件事，她悄悄拿起手機傳訊息給許鳶：『我聽說徐燕時現在混得不是特別好，好像在車行賣車，妳哥前幾天不是說要換車嘛？讓他打聽打聽，都是老同學，照顧照顧生意。千萬別說是我說的。』

傳完，她把充電線接上，選好定位，等螢幕跳出 carplay 字樣，司機冷不防回頭看她一眼，「妳是北京的？過來旅遊呀？」

向園如實回答：「不是，上班。」

司機笑笑，不再接話，心情愉悅輕鬆地哼著小曲，高冷繃著一張臉，駕著手臂端端正正地坐在副駕駛座，不知道在跟誰生氣。徐成禮的動畫電影已經看到最後幾分鐘，身旁的男人似乎很累，一上車就靠著座椅閉目養神。

前方出現溧州市區的指路牌，像是越入了另一道城門，兩旁街道繁榮起來，一排排路燈敞亮，看板林立，一整排大槐樹挺立盎然，樹幹筆直，暈黃的路燈倒影斑駁落在馬路中央，星光落寞地撒著餘暉。不遠處新舊樓交疊，排排鼎立。

旅程終於快到終點。

過了今晚，他們應該不會再見了。

向園悄悄側過頭，打量著一旁的徐燕時，他闔著眼，半張臉被路燈籠著，輪廓清晰俊朗。眉目依稀帶著年少時的清秀，他微微仰著頭，喉結明顯，像是雪地裡冰刀上的刀尖，尖銳而冷漠。

古人有云，耽於美色。

好死不死，向園的手機突兀地響了起來，尖銳刺耳的鈴聲震得她心口一緊，大腦嗡然一聲，空白了。徐燕時也被吵醒，下意識朝她這邊瞥了一眼，向園這才從美色中回過神，她也不管三七二十一，手忙腳亂地直接把電話接了。全然忘了她的手機還連著carplay，直到許鳶的聲音清清楚楚、澈澈底底地傳進車裡每一個人的耳朵裡——

『向園？』

『徐燕時真的在賣車啊？那是挺慘的，我幫妳問問我哥他要不要換車，不過妳這麼幫著他幹什麼呀，不會對他還有什麼想法吧——』

「……」

「……」

世界末日不過如此。

想跳車也不過如此。

她的提款卡密碼是多少？

網路銀行還有餘額嗎？

向園整個人石化了——

重點是，剛才，徐燕時正巧又捉到了她在偷看他。

『喂喂喂？妳怎麼不說話？』許鳶毫不知情地還在死亡的邊緣試探。

向園掛了電話，深吸了一口氣，正猶豫著怎麼跟人打招呼的時候，耳邊傳來一聲冷淡如斯，卻又帶著他獨有調侃地問候——

「好久不見，向園。」

這佛地魔式的招呼莫名有點……甜？

整整一週，向園沒有出門。

她把自己鎖在南御園的公寓裡，電話不接，大門不出，頂著一張高級厭世臉，抱著個枕頭盤腿坐在沙發上，精神恍惚地往嘴裡塞東西吃。客廳裡聲音雜亂細碎，電視裡正播放著她平時最愛的偶像劇——《你聽我解釋我不聽》。這時看起來也有點索然無味，男主角的冰山撲克臉跟徐燕時有點像，還沒他帥。

向園沒心沒肺地想著，又往嘴裡塞了根薯條，也不嚼，跟叼菸似的叼在唇上，眼神空洞洞地盯著電視機，思緒早已飛到天外……

那晚佛地魔打完招呼，她本想把帽子解了，跟人正正經經地打個招呼再好好地解釋一下——徐燕時同學，我也是出於好心，請你別誤會，我對你沒什麼企圖。又或者是，高貴優雅地說一聲，你好，好久不見，最近好嗎？

在那種情況下，徐燕時再怎麼毒舌也不至於當著司機和高冷對她擺臉色吧。然後再有的沒的問兩句，熱情敘個舊，下了車翻個白眼走人，以後也不會再聯絡了吧。對吧？

結果，正當她準備解帽子的時候，兩個死結完全解不開，不論她怎麼抽，帽繩越抽越緊，差點沒把她勒死，她停下來喘了口氣，對徐燕時說：「你等一下。」

等我把臉拿出來。

徐燕時難得牽起嘴角笑笑。

於是，生拉硬拽、東拉西扯，整個過程又持續了半分鐘，始終沒解開，她又氣又急，覺得今晚這簡直是一場笑話，她這幾年風光無數，偏偏栽在這，還偏偏是在他面前，想想覺得不甘心，就在她準備問司機有沒有剪刀的時候。

司機冷漠地告訴她到了。

「……」

向園不敢看後視鏡，蒙著腦袋尷尬地坐著，腦中閃過一萬遍，今晚真的不宜出門，一句「你好再見」不甘心地卡在喉嚨口。然而不等她開口，徐燕時似乎已經沒什麼耐心了，手肘支著車窗，鬆散地靠著座椅看她，連手背上的青筋都透著冷血，不鹹不淡地趕她：「下車吧。」

她吸了口氣，重新找回理智，「好，有機會再見吧。」

「嗯。」他冷淡地把視線轉回窗外。

向園拿上行李下車，等她回過神，車子已經開出老遠，她卻跟傻了似的，像根木樁似的牢牢釘在原地。

一弓彎月清淺地掛在蒼穹，寒冷的夜風在樹梢間遊蕩、颳蹭著。孤單瘦小的身影被路燈拉得老長，像條喪家犬。

等她上樓，許鳶的電話再次打過來。

『剛剛到底怎麼了？妳把我掛了？』

她把行李推進去，沒什麼情緒說：「我回北京，還能把妳殺了。」

許鳶聽不出開玩笑的成分，聲音莫名哆嗦：『怎……怎麼了？』

向園大概氣瘋頭了，居然還能平靜地把剛才發生的那一幕，用最客觀的語言一五一十地跟許鳶複述了一遍。

『……』許鳶回過神，不可思議地捂住嘴，『所以他把妳趕下車了？這麼無情的嗎？』

向園沉默。

許鳶安慰她：『妳別在那邊亂想了，說不定人家就只是當作遇到了一個普通老同學而已，徐燕時不是對人一直都很冷淡嗎？我記得上次誰在群組裡說碰見他，連好友都沒加就走了。』

「他哪敢加，現在混成這個樣子。」

『是嗎？』許鳶問，『現在長怎麼樣？殘了嗎？我比較關心這個。』

向園打開電視，舉著電話，漫無目的挑著頻道，昧著良心說：「殘了，禿了也胖了。」

說胖了許鳶還信，說禿了，打死許鳶都不信，『妳別打擊報復啊，我跟妳說，我不是沒有他照片的，上次有人在群組裡傳過的，我還存了。說是參加活動碰見的，當時好像不是賣車的吧，可能後來換工作了。而且我怎麼覺得照片裡還更帥了，當時群組裡的女生都炸了，說怎麼大家都胖了，就他一點都沒變。都奔三的男人了，居然還保持著少年感，太難得了。』

向園不太看群組，沒心沒肺地說：「是嗎，太黑了，我沒看清楚。所以他混得不好嘛，妳看班長還有那籃球小王子，哪個混得好的，現在沒禿沒發福。」

許鳶竟然覺得有點道理，找不到話反駁，靜了一瞬，她試探重新提起那個話題：『欸，你們那晚在小樹林⋯⋯』

「沒有你們想的那麼齷齪，但我確實喜歡過他。」

沒什麼好看的電視，向園關了，往沙發上一靠大大方方承認了。

許鳶一聽，火冒三丈又要開罵妳這水性楊花的女人，被向園的話截斷，「很早之前，比封俊早很多。但那時候他拒絕我了，妳也知道我不是什麼死纏爛打的人，更不會為了一棵樹放棄一整片森林，那種十幾年癡癡暗戀著一個人的事情我做不出來，女孩子這麼可愛，就應該享受生活好嗎。所以我立馬換目標了。換成誰我也忘了。反正很早就不喜歡他了。」

難道喜歡的人不喜歡自己，就得單身一輩子？怎麼可能。許鳶知道她的人生信條是，人生苦短及時行樂。

『那現在呢？重逢有什麼感覺？』

「沒感覺，但知道他過得不好，我也就放心了。」

『這可不像我們灑脫的小向總，說實話好嗎？』

「好吧，我希望他過得好，對了，妳哥還換車嗎？」

『再鍍點金身，妳就成佛了，聖母白蓮花，還希望他過得好，』許鳶不屑地笑了聲，隨後又言歸正傳地提醒她，『對了，聽說老爺子斷了妳所有經濟來源，還不讓妳哥去看妳，我也幫不上什麼忙，只能在這邊給妳精神上的鼓勵了，給妳幾條姐的職場箴言，職場小人很多，妳最應該防的不是那些職場白骨精，她們往往要的只是男人的目光。而那些戴著黑邊框眼鏡，披著黑長直看起來純淨無害的小白兔才是妳應該防的人，因為她們要的不僅僅是男人的目光，還有女人的心。先不說了，我老闆喊我了。』

「懂了，」向園細細品味這話裡的意思，鄭重點頭，「不過妳大半夜的怎麼還在老闆家？妳終於被潛規則啦？」

許鳶忍不住罵：『滾。手機 on call，不懂沒關係，妳馬上就會懂。』

一週後，向園按照約定的時間去維林電子科技公司報到。

結果那天公司搞外拓，所有辦公室都沒人，整座大樓空空蕩蕩。

前檯小妹妹見她是新來報到的員工，窩在椅子上一下子吃雞，一下子《王者榮耀》，沒有起來招呼的意思。向園就自己一個人到技術部轉了一下。

結果，就在技術部的員工牆上，看見了一張熟悉的男人的臉。

是她以前在學校展覽櫥窗上經常看見的嚴肅臉，那時候的一吋照完全是個少年，現在雖然成熟了，眉眼更凌厲了些，卻還是一如既往的冷淡。能想像得出來，他拍照時，那雙眼冷冰冰地看著鏡頭，絲毫不帶任何感情。

許鳶說得沒錯，他身上還是有少年感，儘管快三十了。

向園看見照片的瞬間，先前那點愉悅的心情瞬間消散得無影無蹤，她並不是很希望在這遇到徐燕時，這對他來說，跟賣車沒什麼區別。

儘管他對自己很不友好，但那晚向園對許鳶說的話是認真的，她希望他過得好，有一份很好的工作，以他的能力待在這樣一個小公司還不如去賣車，至少還有錢。

她來時，看過維林歷年的財務報表，技術部的薪水是全公司最低的，她當時覺得這不太合理，但老爺子始終認為銷售部應該占主導。

顯然，老爺子並不是很重視技術型人才。

所以，當向園屏息凝神目光漸漸往下看名字那欄的時候，看到一串字母，起初以為是英文名，就長長地鬆了一口氣。

咦——

等一下，她又不放心地湊回去看了一眼。

XUYANSHI

徐燕時？

這傢伙這幾年到底在幹什麼啊？！！！！！！！

下午三點，向園百無聊賴地坐在沙發上翻了下社群，無意間滑到高冷發的照片。

@高冷是你大爺：『老大日常不想合照。你們別找了，今天沒老大。想嗑老大顏的，等等看上車我能不能趁他睡著偷拍一張。』

底下居然有二三十則留言，他總共五十個粉絲，有一半是為了看徐燕時的。

@棉花想吃肉：『嗚嗚嗚嗚，想看你們老大，話說哥哥，你們到底在哪個城市啊，我能去找你們嗎？』

@長水集團很長水：『哥哥你又胖了，日常想念老大，上次那個側顏真的被帥到，你們搞基嗎？』

@高冷是你大爺很粗暴的回覆@長水集團很長水：『搞尼瑪。』

任性也很直接，絲毫不在乎會不會掉粉。

向園翻完照片才知道他們所謂的外拓其實就是公司旅遊活動，說白了，就是各個部門找了附近一個沙灘或者小島燒燒烤打打排球游游泳，吃喝玩樂一下午，最後再由各個部門上司跟大家總結陳詞加油打氣衝業績。

行銷公司常用套路，其實沒什麼實際作用。

沒多久，高冷又在社群上傳了回程的圖片。

徐燕時在車上睡著的照片，不過他的腦門上蓋著衣服。

@高冷是你大爺：『老大好像知道我要偷拍他了，我到底是從哪裡透露了我要偷拍他的資訊呢？是因為剛才那杯咖啡沒有加糖嗎？還是我上車的時候先邁了左腳？（思考）』

底下有人留言。

『掀開。』

高冷回：『我會被踹下車。』

『罩著衣服也好帥，這什麼神仙男人啊？他到底是吃什麼長大的？』

高冷回：『妹子妳冷靜點。據說是吃米飯。可能還吃了點別的東西。』

向園剛想說高冷這個男孩子直接得還挺可愛的，結果手機畫面切回朋友動態，畫風突變。

高冷不知受了什麼刺激，連發三則動態。

『總部腦抽了吧，這個時候還給我們招新人進來？公司現在什麼情況心裡還沒點數嗎？薪水都快發不出了，還招尼瑪的人啊？』五分鐘前。

『聽說還是播音主持系的，你他媽給我們塞人，好歹也塞個跟專業相關的好嗎？而且這個人的簡歷我他媽要笑死，什麼第八屆少兒廣播體操大賽一等獎、全國青少年游泳比賽第三名、大學是什麼登山協會會長……唯一一個有用的，韋德杯少兒組航太航空GNSS知識競賽一等獎……還他媽是個少兒組的！你以為你是葫蘆娃嗎？入職簡歷你以為是救你爺爺呢？這話是老大說的，不是我。』

說實話，簡歷上的內容向園是陌生的。除了那個韋德杯知識競賽她有點印象外，其他都是什麼亂七八糟的？於是她趁人不注意躲到廁所打了個電話給老爺子。接電話的是老爺子的祕書賴飛白，一個比老爺子還聒噪的三十歲老男人。電話那頭的聲音似乎對此時的來電並不意外：『怎麼了，小園園？』

向園轉身鎖上廁所的隔間門，開始興師問罪：「簡歷是你弄的？」

賴飛白笑了下：『對啊，有什麼問題嗎？』

「問題？」向園氣得掐腰，「是不是爺爺讓你整我的？簡歷弄成這樣我怎麼入職？人家肯服我？」

這個賭約其實老爺子打得挺心不甘情不願的，董事們關閉分公司的決心很重，因為西安這邊年年墊底，影響他們的利潤分紅，要不是技術部總監陳珊在堅持，這家分公司早就關門大吉了。其餘的董事們都已經不願意在導航這塊市場試水了，所有人都在建議老爺子趕緊撤出，轉型網路科技。

所以當時在向宅，當著幾個董事的面立下這個賭約，老爺子也是萬般個不願。但一方面又覺得這是個鍛鍊孩子的好機會，向園從小被他們保護得太好，如果能趁這個機會挫挫這孩子的銳氣……

於是他們約法三章。

不能對外公布身分，不能利用向家資源，不空降總經理其他職位任挑。反正對那幾隻老狐狸來說不管成功與失敗，一年後，這個分公司都是要關的。當然，此時向園還不知道自己已經被騙了。

向園挑了個技術部組長的位子。不過她當時不知道徐燕時是組長，老爺子最後報給陳珊的時候，直接被陳珊拒絕了——經理都可以換，組長不能換，向園當時還有些好奇，陳珊這人出了名的恃才傲物，什麼人能得到她如此的重視。最後還是老爺子想了個折中辦法，分兩個組，兩個組長，陳珊才勉強答應。

賴飛白無辜得很：『大小姐，這份簡歷還是我翻遍了家裡所有的證書拼湊起來的，老爺子說了要真實不能瞎編，我翻來翻去妳的人生經歷好像就停在少兒時候。長大後的人生除了打遊戲，一片空白。』

「……狗子你變了。」

你明明說過我打遊戲的時候最有魅力。

賴飛白冷酷無情地說：『還有事嗎，大小姐，我這邊真的很忙。』

多說無益，向園很有尊嚴地率先掐斷。

賴飛白收好表情轉身推門進辦公室。

門後的沙發上坐著一個看起來年輕時應該很英俊、腦門上卻很不耐煩寫著「為什麼還沒有人來接我的班我都生了幫什麼東西」的小老頭，端著杯茶，右手慢條斯理地推著杯蓋散熱，掃了門口的動靜一眼，不動聲色抿了口茶，問：「向園去報到了？」

賴飛白微微躬身說：「是的，問我簡歷的事。」

小老頭哼唧一聲，「還好意思問，她什麼樣子自己心裡沒點數？」喝到茶葉了，他抿出來，唾回杯裡，繼續說：「對了，陳珊跟那個徐燕時什麼關係？怎麼那麼護著他？」

「我找人查了，兩人沒什麼不正當的關係，徐燕時是陳珊當初去校招的時候從韋德挖來的，聽說這男孩當時都要跟韋德簽合約了，被陳珊臨門一腳搶了。」

韋德是國內唯一一家做GNSS定位的龍頭老大，屬於國產的GPS。招聘起步碩士。結果人家學士畢業能跟韋德簽約，這男孩子當時得優秀到什麼程度？

老爺子不是很相信，主要是不相信陳珊，「陳珊有這麼大的能力？」

賴飛白無解，聳了聳肩。

「算了，讓陳珊別太執著了，該放就放。人生能有幾個年頭活！」說完，賴飛白眼睜睜看他從沙發上站起來，一個劈腿滑到地上，標標準準的一字馬。

賴飛白淡定：「老爺子您身嬌體軟，千秋萬代。」

溧州市，下午四點，所有人準時回到公司。

向園在總經理辦公室待了一下，總經理叫李永標，四十歲上下，相貌普通，額角窄小精明，濃眉斜眼。渾身上下從他的大油頭到腳上這雙擦得鋥光發亮的意爾康皮鞋，每一根頭髮都散發著被社會主義壓榨的圓滑——腦門上就寫著「明白人」。

陳珊給他簡歷的時候，李永標也覺得跟鬧著玩似的，毫不猶豫就拒絕了。本來去年總部那邊塞過來一個某總的小姪女，什麼活也不會幹，天天遲到早退麻煩別的同事，上司罵一句就告到總部，害他們去年一年的分公司獎金被「莫名」扣了，李永標是個實在人，對這些「關係戶」敬而遠之。結果陳珊那邊態度強烈，雖沒明說，也明白這小女生的身分不簡單。

怕是比那什麼小姪女來頭更大，他也只能含淚收下這位小祖宗。

這時，這小祖宗正在他辦公室挑挑揀揀，也不知道在找什麼東西。他正掂量著語氣要怎麼把「coffee or tea？」說得不那麼狗腿。

結果轉頭看見向園拎起他插在門口花瓶裡的棒球棍。

他忙說：「小祖……咳，小向，來到一個新環境，新人需要學會融入，靠武力解決不了任何問題。技術部都是一群大老爺們，而且又都年輕，他們不服妳很正常，除了徐燕時，他們誰都不服，這群小子，平時連我也不服呢。要不是我手裡捏著他們的薪水，不知道在社群上怎麼罵我呢？」李永標試圖跟她分享自己的委屈，讓她放下屠刀立地成佛。

其實向園滑過高冷吐槽李永標的動態，大概是把他遮蔽了。

『別人家的總裁，愛馬仕、ＬＶ、義大利訂製皮鞋。我們的老李，七匹狼、playboy、意爾康訂製皮鞋。劣質總裁沒錯了，不過還好，聽說很多總裁已經開始丟皮鞋了，我們老李沒有，穩了。』

向園把棒球棍慢慢插回去，不甚在意地拍拍手，笑了下：「他們服徐燕時就行了，對了，有個事想請您幫個忙。徐燕時的檔案我能看看嗎？」

李永標一愣，「人事檔案都在總部呢，妳要他的檔案幹什麼？燕時跟妳不一樣，人家學得就是這專業，妳研究他沒用，整個技術部他說了算，很多東西部長也不懂。」

「行吧，我跟陳珊要，有空一起打棒球啊，李總。」向園笑吟吟地說，「他們是不是該回來了？」

李永標覺得這小女生氣勢真足啊，說話的時候怎麼還有點那誰的影子，想想又覺得不可能，聽說大boss那小孫女是個頑劣性子，怎麼可能到這來。他也只見過老爺子一面，根本不知道人家小孫女叫什麼。

而且他明明記得，老爺子本名是叫司徒明天。

向園見他失神，表情困惑地拿手在他眼前地揮了揮：「李總？」

李永標回過神，甩開那些不切實際的想法，低頭看了看手錶，匆忙拿了文件率先出門：「時間差不多了，帶妳下樓跟妳的新同事們打個招呼。」

其實高冷沒看見完整的簡歷，來新人這件事也是人事部的同事截了一段工作經歷和獲獎情況放在群組裡。他完全不知道這個所謂的新人就是前幾天他見過，並且跟老大看起來還有點「曖昧不清」的女人。

所以在會議正式開始之前，高冷從洗手間出來，恰巧碰見了從洗手間出來的向園，也只是出於對美女的尊重，禮貌性地停留一下目光。

回到技術部，徐燕時腦袋上還罩著黑色外套整個人鬆散地仰在自己的椅子上睡覺，高冷見狀，嘟囔了句，也不知道哪來的這麼多覺要補，晚上的時間都用來打飛機了吧？你這個單身狗。

結果被突然飛來的高精度板狠狠砸了下腦門，高冷氣急敗壞正要發火。

轉頭瞧見徐燕時醒了，外套被他扯下來跟眼鏡一併丟在桌上，正窩在椅子上揉搓著鼻梁骨醒神，「撿回來。」

「好嘞。」

高冷哪敢惹他，他是那種背地裡發動態罵老闆罵得又嗨又暢快，轉頭碰見老闆笑臉一堆諂媚逢迎握拳努力狀「今天又是努力工作的一天呢」的職場小蝦米。

「我剛剛在廁所看見新來那個了。」

徐燕時不太感興趣，戴上眼鏡，惜字如金地說了聲：「哦。」

「居然是個女的！」

徐燕時鬆散地靠在椅子上，斜著眼不耐煩地看著他，一臉「你說完沒說完就滾」的表情。

「不過我覺得她有點眼熟，但是我又想不起來在哪見過，剛剛她還朝我笑，神經病啊，我又不認識她，笑個屁。別以為這樣我就能接受她，長得倒是比一般女的漂亮，不過我他媽最煩這種關係戶了，到底在哪裡見過呢？」

徐燕時很不留情地說：「你好友裡一千八百八十八個女的，你問我？」

靈光乍現啊！

高冷忽然想起一件事，他連忙掏出手機，「你等一下，我靠，這女的我可能真的認識啊！」

徐燕時想說，能不能不要大驚小怪的。

「你還記得那天晚上跟我們拼車那個女的嗎，你們好像還是同學，她暗戀你還是你暗戀她，反正氣氛尷尬到爆炸，我看你當時的表情也不敢多問，就在車上翻了翻她的動態，然後看到她的照片了。」高冷嗓門又大又亮：「這是她男朋友吧？年紀有點大啊？」

徐燕時隨意掃了眼：「不是。」

「你怎麼知道不是？我靠，還說你沒暗戀她，我那晚一看你的表情，我就知道你肯定暗戀她！」

「因為這是她們高中班導師。白癡。」

高冷「哦」了聲，繼續往下翻，「那這個總是了吧。挺帥的啊。」

「這是她哥。」

高冷終於找到機會謔他了，意味深長的挑了他一眼：「知道不少啊，連她哥都認識。」

徐燕時懶得再理他，嗤笑著撇開頭：「白癡。」

「你越罵我白癡，顯得你越緊張，你知道你上次罵我白癡是什麼時候嗎？是你去參加韋德面試的時候，當我知道你是唯一一個拿到韋德面試資格的學士生的時候，激動地跑去圖書館幫你加油，你罵了我一句白癡。然後你後來告訴我，其實那時你很緊張，不知道該說什麼，才會蹦出白癡兩個字。」

高冷氣也不喘地說完，終於面不改色地用中指一推眼鏡，一臉驕傲又自作聰明地看著他：「我江戶川．高冷說得對不對？」

氣氛凝固，門口不知道誰喊了聲開會了。

徐燕時拿起外套站起來，推了一把高冷的大腦門提醒他：「你剛剛那幾則動態遮蔽她了沒？沒有的話，別去開會了，不一定保證你能活著出來。」

說完，高冷石化，呆呆地看著那高高大大又瀟灑的背影勾著衣服闊步走了出去。

我靠！

向園最早到，在會議室等了一下，等人陸陸續續來齊。

她挺耐心地、全程安心地窩在椅子裡打消消樂，大家對她都不是很熱絡，但也好奇，男生大多是掃了一眼，鑑定是個美女，就繼續討論遊戲去了，女生則把目光來來回回在她身上打量了幾輪，還開了小群組。

小玲：『來，@鑑包大師，她身後那個 chanel 是真的？』

鑑包大師：『假的，人家 chanel 一二到一八年都沒出過這款。』

『鞋子呢？沒看錯，是 jimmy choo ？』

『款倒是真的，就是不知道是不是仿的，鞋子我不是很懂。』

『買雙鞋子也沒什麼了不起的吧，小玲也有一雙 gucci 的鞋子啊，再說，富二代怎麼會來我們這裡上班。』

『妳們不用這麼酸吧，人才剛來，萬一是個好相處的妹子，怎麼辦？』

『我也覺得。』

李永標敲敲桌子，下巴一指坐在邊角戴著黑框眼鏡的男孩：「張駿，徐燕時和高冷呢？他們怎麼還沒到。」

張駿剛要說話。

門口有人闊步過來，一聲極為冷淡的「我到了」把坐在空調風口的向園冷得一個激靈。向園沒有抬頭，仍是自顧自地低頭玩消消樂。

但心思已經飛了，長形會議桌，那道身影翩然越過幾個人的位子。向園低著頭，聽見椅子挪動的咯吱聲，空調風暖暖地灌進她衣領裡，薄薄的料子搔著她的肌膚，莫名勾起心煩意亂，手機消消樂裡，再也找不到相似的圖片了。

其實徐燕時沒那晚車上那麼冷。

一群人在會議桌上聊天的時候，他偶爾會插兩句嘴，有女生跟他搭話，他低頭淺笑，笑起來嘴角尖細，牙齒整齊又白，完全就是高中時的清透模樣。只是好像看起來比高中的時候隨和了一點。

兩人的視線，偶爾會在嘈雜的討論聲中相碰，又都默契地不動聲色別開。

向園重新盯手機。

而徐燕時則跟一旁的張駿閒聊，聲音或低或清淺地，帶著點調侃的，越過這半個房間，越過他們之間的重重山海，輕飄飄地穿進她耳朵裡，「解決了，老梁找人拿了板，等廠家那邊返工。」

張駿：「老大，我們下次是不是得請老梁他們吃個飯啊，畢竟人家這次幫了我們這麼大的忙。」

「再說，老梁不興這個。」

李永標又敲了敲桌子，「行了，別聊了。時間到了，我們開會，沒來的記一下名字，扣這個月績效。」

祕書部的女生有點不敢下筆：「那誰也寫啊？萬一今年又扣我們獎金怎麼辦？」

李永標不耐煩：「那就別寫了，高冷寫一下。」

這不是擺明著欺負高冷沒後臺嗎？

徐燕時剛要說話，被人截斷。

「算了，也不是什麼大會，不用寫了。我跟高冷認識。」向園放下手機，瞥了徐燕時一眼說。

李永標一揮手：「行吧行吧。」

底下一片震驚，員工們面面相覷，李鐵拐居然這麼聽話？這女的到底什麼來頭，不是新進員工嗎？怎麼看起來像空降總經理啊？

「跟大家介紹一下，向園，總部派下來的，是我們技術部的新進組長。」

底下譁然。

李永標拍拍桌子，「吵什麼吵，聽我說完。」他指了指徐燕時，「你們技術部分一下組，你帶一組，向園帶二組，順便分幾個人過去，或者你們自願，願意到二組的，自己舉手。」

這他媽誰會舉手？

向園咳嗽一聲，找回場面：「沒事，你們願意跟著徐組長也行，我點名要一個人就行了，我跟高冷熟，讓高冷到我這組吧。」

「妳只要一個人？」

「我先讓高冷帶著我熟悉熟悉公司環境吧。」

李永標覺得這小丫頭挺精，還真是誰也不得罪。跟那某總的小姪女完全不是同一個路子的，他莫名開始有點期待這小丫頭能在這公司裡折騰出點什麼名堂來。

「徐燕時，你說呢？」

「可以。」

「行吧，那就高冷安排一下。」

會議結束，所有人陸陸續續散了，向園沒走，坐在位子上打了一下消消樂。

令她沒想到的是。

徐燕時也沒走，抱著手臂敞著腿，懶洋洋地靠著椅背。面前攤著本筆記本，比他的臉還乾淨，一個字也沒寫。他好像從來不寫筆記的。

見她停下來，徐燕時低沉開口：「打完了？」

「嗯。你還沒走？」

徐燕時從胸前抽了隻手臂出來，漫不經心地闔上面前的筆記本，抬眼說：「高冷那則動態不是針對妳，因為這幾年總部塞了太多人過來，所以他反應有點大。」

她放下手機往後一靠，笑得像個小狐狸：「幹什麼，怕我欺負高冷啊？徐燕時，我在你眼裡就這麼記仇？好歹也是你兄弟的前女友，用不用這麼針鋒相對啊？」

徐燕時自嘲地低頭一笑，那線條流暢的眼尾低垂著，沒情緒的緊，冷淡得要人命：「我們之間不聊封俊，是不是沒得聊了？找話題還是找打？」

第二章　你好，我是向園

向園吃驚地看著他，覺得這話不像是會從他嘴裡能說出來的，眼睛眨呀眨地看著他，傻了。徐燕時說完也有點後悔，但有些事沒必要跟她解釋。

「你跟封俊吵架了？」向園小心翼翼地問了句。

「沒有。」他把手拿下來，抄在口袋裡，人還是懶洋洋地靠在椅子上，微撇開頭，留了個冷淡的側臉給她，「很久沒聯絡了。」

向園若有所思地鼓著嘴點了點頭，「我也是，畢業就沒聯絡過了。」

他又「嗯」了聲。很久前那時候剛喜歡他的時候，每次他冷冷淡淡說「嗯」的時候，向園心裡都忍不住冒粉紅泡泡，小鹿砰砰亂撞。明明只是一個簡單的對話——

「你吃了嗎？」

「嗯。」

她卻歡呼雀躍地在宿舍裡上躥下跳，外加三百六十度原地旋轉一百二十圈，好像他答應摘天上的星星給她一樣。

那是他們最年輕最美好的模樣。他沒有喜歡上她，如今兩人都已成年，還在這名利欲海中打滾多年，看盡人間婆娑與那些過眼成灰的感情。傻子才相信愛情。

向園低下頭，重新打開消消樂專心致志打分數。

沉默片刻，徐燕時站起來，單手抄在口袋裡，另隻手拎著本子，硬邦邦的邊角在桌上鄭重地敲了兩下：「走不走？」

向園下意識回了句：「等一下，打完這局。」

又覺不對，狐疑抬頭，撞入那雙沒什麼情緒的眼睛裡：「你在等我？」

徐燕時冷冷一笑：「不然？我花這個美國時間在跟妳敘舊？」

向園窘：「不是……下班了嗎？」

「還有十分鐘，」他低頭看了手錶一眼，食指敲了敲錶盤，「技術部還有個會。」

向園立馬退出小程式，把手機丟進包裡，邊把耳邊碎髮隨意撥到耳後，邊嗔怪地看著他：「你怎麼不早告訴我呀。」

說完，也不等他，率先奪門而出。

她的個子不算高，一百六十二公分，只是有一雙黃金比例腿，高跟鞋往腳上一蹬不知道的以為她有一六八。完全靠一雙筆直勻稱的大長腿撐著。

向園匆匆走到會議室門外，見他沒有跟上，有路過的員工跟她打招呼，她覺得要樹立自己良好的形象，於是站在門口，那被人議論了一整個會議的包晃晃蕩蕩地隨意掛在手臂上，兩隻手在嘴邊攏成喇叭狀，微微曲著身子調皮地朝會議室門口喊道：「徐燕時，別玩遊戲了啊！快點，技術部開會呢！」

她喊完就貼著門口的牆壁等，也沒往裡看。

然而那個下午的會議室裡，徐燕時聽完那惡人先告狀的話語，半個身子靠著會議桌，雙手環在胸前，低著頭，難得露出一個明朗的笑容。

向園在門口等了一陣子，才見人出來，「你幹什麼呢？」

徐燕時一推眼鏡往前走：「在想怎麼跟大家介紹妳。」

向園把包捋到肩上，手揣進羽絨衣的口袋裡，不解地仰頭看他：「就說我是關係戶唄，反正你們私底下也是這麼叫我。」

徐燕時斜睨了她一眼，直白地戳穿她：「難道妳不是？」

「……」向園默，冷冷地直視回去：「你真的有朋友嗎？」

徐燕時不接話。

向園擺擺手，自暴自棄地說：「剛李總不是已經介紹過了嗎，你非要介紹就說我是你高中校友好了。」說完又覺得不妥：「算了，還是別說我們是高中校友了，六中本來也不是什麼好學校，別拉低了你的格調。」

「好。」

她被嫌棄了。

在技術部的部門會議上，徐燕時果然沒有介紹兩人過去校友的身分，完完全全把她當作了新進員工，保持疏離的態度，跟她裝不認識。

等徐燕時簡單介紹完，底下一眾人等爆發出熱烈的掌聲，臉上掛著喜氣洋洋的笑容，好像很歡迎她的樣子，向園目光審視地環了一圈，真的是漢子幫啊，除了她和另外兩個女生，一個部門二十幾個人全是男生。

高冷忽然站了起來，氣勢咄咄地看著向園：「雖然這個問題很不禮貌，但是這位向組長，首先我對妳沒有任何意見，我只是想問一下，為什麼只有我一個人到妳這組。」

向園甜甜一笑：「因為我跟李總點了名。」

高冷：「為什麼妳要點我？」

妳以為點菜嗎？妳點了我就要上嗎？

向園面不改色地說：「因為你最帥。」

「好的，組長。」高冷坐下，「歡迎妳。」

一桌的人被逗笑，連徐燕時都被她機智的反應逗得忍不住勾了勾嘴角，有男生覺得向園很親切也很陽光，特別是笑起來嘴角邊有顆尖尖的小虎牙完全就是小女孩的模樣。於是放下一開始的戒備，這群大男孩其實蠻簡單的，行事作風對事不對人。

徐燕時用食指指節敲了敲桌板，目光一一掃過去，「還有誰要到二組嗎？」

有幾個男生給面子的紛紛舉了手。

不過都被向園拒絕了，她笑得尤其坦誠：「我什麼都不懂，用不了那麼多人，你們該幹什麼還是幹什麼，我有高冷就夠了。」

男生們曖昧起鬨。

高冷喝水被嗆，墊著手臂假裝推眼鏡捂住半張臉，臉紅了。

這時，一個戴著黑框眼鏡的黑長直女生舉了舉手：「向組長，我可以到妳這組嗎？」

剛才大會向園沒見過這個女生，應該是不到開會的層級。

這次向園不好再拒絕，不然顯得矯情，她點點頭：「好。」

徐燕時看了她一眼，「還有什麼要說？」

向園想了想，「大家加油好好幹，光榮的明天在等你們。」

徐燕時挑眉：「沒了？」

向園拋了個媚眼給他：「剩下的話，我們私下再說啦。」

「……」

底下人又是起鬨。

皮得要死。

徐燕時大喇喇地靠在椅子上，手掌虛握著拳隨意地搭在桌上，被動地消化了這個媚眼之後，不動聲色地從她身上收回目光，完全不睬她，冷漠地叩了叩桌子：「散會。」

向園悻悻然收回目光。

然而，讓眾人跌破眼鏡的是——這位興師動眾的技術部「空降兵」在參觀完公司的第二天就替兩位組員請了年假，帶著他們四處吃喝玩樂，玩遍整個社群動態。

關鍵是平日裡連紅白喜事請個假都拖拖拉拉的鐵拐李居然一次性批了三個人一週的假期。

被高冷的動態瘋狂霸占螢幕的技術部男生們意難平，幽怨地掃了自家老大的座位一眼，憤憤不平地紛紛在社群上留言討伐。

張駿：『妳是什麼神仙組長啊！』

李馳：『我們集體叛逃，組長求帶！』

施天佑：『樓上兩位有點節操，高冷或成人生最大贏家。雖然很冒昧，但向組長，妳說因為高冷最帥才選他當妳的組員這件事要不要再考慮一下，那天開會我坐在妳右邊，可能有點偏光，妳沒看見我。我叫施天佑，瞭解一下，需要增加組員請第一個考慮我。』

尤智：『究竟是什麼讓妳選擇了高冷這個矮子，是道德的淪喪還是人性的泯滅？』

高冷回覆尤智：『老子一七八，除了老大沒人有資格說我矮。』

尤智回覆高冷：『哦，另外那八公分是頭皮還是你的腳氣？』

高冷回覆尤智：『不廢話，王者峽谷等你，贏了一七八，輸了一八七。』

尤智回覆高冷：『弱智。』

這邊向園準備帶高冷和女生去體驗飛行傘，有摩托車的那種。這把高冷高興壞了，激動的差點吹出鼻涕泡，「是不是跳傘？跟跳傘一樣嘛？刺不刺激？」

這個季節人煙稀少，說話稍微大聲點，整個空蕩蕩的山谷都是回音。向園蹲在一旁的石階上玩消消樂，冷風颳得她手指節又白又紅，抬頭瞥了高冷一眼：「你跳過傘？」

高冷搖頭：「沒有。」

「沒有跳傘那麼刺激。」向園重新低頭看手機，「就是一輛突突車。」

高冷：「妳跳過啊？」

「嗯。」

高冷覺得這女孩有故事：「妳還做過什麼極限運動啊？」

向園不答，跟他說了也不懂，她十八歲就自由落體的人，什麼極限運動沒做過。

高冷還想繼續問，老闆過來喊人。

高冷帶著女孩裹緊了大衣進入體驗營。

向園從石階上站起來，對著這滿山層巒疊嶂的丘陵拍了張照片，寂靜的空山濕潤，幽幽謐靜，是大自然溫柔的回應。

她把照片發在動態上，沒配任何標語。也是這時才發現自己上一則在鳴沙山的合影已經被技術部宅男們灌爆留言。

她咧著嘴角看完，然後快速回覆尤智：『應該是人性的光輝。』

尤智秒懂，瞬間回覆接梗：『給智障的關愛？懂妳。看來我要糾正對妳的看法了。妳跟我，還有老大應該是一掛的。』

兩人在社群上達成了默契的共識，「宅男們」又不幹了，集體轟炸向園的動態。

張駿：『為什麼只回尤智？』

李馳：『向組長看來還是看顏值的，年輕人，氣血有點旺哦。』

施天佑：『我自閉了。』

向園抱著手機笑到不行，最後還是決定端著組長的架子頗具安慰性質地統一回覆：『各位好好上班，回頭帶禮物給你們。』

向園傳完，戴上羽絨服的帽子仰頭望天。儘管飛行傘引擎震耳欲聾的轟鳴聲盤旋在空谷上頭，她還是能聽見高冷那聲嘶力竭地鬼哭狼嚎聲——

「好嗨哦！噢噢噢噢——！」

白癡。

向園在心裡罵了句。

再玩一局消消樂吧，不知道徐燕時那邊最高分是多少？

結果她一打開手機，剛才在她腦海中一閃而過的男人，就發了一則動態，僅僅只是一則分享而已，「宅男俱樂部」的各位資深會員已經在他底下爭相報到。

張駿：『今天是什麼日子，老大也發動態？』

李馳：『時隔八年，我爺爺的動態終於更新了！感動。』

施天佑：『愛你麼麼噠。』

尤智：『怎麼了，老大你要參加這個比賽？缺錢？』

高冷：『不是我吹牛，我現在在空中還在回覆你的動態。』

向園點開那則分享，是一則比賽資訊，主辦方是韋德航太科技集團，標題是第三屆韋德盃科技創新大賽。向園匆匆掃了一眼，略過中間那一大段繁冗的專有名詞和比賽要求。目光落在最後的比賽獎金，二十萬。

她現在確實很缺錢，這次出來的錢刷的還是她走之前她哥偷偷塞在她包裡的信用卡。

等高冷跟林卿卿下來，向園把手機揣回口袋裡，「走，去下一站。」

高冷乍然一愣，「還走？妳還沒玩夠啊！」

本來以為是最後一站，剛才在飛行小突突上他盡情地發洩光了他所有的熱情，這時連嗓子都啞了，整個人虛弱地扶著林卿卿，嘴唇煞白，腿腳跟踩了棉花似的發軟：「組長，明天是我們最後一天的假期，不能再往那邊走了，再過去就是邊境線了。」

向園去開車，高冷滿頭大汗地跟在後面喋喋不休地碎碎念，勸她及時懸崖勒馬回頭是岸。

向園上了車，依舊不理他，發動車子，然後不知道從哪裡掏出來一條發黃又皺巴巴的毛巾往後座一丟，囑咐林卿卿：「把他的嘴堵上。」

「好。」

高冷沒想到林卿卿這小丫頭看起來挺文靜的，力氣還挺大，而且她居然從那飛行傘上下來腿也不軟，他到底是跟了兩個什麼怪物出來啊？

「嗚嗚嗚……」（林卿卿妳給我鬆開！）

高冷瘋狂掙扎。

「不鬆，組長說了，你廢話太多。」

「嗚嗚嗚嗚……」（妳居然聽懂了？）

高冷不可置信地看著她。

這次旅行長達十天，向園又跟鐵拐李延了三天假期。

第八天，她開車進沙漠前，把記錄下的數據一一傳給徐燕時。

『這是我這幾天在西北線記錄的定位數據，我分別用了兩種儀器測量過，一個是維林的PND，也就是前幾天你們給老梁那批的便攜導航，還有一個是車用導航，其餘的是我用網路地圖和手機自帶地圖對比數據，你應該能發現問題。等一下進沙漠了，可能會沒訊號……』

她本來還想加一句調侃，不用太想我，又覺得不太合適，啪啪啪刪掉，加了句：『我是認真來工作的，過去的事我們不提了，我跟封俊分手跟你沒關係。不用覺得尷尬。』

緊接著，又補了一則。

『而且，我早就不喜歡你啦。』

向園傳完訊息就把手機關了，她沒想過徐燕時會回她，接下去兩天的路程他們需要搭帳篷野營，沒地方充電，手機要時刻保持電量，她可不想最後在這茫茫大戈壁失聯，成為一具枯骨。

高冷跟林卿卿終於知道向園是來工作的。難怪，每次到一個景點，他們心花怒放撒丫子跑去玩，她都一個人坐在車裡。原來是在記錄定位數據的偏差。

高冷重新審視一下向園。想到那句好嗨哦還有點羞愧，他是真的以為出來旅遊的，趕往機場的路上還跟林卿卿吐槽說這新組長一定是想透過這次旅行討好他們，然後取代老大在他們心目中的地位。

所以在往機場狂奔的計程車上，他信誓旦旦地傳訊息給徐燕時表忠心：『我們不會輕易被收買的，你永遠是我老大。』

結果第二天社群動態打臉。

那天在鳴沙山上，高冷跟一群八、九歲的小孩激情四射地玩滑沙，還舉行了一場短暫的友誼賽，並以微弱的優勢勝出後，小孩們終於醒悟過來，這傢伙沒有滑沙板！蹭他們滑沙板不說還欺負他們，揍他啊！七、八個小朋友一哄而上，七手八腳地把高冷的臉埋進帶著點冰冷的金沙地裡，那時還沒下雪，黃沙細拂，無孔不入，他被嗆了一臉。

玩鬧結束等他清理乾淨，看見向園盤腿坐在沙山頂，笑盈盈地在跟陌生人聊天。背後是微弱的夕陽，以及色彩斑斕卻毫無溫度的晚霞，靜謐美好。彷彿整個沙漠只剩下她一個人。

高冷搓著鼻子拿手機拍下來，發了動態，說這是我新爸爸。

他自己也沒想到打臉來得這麼快，算了他本來就是牆頭草。這麼沒心沒肺地安慰自己，便也覺得舒心了。可能是遭報應了吧，高冷猝不及防打了個噴嚏。

他好像感冒了。

向園顯然不意外，抽了張紙巾遞給他，又把車窗都打開，對旁邊的林卿卿說：「後行李箱有個白色醫藥箱，裡面有感冒藥拿出來給他。」

高冷感動得涕泗橫流，差點叫爸爸。

「你最好祈禱晚上別發燒，不然真的沒人救你。」向園從後面拿了件羽絨衣，丟給他，「大衣脫下來，你穿這個吧，希望你能活著回去。」

「好的，爸爸。」

向園手搭在方向盤上，回頭看了他一眼：「我至今只有一個兒子，他叫香檳。你有興趣跟他做兄弟嗎？」

高冷邊套外套邊想：「有姓香的嗎？」忽然腦子猛地炸開，電石火光之間似乎有股氣衝破他的天靈蓋，尖炸的公鴨嗓掀翻車頂：「妳結婚了？」

向園手肘撐著車窗沿，頭髮被裹著黃沙的風颳亂，八爪章魚似的貼在臉上，那雙眼睛靈動又清澈，笑開了，嘴角微微咧起，目光盯著前方的黃沙城，罵了句：「白癡。那是一條狗。」

脫粉一分鐘。

他決定不再惹這位祖宗，專心穿衣服。

好在高冷個子小又瘦，向園這件寬版的MONCLER羽絨衣剛好能穿上身，還挺合身，唯一不太和諧的地方就是袖口兩個黑色大毛邊，明顯是女款。

這衣服向園一直用袋子裝著丟在車裡沒怎麼穿過，所以林卿卿上車的時候，看著高冷一愣：「你怎麼……」

高冷剛自拍完低著頭，上傳進沙漠前的最後一則動態，頭也不抬：「組長的。」

林卿卿一眼認出這是MONCLER的EFFRAIE，官網標價人民幣一萬五。因為她也有一件一樣的，只不過她那件是高仿的，四千大洋買的。花了她近一個月的薪水。

然而高冷這個傻子完全不知情，為了體現這格格不入的袖口毛邊反差萌，他特地比了個rock（搖滾）的手勢，配語：『感冒（可憐），穿上組長的羽絨服，你們看我屌嗎？』

施天佑：『不看。』

張駿：『不看＋1。』

李馳：『不看＋身分證號。』

尤智：『你看我頭像像牛逼嗎？』

這是個老段子，高冷思維慣性地回：『挺像。』

尤智回覆高冷：『很有自知之明。』

高冷頓覺不對，仔細重讀一遍，才發現他打的是「你看我『頭像』像牛逼嗎」而不是

「你看我『頭』像牛逼嗎」。於是高冷立馬點開尤智的頭像，發現這傢伙居然換頭像了。換成了自己剛才上傳的那張照片，他立馬回去想刪剛剛那則，發現已經被一群人的「哈哈哈哈哈」灌爆了。

高冷狗急跳牆：『@意爾康代理李永標，我檢舉，這群人上班玩手機。』

高冷氣急敗壞地握著手機等李永標的回覆，結果他沒等來李永標的回覆，卻等來了千年不回覆社群動態的徐燕時。

xys：『還好。』

這個還好就意味深長了。

尤智立馬解讀：『老大一語雙關。這個「還好」可以說透著雙層意思，或許我可以再幫你們引申一下，「不看，還好。」同時也回覆了該發文人的字面意思，「還好，不是很屌。」666666666。』

李馳回覆 xys：『求求你！！別秀了！！！！！』

施天佑回覆 xys：『愛你麼麼噠！』

張駿：『那麼問題來了，高冷到底是哪裡還好？』

高冷氣吐血，惱羞地把手機關了，隨便塞進後座的縫隙裡。然後裹緊了向園的羽絨服，扒拉她袖口的毛，一小綴一小綴地拔。然而他不知道這一拔就是幾百塊。

林卿卿欲言又止，想勸他。

高冷心灰意冷，「連老大都欺負我。」

向園回過神：「怎麼？」

「自己看社群。」

向園又把手機打開，才看見那則言簡意賅又扎心的留言。更煩心的是，他回覆了高冷的動態，並沒有回她的訊息。

哼。

她把手機關了，直接啟動車子猛踩油門，完全沒給後面正黯然神傷的高冷緩衝的機會，猝不及防地高冷整個人摔到林卿卿身上。

然而，林卿卿當時也在出神，兩人驀然撞在一起，氣息相近，只差一公分，嘴差點就碰上了。

高冷又窘又氣，窩著火不敢發作，窸窸窣窣裹緊了爸爸給的羽絨服貼緊車門。

林卿卿瞧他這嫌棄的模樣不動聲色轉開頭。

整個沙漠行程，向園、高冷和林卿卿都沒有再更新過社群動態，進了黃沙城，像是轉進了一條永無止境的時間隧道，人間蒸發。

向園帶著二組成員消失十天，到底去做什麼，李永標其實也不知道，這個假不是他批的，是總部陳珊直接批的，請假流程ＯＡ到他這裡的時候，連陳珊都簽了名，他怎麼可能駁回。

於是，某總的小姪女就不幹了。

小姪女叫應茵茵，算個小資女。身材高挑，模樣又出眾。聽說是空姐出生，父母都是總部集團合作公司的高管，因為她沒有通過正規考試，只能先到這邊銷售部實習生，等總部內推的名額下來，她再回去。

李永標這個明白人也知道她在這裡待不久，哪敢得罪，對她是千隨百順，只要不給公司添亂，他都睜隻眼閉隻眼。

誰知道這姑奶奶在公司幾百人的大群組裡，咄咄逼人地一連質問了人事部經理十幾句。

芳草綠茵：『@人事部小曹，新來的「小公主」怎麼還沒來上班啊？都第幾天了，哪有第一天來報到就消失的，我當初姐姐結婚請個假，您還拖拖拉拉的，非讓我大伯給李總打電話呢。她爸是李剛嗎？』

芳草綠茵：『@人事部小曹，過幾天我也要請個假，有個小姐妹生孩子了，您要是不同意，我就跟我大伯彙報彙報。』

彙報彙報，你大伯是總理嗎？天天彙報。

李永標翻了個大白眼，這女人怎麼這麼煩呢，他其實到現在都沒明白這個大伯到底是總部哪個總。本來應茵茵一個人在群組裡吼兩句也就算了。結果其他部門幾個女的也跟商量好似的一窩蜂湧出來除害。

信息部小玲：『曹老師，你解釋一下吧，不然這樣真的挺不合適的，平日裡我們請個假都請不出來，加班費還扣著呢，人家在外頭玩個十幾天，大家心裡都有點不是很平衡也請理解。』

王靜琪大蘑菇：『茵茵算了，妳別說了，曹老師也有難處，我們不好為難他。而且高冷和林卿卿都去了，應該是公司他們批的組裡活動吧？』

芳草綠茵：『哦，那銷售部的女生們削尖了腦袋拚死拚活地為了公司業績陪客戶喝酒加班，怎麼就沒這麼好的福利？拿公司的錢去旅遊？憑什麼我們累死累活，賺的錢全給他們技術部享福去了是嗎？這錢這假就算是給徐燕時他們也就算了，憑什麼給剛來不到兩天的新人？我對技術部的小哥哥們沒有意見，只是單純希望上面給個說法，哥哥們不要打我（可愛）。』

瞧瞧一個個說得義正詞嚴的。不就想庶民與天子同樂嗎，多請幾天假妳們倒是讓陳珊來找我呀，一個個見了陳珊跟見了滅絕師太似的往窟窿洞裡鑽。李永標心裡跟明鏡似的，銷售部那幾個女的簡直是一個比一個精明，她們就是一點好處都不想放過。

他抓耳撓腮地想，該怎麼解決的時候，正好有人敲門進來，抬頭一看——

小白楊送上門來了。

李永標看著面前這個穿著黑色羽絨大衣的男人，裡面的白色運動服拉鍊拉到下巴處，擋住了半張臉，精薄的鏡片搭在他英挺的鼻梁上。確實像一棵乾淨明朗的小白楊。他覺得像某個電影明星，不過想不起名字。

「徐燕時，你來的正好，看群組了嗎？」他笑咪咪地說。

開口。

技術部，安靜如雞，氣氛挺嚴肅。

小哥哥們圍坐在一起，每個人目光如炬地盯著自己的手機螢幕，然後面面相覷，誰也沒

管？尤智你說。」

戴著黑框眼鏡的張駿率先打破沉默，他躊躇地說：「老大不在，誰做個決定，我們管不

尤智沒說話，沉默地盯著手機，一旁的李馳倒是說話了：「老大不發話，誰敢管。應茵

茵這個女人一個不如意就把你告到總部去，到時候總部幫你還是幫她？你沒看李永標都不敢

說話嗎？而且上次我們不是因為年終獎金分配占比的事情跟銷售部杠過了嗎，總部還找了老

大談話，說我們這群年輕人情緒過激，眼高手低，對公司沒有實質性貢獻，我靠老大當時回

來都氣瘋了，要是沒有他，這小破公司早就倒閉了好嗎。不是說明年底就關了嗎，我看老大

現在也挺自暴自棄的，他可能巴不得這家公司早點關門。」

張駿來得晚，不是很明白李馳話裡得意思：「老大這麼委屈為什麼不辭職？」

「他辭不了，」李馳說，「具體原因我不太清楚，我只是無意間聽陳珊說的，兩人好像在

搞什麼案子，五年內不能辭職。」

張駿遺憾嘆氣。

施天佑喝了口太太靜心口服液。

李馳見怪不怪，無語撇開頭。

張駿目瞪口呆：「這什麼？」

施天佑把標籤轉給他看，「不認字？」

「你喝這個幹什麼？」

施天佑又意猶未盡地抿了口：「靜心調經防小人。」

「……」

張駿轉頭又看尤智一言不發地在飛速按手機，「你在幹什麼？」

「杠，嚶嚶嚶煩死我了，這應茵茵就是愛而不得藉向園撒我們技術部的邪火呢！」

張駿第一反應：「啊？應茵茵追過老大啊？」

尤智糾正：「其實是她先追老大，再追我，現在在追李馳。」

「……」張駿倏然看向李馳。

李馳攤手：「別看我，我最近都沒理她，我不罵她，只是單純不想跟女人計較。」

這時，施天佑「嘭」放下他的太太靜心口服液：「媽呀！你們看手機！老大上了！」

所有人看向螢幕。

xys：『向園在西北線實地勘測，這次活動的費用全程她自費。以下是她傳給我的勘測數據，我昨晚剛比對完，已經寄到各位信箱。』

xys：『小公主不懂事出去工作也沒跟各位請假，是我的失職。抱歉。』

施天佑剛想說老大今天也太剛了吧。

群組裡又跳出來一則。

xys：『等她回來，我會好好教育。不過家醜不可外揚，到此為止。』

會議室爆炸！

老大這波太騷了！

更騷的是，徐燕時竟然把最後那句「家醜不可外揚」收回了。

技術部眾人驚呆，你看看我，我看看你，試圖從彼此臉上找答案。然而無解，尤智從他理工直男的角度快速在腦海中分析了一下，響指一撥，給出結論：「老大這人，真的很腹黑。」

張駿等人：「怎麼說？」

尤智：「在群組裡這種尷尬的氣氛下，我突然收回一則訊息，你會問我收回什麼嗎？不會吧，銷售部那幾個白骨精更不會問，她們這時大概也跟我們一樣圍在一起盯著手機準備團戰，誰杠罵誰。然而她們沒想到老大會出來杠，而且那幾個誰沒對老大有點想法？這時心裡都要好奇死了。哎呀，徐燕時跟這女的什麼關係，為什麼這麼護著她，不會是喜歡她吧。既然喜歡她為什麼又收回呢，是不是還沒那麼喜歡呀，那我還有沒有機會呀！這個時候，你覺得他們是對向園更好奇還是對向園和老大的關係更好奇？人一旦被轉移注意力，很難再回到一開始的問題上。所以向園她一個來公司不到兩天的新人，年假是怎麼批出來的，還重要嗎？」

這次連李馳都恍然大悟了，「我靠，這要是真的，我他媽要給老大跪下了。」

張駿陷入了一種不皦不昧的精神恍惚，這這……還是平日裡「不食人間煙火」的老大嗎？

尤智處之泰然地拍拍張駿的肩，視線重回手機上低著頭說：「你別看老大平時一副什麼都不管懶懶散散的樣子，剛起來還是很剛的，高冷不是跟老大同個大學嗎？聽說那時候哪有這麼好說話，當年在武大很威風的，連我這個北京理工的都聽說過武大男神徐燕時。只不過現在虎落平陽被犬欺。」

張駿眼看著會議室門口出現了一道高大且熟悉的身影，黑色羽絨衣敞著，他單手微微把羽絨衣撥到身後，手插進運動褲口袋裡，另隻手從善如流地摘了眼鏡，然後提著眼鏡斜倚著會議室的門框，低著頭似乎在想，他被哪隻犬欺了。

「事實證明，獅子睡久了，也會變成 Hello Kitty 的。但是老大今天的表現我很滿意，他終於意識到他曾經是隻獅子這件事。雖然可能離復甦還差那麼十萬八千里，但是高冷的腳氣再攢幾年滾成筋斗雲，總有一天，他們雙劍合璧，能再上西天的。」

這嘴，真賤吶！

張駿想提醒尤智老大來了。

但是尤智自己不管三七二十一扛起棺材板就躺了進去，都不給人阻止的機會，棺材板蓋得嚴絲合縫。後來尤智秋後算帳質問張駿為什麼沒提醒他，張駿原話重複，尤智第一次見有人把找死說得這麼清新脫俗的。

施天佑、李馳、張駿還有幾個叫不上名字的路人甲乙丙丁，紛紛離席，遠離戰火。

尤智這才後知後覺地回頭，徐燕時沒在看他，低著頭不知道在想什麼，嘴角微微提著，那削瘦的輪廓更鋒利俊挺，他的側臉尤其好看，下頷線條緊繃流暢。

五官不算精緻，但每一分都恰好，偏又比常人多了三分骨相。

尤智覺得今天的徐燕時有點過分帥。

他鎮定自若地拿起手機走出去，經過他身邊時，徐燕時恰巧漫不經心地抬頭看了他一眼。

尤智感覺靈魂受到了拷問，立馬跟泥鰍似的從他身邊一溜而過：「你好再見。」

向園他們回來那天，已是兩天後的下午。

彼時，辦公室大樓門口精緻而古樸的撞鐘正筆直地指向五點——下班時間。

向園剛按下電梯，門「叮咚」一聲打開了。

妝容豔麗的女人款款走出來，向園記得她叫應茵茵，一個聽起來很嗲的名字。某總小姪女，向園印象深刻，於是禮貌性地朝她笑了下。

應茵茵打扮得比上班還細緻，濃密的眼睫毛像待發號施令的黑鳳翎，她高傲地掃了向園一眼，不冷不淡地回了句：「回來了？好巧，我們也下班了。」

向園還沒入公司的大群組，而林卿卿和高冷這兩個老油條根本沒看大群組。像這種公司幾百人的大群都是直接靜音的，除非有人@他們會點開看一下，平時都是直接略過的。

應茵茵說話向來這樣，林卿卿是知道的，她除了對男生還有她們那個狐狸精團和顏悅色，對公司裡其他的女生都沒有什麼好臉色，甚至有些看不起林卿卿這樣的女生。

林卿卿也不太去惹她，但向園好像完全沒把她放在眼裡，沒接她的話。林卿卿莫名覺得有點解氣。

應茵茵後面還跟著李馳，林卿卿瞪了他一眼，李馳作亂似的在林卿卿腦門上胡亂一揉，「幹什麼，哥又帥了？」

應茵茵在勾引李馳這件事，全公司上下大概除了向園，沒幾個人不知道。雖然林卿卿早知道李馳這傢伙肯定把持不住。

這事，高冷也跟林卿卿想到一起了，他對應茵茵沒什麼意見，男生看女生其實只有兩個標準，女漢子和女人。應茵茵是女人中的狐狸精。也只有老大和尤智這兩個技術宅，才會不為所動。

李馳淪陷是早晚的事。

所以高冷趁李馳從他身邊走過，起鬨似的搡了下李馳的手臂，意味深長地：「哎喲，我們李公子這是要結束跟右手為伴的日子了？」

李馳都走出電梯門口了還折回來暴揍高冷一頓，高冷手上七零八碎全是從大西北帶回來的禮品袋子，猝不及防被人偷襲，不甘心地窩在電梯角落發出ＳＯＳ：「李哥李哥。爸爸爸爸。」

李馳這才放手。

應茵茵笑盈盈地站在門口，看著鬧做一團的兄弟倆，笑得春風滿面嗔道：「李馳，你不要總欺負高冷啦！」看起來他們的關係似乎比跟自己本部門兩個女生們的關係都還好。

林卿卿有種令人反感的排擠感。

高冷還不知死活地：「對啊，茵茵讓你欺負她。」

李馳又是一頓爆Ｋ。

應茵茵天生對男生有一種親和力，又會撒嬌，公司裡除了特別的幾個男生不太喜歡她，跟其他男生的關係似乎都不錯。傻子都能看出來，應茵茵在向園面前有點過度炫耀自己跟技術部男生的關係。

林卿卿看了向園一眼，她卻自始自終都體貼地替李馳按著電梯門，不讓它闔上。

同樣是漂亮且有優勢的女生，向園的相處模式就比應茵茵舒服太多，向園家教非常好，她身上一點一滴都透著一種大家閨秀的文氣，開玩笑時的大大方方、幽默風趣，完全不扭捏。

等李馳走出去，電梯門再次闔上。

林卿卿忽然問高冷：「你跟應茵茵關係很好嗎？」

高冷拎好東西站直，斜睨了她一眼：「還好吧，怎麼了？」

「沒什麼，只是覺得你們好像都挺喜歡應茵茵的。」

高冷一笑，沒心沒肺地說：「男生跟女生只有兩種關係，要麼上床，要麼下床。不能上床的女生，那麼床下的女生，妳跟她對我來說沒有區別。」

「……」

「不是吧，妳臉紅了？林卿卿，妳沒交過男朋友嗎？」

向園跟李永標銷完假，下樓回技術部，發現整個辦公室空空蕩蕩，會議室大門敞著，窗戶也沒關，風順著狹窄的縫隙湧進來，乳白色窗簾被風颸到一旁的白板上，勾著，大股大股的冷風嗖嗖灌入。

會議桌上垃圾成山，什麼都有，烏煙瘴氣。

吃了一半還掀著蓋子的泡麵、橫七豎八躺著的茶杯、麵包屑以及幾塊拆了一半的高精度板和兩臺開著的筆電，哦，還有一雙不知道穿了幾個禮拜的襪子，已經硬得直接立在桌上了。

她想知道，這裡發生了什麼。

高冷見怪不怪，淡定自若地在「垃圾堆」裡找到自己的茶杯，碎碎念著去洗杯子：「靠，施天佑這個奇葩又拿我的杯子喝水！他能不能自己認認真真洗個杯子。」說完，去洗杯子之前，提醒了門口的向園一句：「以後自己的杯子藏好，施天佑不管男的女的，他都喝，包括林卿卿的杯子也不能倖免。」

「他為什麼喝別人的杯子？」

「因為他每天喝太太靜心口服液也不太喝水，又不愛洗杯子，每次泡完一杯菊花茶，一週後連蘑菇都長出來了，他就覺得洗也洗不乾淨了，索性拿別人的杯子喝，因為別人都會洗杯子。」

「那徐燕時呢？」

高冷兜底，交代乾淨：「老大的杯子他不敢喝，因為老大暴揍他一頓後，還會讓他加班，讓他飽受精神和肉體的雙重折磨，老大這畜生欺負起人來，可怕的很。」

「徐燕時經常欺負你們啊？」

「倒也不是，老大其實大多時候不太管我們，他這幾年不太順，分公司業績又一年比一年下滑，總部不太重視他，儘管陳珊那邊一直在努力把他介紹給總部，但這幾年總是被各種『關係戶』捷足先登，本來其實早就可以去北京總部的研發實驗室了，但妳也知道，這種企業很在乎人脈。經歷過幾次打擊後，老大這兩年就有點不太管事了。陳珊找他談過好幾次話，反正每次從總部回來，老大心情都不太好，特別暴躁。加上頭兩年，他弟弟生病花了很多錢，父親又欠債。老大這幾年其實蠻缺錢的，而且他真的很自律的，跟我們比起來，整個就是無欲無求的活菩薩。別看他這麼冷淡，之前都差點去借高利貸了。」

向園聽完，沉默半晌，問了句：「他們人呢？」

高冷倒了杯水，一邊喝一邊視線環顧一圈找林卿卿：「第一筆年終獎金下來了，聚餐去了，一年中最歡樂的時光啊。妳晚上沒事吧，老大讓我們銷完假一起過去。」

正說著，林卿卿回來了。

高冷放下水杯，拿起外套站起來，「走了，他們在等了。」說著，悄悄湊到向園耳邊，一臉神祕兮兮地樣子，對她說：「聽說老大今晚在家親自下廚為我們接風洗塵呢，這待遇您還是第一個。」

「是為了省錢吧。」

向園翻了個大白眼，看透了。

一個那麼缺錢、守著戒律清規過日子的男人，親自下廚做飯給他們吃，除了省錢還能幹什麼？

華燈初上，道路兩邊夜景繁榮。一字排開的仿古燈散發著昏黃的光線，映照著這寬闊平直的馬路，落下一地斑駁寂靜的光影。不遠處高樓聳入黑幕裡，整座城市光怪陸離，卻又平靜安詳。

高冷在樓下用叫車軟體叫了車，定位到徐燕時的公寓。

向園坐上副駕駛座，偷偷看了司機裝在支架上的手機一眼，貌似跟她家是相反方向，感覺是兩個世界的盡頭。她撓了撓鼻尖，沒想到多年後以這樣的方式去了他家，心情有些複雜。

她不知道等一下該怎麼跟徐燕時打招呼，不回她訊息，還跑到人家裡蹭飯，她要是不加那句我早就不喜歡你啦一加上，顯得有那麼點此地無銀三百兩，儘管她是認真地說，但手機至今都很安靜，她有一種被人扼住命運的喉嚨還不能掙扎的窘迫，過分徒亂人意。加上今天剛從沙漠回來，她沒有好好洗個澡就風塵僕僕地往人家家裡跑也不合適。

所以車子開出一半的時候，轉進一條小路，路燈比剛才矮了一截，卻更亮，行人漸多，匆匆而過。向園狠下心找了個藉口，躊躇轉回頭對高冷和林卿卿說：「我忽然想起來，晚上好像還約了個朋友……而且，我也沒發年終獎金，沒什麼好慶祝的。」

理由聽起來很充分。

後視鏡裡，高冷跟林卿卿互視一眼。誰知，林卿卿也猶豫地看著高冷說：「如果向組長不去了，那我也不去了，都是男生，我去也沒什麼意思。」

「別啊！剛剛不是都還說得好好的嘛！」高冷急了，大腦靈光一閃，對向園比了個手勢五，「那這樣，我分妳五塊，年終獎金嘛，重在參與。」

向園笑了笑，「真的有事。」

高冷咬牙，痛定思痛：「二十，不能再多了。」

向園正在跟司機商量在前面路口停車，正巧，這時高冷的手機響了，他抓到救命稻草似的立馬接起來。

『到哪了？』電話那頭是尤智。

高冷看了看前方的紅綠燈說：「還有兩個紅綠燈。但是現在有個問題，我組長說不想去了，林卿卿聽見了也很沒主見地表示不想過去了。怎麼辦？」

前方路口很快就要過了，向園一言不發低著頭滑手機，其實也沒在看，就是百無聊賴打發時間，等高冷跟他們打完招呼再讓司機停車。

高冷說了沒多久，就不由分說地把電話遞了過來，「老大說讓妳接。」

向園盯著亮著的手機螢幕上「尤智」的名字愣神，是徐燕時接了尤智的電話？她猶疑了一下。高冷急不可耐地促她，「快呀！」

「喂。」她把電話貼到耳邊。

那話那頭傳來很低沉的男聲，是慣有的冷淡，叫她的名字。

『向園。』

她微愣，聲音清透卻莫名消散了她心裡的寒氣，因為太過久違和熟悉，恍惚間，她幾乎要以為這個電話的盡頭站著的是曾經那個高傲的少年。

她垂下眼，睫毛輕顫，漫無目地飛快滑著社群，「你說。」

他沒有立馬開口，而是靜了一下。

向園聽見有人在電話裡冷不防喊了句：「你走去哪？」

他似乎走到一個安靜的地方，向園心神不安，動態越滑越快，已經到了三天前的了，正當她有點不耐煩地關上螢幕，想對著電話吼一句你還說不說的時候，那邊忽然開口。

『不是說不喜歡了？』徐燕時一頓，似乎是笑了下，『怎麼，不敢來？』

向園胸口驟然一縮，意料不及的調侃，本來就是一湖攪不清的渾水了，他又從不遠處輕輕投來一塊巨石。她想過收到那則訊息的徐燕時可能會有千萬種反應，不屑、嘲笑、冷淡……萬萬想不到，他竟然會直接說出來。

「你想多了，」向園轉頭看窗外，剛好瞥到附近一家小龍蝦店，她脫口而出，「我想吃小龍蝦，高冷說你們吃火鍋，我最近上火，吃不了辣的。」

『好，真的不來？』

向園又糾結了，猶豫半晌轉頭問司機：「開到哪了？」

司機指指前方路口，「轉彎就到了。」

她忽然覺得自己被坑了，徐燕時這通電話完全就是在拖延時間。人都到樓下了，再叫車回去？這個也太尷尬了吧？向園手裡的電話還沒掛，轉眼間司機已經踩著油門把車開到樓下了，把手剎一拉，車頂燈一開，彷彿頭頂閃著「做好事不留名」的光環：「到了，五星好評，謝謝。」

高冷和林卿卿下車，向園還坐在車裡，看見昏黃的路燈下，同樣握著電話的徐燕時站在花壇邊的伢子上。他本就高，路燈把他整個人照得乾淨俐落，一身灰色運動服比往日更精神，只是沒穿外套，整個人在來來往往裏得跟熊一樣的路人堆裡，顯得單薄了些。

模樣確實出眾。

向園：「看到你了。」

徐燕時這才朝這邊望過來，高冷已經縮著個身子噠噠噠朝他的老大跑過去。林卿卿慢慢跟在後面，一步三回頭確定向園有沒有下車。

高冷像隻八爪章魚似的，撲進他懷裡，被徐燕時冷著臉嫌棄擋開。電話裡緊接著傳來他的聲音：『下車吧。我去買小龍蝦。』

聲音沒什麼情緒，不溫柔，更不是什麼哄人下車的話。跟「你好」沒什麼區別，卻讓向園心砰得跳了一下。而重點是，表情明明是冷的，彷彿說這話的並不是車外那個臉上寫著「生人勿近」的男人。

「好。」

她收起手機，推門下去。

這是個挺老舊的社區，設施也都停留在幾年前，不遠處就是個老人公園，熙熙攘攘已經聚了一波「換過很多廣場卻也跳不齊這支舞」的阿姨們……還有遛狗、逗小孩的，人潮洶湧，連路燈都透著人氣。

徐燕時跟他們一起上去拿了外套準備下樓買小龍蝦。屋子裡已經鬧成一團，高冷跟尤智還有幾個男生在打遊戲，一波吃雞，一波《王者榮耀》。

高冷每局拖後腿，尤智他們摔了手機把人按在沙發上暴揍，揍完又死性不改地組他。

林卿卿在陪徐成禮看英文動畫片，有好幾句沒聽懂，徐成禮居然都明白了，還在嘀咕，這電影的臺詞好白癡，給三歲小孩看的吧。林卿卿一臉震驚，懷疑人生。

施天佑跟張駿在吐槽她最愛的偶像劇裡的演員，「這個女演員的這個線雕鼻子做得都可以去演射雕了。」

張駿十年金庸迷，來了興致，認真跟他討論起來：「黃蓉嗎？」

施天佑豎起食指，搖了搖，「nonono，演雕。」

張駿感覺金庸被侮辱，怒了：「那是神雕俠侶。」

施天佑「哦」了聲，不是很感興趣。

徐燕時下樓開車，穿得很隨意，一身簡單的灰色運動衫，白色羽絨衣長至膝蓋，一雙簡單白色板鞋，他闊步朝停車場走去，褲管在風中緊貼著他的小腿，勾勒出俐落的線條，乾淨卻有力。

他隨手按了下車鑰匙。

車燈閃了下，解鎖。他的手剛扶上車門，隨意瞥了後視鏡一眼，頓住，鏡子裡站著一個人。

徐燕時沒戴眼鏡，微微瞇眼才能辨認那是向園的身形。然後鬆了手，人站直，視線卻沒看著她，側著頭，朝斜後方的女孩勾了勾手。

向園的手慢慢揣進羽絨衣口袋裡，走到他面前。

徐燕時的羽絨衣敞著，一隻手拿著車鑰匙，一隻手揣進褲子口袋裡，低頭看她：「找我？」

向園看了看四周，反正就是不看他，善解人意地說：「其實，你也不用去買……太麻煩了，我吃火鍋就行了。」

徐燕時「哦」了聲，人放鬆下來，往車上靠，睨著她：「所以，小龍蝦只是不敢來的藉口？」

向園咬牙，恨不得拍死自己，她真是搬起石頭砸自己的腳。

「也……不是。」

他索性把整個人的重心都靠在車上了，改成雙手抱胸的模樣，鬆散極了，繼續漫不經心地落井下石，拿石頭砸她的腳：「不是妳說讓我們放下過去，重新開始的嗎？」

——咦，她什麼時候說過，這人怎麼偷換概念？

「我是怕你尷尬，給你個臺階下，」向園說著，低頭抿了下腳尖，「而且，你也沒回我。」

「那妳希望我怎麼回？知道了？哦？好的？」

確實，好像這麼回也不太合適。這則訊息怎麼回，都有點奇怪。所以她真的是頭腦發熱，當初就不該這麼說，害得兩個人本來就尷尬的關係，這下變得更尷尬了。

「那是我的錯？」

「不知道，」徐燕時往別處瞥了眼，站直身，手再次扶上門把，低頭問她：「還吃不吃小龍蝦？」

「吃。」

徐燕時沒情緒地勾了下嘴，兀自打開車門上了駕駛座，向園眼疾手快繞過車頭，也鑽上副駕駛座，綁好安全帶，乖巧地坐直，笑咪咪看著他：「一起去吧。」

車內裝飾很簡單，車也是普通款，看得出來，是真的沒什麼錢。

徐燕時開車很規矩，不接電話也不玩手機，就是有點懶散，靠在駕駛座上一隻手臂杵在車窗上，單手控著方向盤，連停車都是單手用手掌磨方向盤，典型的老司機。

回程的路上，兩人在等紅燈，高冷打電話過來催，徐燕時懶洋洋靠在座椅上，瞥了一眼，沒接。

「為什麼不接？」

他拎了下羽絨服的領子，重新握住方向盤，食指有一下沒一下地敲了敲，看了後視鏡一眼說：「馬上就到了。」嗓音有點啞，說完他清了清嗓子。

結果等車子駛過紅綠燈，高冷的電話再次打過來。

向園直接撈起扶手箱的手機，微微傾身，把話筒貼到他耳邊，強行幫他接了。

「聽著煩。」

徐燕時沒看她，視線仍在前方，只是抵在方向盤的食指頓了頓，「喂」了聲。

向園的手指剛好觸碰到他耳邊，跟他一樣冷，指尖碰上，神經驟然繃緊，她渾身毛孔像是過電一般戰慄，這男人恐怕連血都是冷的。

可漸漸地，他的耳朵竟然熱起來，連帶著向園的指尖，逼仄的車廂裡，莫名起了一股暖風，剛剛緊繃的神經被吹軟，他若有似無的說話聲盤桓在她耳邊，比羽毛還撓人。

高冷似乎問她在哪。

徐燕時一邊聽電話，一邊心不在焉轉方向，車子職轉進一條人煙稀少的小路，很沒耐心地說：「跟我在一起，掛了。」

然後就真的掛了。

向園把手機放回扶手箱，問出她一直想問的問題，「你是怎麼來這家公司的？」

「機緣巧合。」

「……」

轉過幾個十字路口，眼前的風景漸漸熟悉起來。

向園狐疑地看他一眼，「我聽高冷說，你在這邊似乎，不是特別順利……有沒有想過去別的公司？我可以……找人幫你介紹。」

徐燕時把車停好，熄了火，拿上車鑰匙，終於側頭，用一種複雜的眼光看了她一眼，似嘲諷似自嘲：「不需要。」

說完，他直接解開安全帶下車，向園在車上坐了一下，覺得自己說錯話了，剛才真的是一時嘴快，明知道他是被關係戶打壓的，還在他面前提這個，這樣會讓他更灰心吧？

她怎麼一碰上徐燕時，就老是犯傻呢！

她連忙下車追上去，徐燕時聽見後面的關門聲，頭也不回把車鎖了，大步流星朝樓棟走去。

她本來想說，不用這樣吧，她又沒嘲諷他的意思，純好意吶，噠噠噠追上去要解釋，進大門前，纖細的手臂直接橫在那漆黑沉重的破舊鐵門上，把人堵了，嬉皮笑臉地叫他名字：「徐燕時？」

男人冷著臉，低頭睨著她。

向園突然就想逗逗他，隨手從口袋裡掏兩根棒棒糖出來：「你看我從大西北帶什麼給你了？」

徐燕時看戲一樣，露出一種沒見過棒棒糖的表情，神乎其技地配合著挑眉，那表情似乎寫著——這哪是大西北買的，月球上的產物都被您帶回來了？

話音正落，背後的黑色大鐵門「嘎吱」一聲沉重關上了。緊接著，身後的感應燈應聲而熄。四周瞬暗，唯獨門口亮著一盞泛黃陳舊還不怎麼亮的路燈，昏蒙地照著面前這個高大的男人，他的輪廓變得模糊不清，那雙眼睛卻清明如身後彎月。

恰在這時，身後忽然響起一道清亮的女聲：「徐燕時？」

兩人俱是一愣，徐燕時回頭，向園也探著腦袋往外看。只見臺階底下站著一個「S」型女人，頭髮簡單地挽在脖子根，穿著淺低領的修身毛衣和緊身褲。淺駝色羊絨大衣掖在臂間，像是剛從車上下來，風塵僕僕，氣質卻精煉。

向園沒見過她，以為是這裡的住戶，結果那女人踩著高跟鞋款款走到兩人面前，不懷好意地掃了向園一眼，目光輕佻地「好心」提醒：「小妹妹，我告訴妳啊，這個男人，離過婚，還帶著個七、八歲的小孩，都快三十了，至今還窩在這破公寓裡。真的，他沒錢的，妳打他的主意，還不如去找門口保全李大爺，人家在市區還有兩間房呢。」

「……」

向園傻了，什麼鬼？徐燕時離過婚？七、八歲的小孩？不會是說徐成禮吧？

她正要辯駁，那不是他弟弟嗎？腦袋瓜裡猛地閃過一個大膽的想法，也不是沒有人把親生兒子偽裝成弟弟，為了好找下一任吧。

向園將信將疑地掃了徐燕時一眼，有點同情，又有點說不出的難受，這麼好的一個人，怎麼說離婚就離婚呢？

結果，徐燕時冷冷瞥了她一眼，「妳是傻子嗎？」

啊？

「陳書，前裝事業部副經理。」

徐燕時介紹得很簡單，又用下巴點了點向園，對陳書道：「向園。」

連部門都懶得介紹。但顯然陳書知道她，大大方方地朝她伸出手，微微一笑：「原來是妳啊，前段時間我都在北京出差，今天剛回來。我聽他們說過妳，小女生不得了啊，一來就把這幾個男人治得服服貼貼的。」

「還行吧，」向園很謙虛地伸出手，兩人差不多高，只不過因為陳書穿了高跟鞋，看起來比她略高些，但向園的氣質完全不輸，眉眼一彎，「姐姐也很漂亮。」

三人一同上樓。

陳書跟徐燕時走在前面，向園跟在後面，聽他們閒聊。徐燕時對陳書的態度沒有那種高高在上的冷感。兩人對彼此很熟悉。

陳書的高跟鞋在樓梯間裡噔噔噔格外清脆，說得全是生活裡細碎她不曾聽過的瑣事：「環城公寓年底那邊開幕，有電梯的，我有熟人，要不要托人幫你找找關係拿個內部價？」

「再說。」徐燕時單手插在口袋往上走。

同樣是托關係，怎麼到她這就跟踩地雷似的，徐燕時你是狗吧？

陳書點點頭，一路跟上，「幹什麼，還想著回北京啊？不過我幫你打聽了，陳珊那邊的意思，最遲明年肯定得把你弄回去，而且我聽總部那邊的意思也是，這邊撐不過明年底。分公司一關，陳珊肯定有理由把你弄回去了，但是我個人覺得，你就算去總部，也不會比現在好多少。我聽到點風聲……」

說到這，徐燕時瞥了她一眼，忽然很體貼地問：「妳渴不渴？」

向園跟在後面默默腹誹，你怎麼不問問我渴不渴？

陳書卻鬼使神差地領悟那一眼，徐燕時似乎在警告她，不要在向園面前說這麼多，畢竟人家也是剛進公司躊躇滿志認真工作的新人。

陳書咳了聲，「倒是有點渴了，算了，上去再說。」

結果等進了門，向園被迎面撲來的高冷嚇了一大跳，氣壯山河一聲爆吼——

「老婆！妳回來啦！」

向園一愣，徐燕時拎著東西，換了拖鞋，從她身後悠悠走過去，像是恍然想起：「哦，忘了說了，陳書是高冷的女朋友。」

向園很平淡地回「哦」了一聲，關我什麼事。

高冷激動得像一隻大型金毛犬，掛在陳書身上，死活不肯放手，陳書被他勒得有點喘不過氣，一巴掌狠狠拍在他的腦門上，「你想勒死我換個新的是吧？我早就知道你對應茵茵有想法了。」

高冷委屈地癟著嘴看著她：「我靠，妳是魔鬼嗎？我喜歡應茵茵，我天打雷劈好不好？再說，今晚應茵茵跟李馳開房去了……我能撿李馳吃過的？」

「你也不是沒撿別人吃過的，」陳書翻了個大白眼，「那你的女神 Ashers 呢？」

高冷：「Ashers是條狗。」

向園：男人果然是大豬蹄子。

陳書沒理他，瞇著眼睛問：「李馳真的跟應茵茵開房了？」

「不然今晚聚會能少了他，我們說老大親自下廚他義正辭嚴說不來。」

「看來我錯過了很多好戲啊。」陳書剛說完，看見尤智跟幾個同事從陽臺抽完菸回來，幾人一見她回來三叉神經都興奮了，整整齊齊拿著手機在沙發上一字排開，幾雙眼睛散發出渴望的光芒齊齊地望著陳書，「來書姐《王者》開一局。」

陳書的段位很高，王者八十星，技術部這群男的除了尤智，還有李馳勉強能跟她比之外，操作完全碾壓這幫技術男。

徐燕時就不知道了，因為他根本不玩。

高冷是個遊戲渣，當初對陳書熱絡起來也是發現她的技術有點厲害，被虐菜了五百遍之後終於俯首稱臣。

陳書閒著無事就答應了，又隨口問一旁的向園：「妳打不打？」

向園「嗯」了聲，「很久沒玩了。」

陳書露出驚訝的表情，「那要不要一起玩？」

「不了，你們玩吧，卸載很久了。」

陳書了然點點頭。其實尤智他們已經邀請過一次，向園都拒絕了，因為她的大號小號別人都知道，如果開Ashers的帳號進去，大概會嚇死這群人了。

高冷他們覺得向園的技術應該挺菜的，不然也不會不敢跟他們玩了，高冷一邊盯著手機螢幕，心滿意足地看陳書走位，一邊感同身受地安慰向園兩句：「其實園姐，打得不好無所謂啦，玩遊戲大家都是圖個開心嘛，對嗎？」

眾人：「滾！」

半小時後，開飯。

尤智他們關了手機，意猶未盡地走向餐桌，招呼陳書吃完飯繼續玩。陳書笑著應了聲好，剛拉開凳子一坐下。

所有人齊齊：「我靠，誰點的小龍蝦？」

高冷是知情的，但他不敢說啊，而且他也是這裡所有人裡，唯一一個知道老大跟向園過去是同學的關係，他怕老大揍他，於是他安靜地坐下來，刨了幾口飯塞嘴裡。

向園弱弱舉手，「我……點的。」

所有人都露出一種並不意外卻又覺得很新鮮的表情。

尤智前所未有的嚴肅：「可以理解。雖然老大從來不買反季節食物。」

「為什麼？」

尤智說：「我來介紹一下，一般人最好也不要買反季節食物吃，因為都是人工養殖，屬於偽自然生長，應該多吃時令蔬菜，對身體好，反季節食物為了促進食物的賣相，都不知道無良奸商在裡面打了多少農藥。當然了，老大不買，我覺得主要還是因為貴。」

施天佑嘆了口氣，把碗裡的香菜挑出來：「其實，每一種食物，管他反季節不反季節呢，我們都應該尊重，但是香菜這種食物，大概這輩子都無法獲得我的尊重。」

說話間，火鍋已經開了，沸沸騰騰冒著嫋嫋餘煙。

結果，滿是煙霧的房間裡，向園看見徐燕時手裡拎著一個小罐子從廚房裡出來。

他已經把外面的羽絨衣脫了，運動服的拉鍊敞著，裡面是一件簡單的白色T恤，看起來非常居家。經過施天佑身邊的時候，手在他後腦勺上捋了下，丟下一句：「沒關係，你已經做到了一半了。」

說完，把手上的東西放到她面前。

向園定睛，才瞧清楚是已經打開的海鮮醬，還是她最常吃的那個牌子。

所以他剛剛去超市買的是這個？

尤智撂下筷子，「小龍蝦、海鮮醬……可以的。」

徐燕時再次從廚房出來的時候，手裡拿著自己的碗和筷子，桌子一圈擠滿了人，尤智正要挪位子給他，他直接跨著椅背一條腿坐進去，然後斜側著身子去撈高冷面前的辣醬。

尤智平靜轉過來，「好的，又炫耀自己腿長。」

好的，我就裝作不知道你在撩。

當向園把筷子伸向小龍蝦的時候，尤智忽然對她說：「不管怎麼說，很歡迎妳加入我們，儘管妳來了之後老大好像瘋了，但是我們不介意妳讓他更瘋一點。」說到這，尤智四下看了其他幾位兄弟一眼，「說起來，我們都沒見過他談戀愛，所以很期待他是怎麼嗆自己女朋友的。」

向園：「尤智，你誤會了……我跟你們老大……」

徐燕時剛刨了兩口飯，微微抬頭，筷子還杵在碗裡，聲音冷淡地：「我跟向園是高中同學，不是你們想的那種亂七八糟的關係，所以，給我閉嘴吃飯。」

尤智立馬捧起飯碗，埋頭一陣風捲雲殘狂掃：「好的。當我沒說。」

施天佑也捧起飯碗，夾了塊牛肉片放在火鍋裡涮：「我說你們看起來怎麼不像是剛認識的樣子，原來是高中同學啊，難怪老大會在群組裡幫妳嗆應茵茵。」

向園筷子一頓，一臉茫然：「嗆應茵茵？」

眾人震驚地一同放下碗筷，「啪」一聲齊齊的。

「妳不知道？」

「不知道，我沒進群組。」

「高冷和林卿卿呢？他們有群組啊。」

高冷：「誰沒事看群組，你們又沒在群組裡標記我。」

林卿卿理由同上。

吃完飯，尤智把整件事的前因後果跟向園說了一遍，向園聽完，終於理清事情的來龍去脈，也終於在尤智的手機上看到了相關的聊天記錄，她只是有點疑惑，「這裡是收回了什麼？」

尤智：「轉帳兩百，截圖，保證高清無碼。」

向園最近手頭緊，一毛不拔，「那不看了。」轉頭就走。

尤智無奈搖頭，唉，也是個窮鬼，老大這麼窮，再搭一個窮鬼，這兩人以後怎麼過哦。

陽臺上，陳書穿著毛衣，靠著欄杆吞雲吐霧，徐燕時則低頭抱臂倚著推拉門的門框。

向園記得，很多年前，她跟徐燕時也是這樣的關係。封俊那群兄弟裡，就數他最不好說話，對誰都一副冷冰冰的樣子，但有時候向園找他幫忙，他還是會答應下來，儘管看起來很勉強，那時候，徐燕時跟封俊的關係是真的非常好，全校的人都知道。

向園忽然想起那天在會議室，他說他很久沒跟封俊聯絡時的表情。

她不知道這些年在他身上發生什麼了，本來以為他只是不跟九班的人聯絡，沒想到他連封俊也斷了聯絡。

陽臺上有細碎上的說話聲傳來。

陳書吸了口菸，仰著頭慢慢吐了口：「我手裡有個公司想挖你，雖然不比韋德這樣有情懷的企業，是個剛起步的公司，老闆很欣賞你，跟我提了好幾次，我這次去北京，他又找我談了一晚上，開出的條件非常不錯。我想你可以考慮一下。」

「什麼條件？」徐燕時低頭盯著腳尖，聲音在黑夜裡顯得格外清冷。

「勞健保員工保險這種不用說了，職位技術總監，年底薪六十萬，加業績抽成，外加在北京四環一間房子。」

陳書又想起來，加了句：「哦，如果你願意的話，老闆女兒也說可以嫁給你讓你少奮鬥二十年。」

廁所就在陽臺旁，向園是來上廁所的時候無意間聽見兩人的談話聲，她下意識停下了腳步。

「最後一句是妳自己加的吧？」

徐燕時顯然對陳書的性子瞭若指掌，背對著向園，雙臂抱著靠著門框低頭嗤笑了下。

陳書不置可否地吸了口菸，把菸銜在手裡，吐出蓬蓬煙霧，她邊打散邊說：「你什麼時候變得這麼不自信了？相信我，拿出你撩向園的十分之一功力去撩老闆的女兒，結了婚的都願意為你離婚，大媽都願意為你重生。」

徐燕時低頭不語，側臉輪廓乾淨，有點心不在焉。

陳書把菸熄了，忍不住好奇：「欸，你們真的只是同學啊？」

「嗯。」他低低應了聲。

然而陳書狐疑地蹙眉，目光在他身上不懷好意地來回打量：「可你好像很瞭解她？我認識你這麼久，你這人雖然不說摳門，但是大冬天跑去買小龍蝦，好像挺反常的哦？」

徐燕時不答，客廳裡高冷扯著嗓子大喊，「書姐！」澈底打斷了兩人談話。

陳書的目光不經意瞥過來，嚇得向園整個人縮回洗手間，門虛掩著。

陳書囫圇應高冷一聲，若有所思地盯著洗手間的門縫看了一下，才慢慢收回目光：「算了，其他不多說了，有件事提前告訴你一下，陳珊可能快要被外調了，董事局對她這幾年的表現不是特別滿意，可能會把她派往上海的分公司，假如她真的在你調往總部之前調走了，我真的建議你認真考慮一下我剛才的建議，陳珊走了，對你沒有好處。」

徐燕時卻把手抄進口袋裡風輕雲淡地說：「不用，幫我拒絕了吧。」

陳書不敢相信自己的耳朵，她壓低聲咬著牙狠聲：「北京四環內一間房，你知道現在多少錢一坪嗎？你知道多少人奮鬥一輩子可能都買不上這樣一間房子。你輕飄飄就拒絕了？你到底怎麼想的？」

徐燕時沒說話。

陳書失了耐心，重重吐了口氣，不願再糾葛，丟下一句：「真不知道陳珊給你灌了什麼迷魂湯。」

說完，「噔噔蹬」蹬著高跟鞋叱吒風雲地走了。

向園從廁所裡出來，靜靜地靠在牆上看了看小陽臺上那個男人寬闊的背影，然後鼓足勇氣去廚房拿了兩瓶喝剩下的罐裝啤酒朝他過去。

腳剛出去，徐燕時察覺，轉頭看了她一眼，又很快轉回去，沒什麼情緒。

向園分了一罐酒給他，看著月色故作輕鬆地問：「你知道什麼叫如願以償嗎？」

徐燕時接過酒沒開，放在欄杆上，淡淡瞥了她一眼，「什麼？」

向園「嘭」拉開罐子，意猶未盡地抿了口。

「就是你喜歡的人恰好也喜歡你，當下想吃的蛋糕就放在冰箱裡，當下欲望當下滿足，」說完，她的手搭在他肩上，重重一拍，語重心長地口氣：「人生苦短，及時行樂。」

兩人並排而立，對面是公園。夜晚的薄霧中，公園中心的湖水泛著淡淡的銀光，如同一塊綴滿星光的銅鏡嵌在一堆假山石堆間。四周圍著一排排盎然的松樹，底下人群三三兩兩圍聚，下棋的、跳舞的、遛狗的……不遠處新舊樓交叉林立，霓虹閃爍，繁華似錦。

徐燕時從口袋裡抽了隻手出來，改而單手抄著，另隻手壓上易開罐，食指一勾，打開了。

向園震驚地看著他單手開易開罐的騷操作，就聽他不鹹不淡地問：「都聽見了？」

向園見他端著酒，審視自己，立馬舉手發誓狀。

「我真的不是故意的，只是來上廁所的時候聽見你們說話……」

徐燕時笑而不語，並不是很在意。

向園以為要沉默很久，她不敢起話頭，只能假裝在月色，乖乖地一口一口啜著自己的啤酒，卻猝不及防聽見耳邊一句輕描淡寫的——

「那就祝妳事事如願以償。」

聲音很淡，卻擁有一股莫名能夠穿透人心的力量，筆直地撞進了她的心裡，她震撼久久，許久都沒回過神。這大概是她收過最好的一句祝福。

祝你事事如願以償。當下的欲望當下滿足。

她心口微滯，有點不能呼吸，也有點措手不及，只能咬著啤酒罐邊緣悄悄地提眉借著微薄的月色，用餘光打量身邊的男人，敞著的運動服立領微微戳在他的頰側，像極了年少時的乾淨模樣。

向園小聲地回了句：「謝謝。」

「不客氣。」他喝了口酒，一笑而過。

雖然現在有些話，還不太方便過問，向園心裡千百萬個好奇，也不好問出口。

她想了想說，「還有也謝謝你今天的海鮮醬和小龍蝦，沒想到這麼多年了，你還記得。」

沒想到她主動提這個，徐燕時其實是怕麻煩，關於這個如願以償的理論以前也在封俊的嘴裡聽說過，說這個女生尤其嬌生慣養，不順著她能鬧翻天，從小家裡寵慣了，高中的時候脾氣也挺大，想吃的東西吃不到能碎碎念好一陣子。所以有時候封俊在打遊戲沒時間出去買都會打電話給在圖書館溫書的徐燕時，買多了，徐燕時也就記住了。結果到後來大家一起吃火鍋的時候，封俊搞不清向園喜歡什麼牌子的海鮮醬，反而是徐燕時順手幫她把配料調好放在面前。

往事歷歷在目。他好像還沒從當初的角色裡出來。

徐燕時轉過身，背靠著欄杆，把酒隨手放邊上，側著頭微微睨了她一眼，「妳別想多，我就是怕女孩子鬧。」

「我沒有想多啊，」向園也學著他的樣子往欄杆上靠，眼神低垂，笑得格外明朗，「我總不至於自作多情到以為你喜歡我吧？我知道不可能。你這人聰明，本來記性就好，能記住這些小習慣也不奇怪啊。我知道當年那些東西都是你幫我買的，封俊就是借花獻佛，不過我很好奇他是不是經常使喚你啊？有錢也不能這麼欺負人吧？」

徐燕時低頭哂笑，沒接話。

向園又說：「不過小樹林那事……」

徐燕時打斷，斜睨她一眼，「妳今晚是來翻舊帳的？」

向園立馬甩鍋說：「你不能冤枉我，我明明說不來的，是你打電話給我的啊。」

「好，我自找的。」

徐燕時無奈地舉手認了。

靜默一瞬間，兩人說完都不動聲色地別開頭。

向園想想還是挑起了話頭：「我是覺得既然來都來了，我們把過去的事情說清楚，拋拋乾淨，以後就專心投入工作。我跟封俊都分手多久了，我們就不能以單獨的個體相處嗎？我總覺得你還把我當封俊的女朋友呢。」

徐燕時：「妳什麼時候變得這麼上進了？」

向園揮揮手，一言難盡：「你就當我跟你們一樣為了改變命運吧。」

「跟我們一樣？妳有什麼不一樣的嗎？」

當然不一樣了，我創業失敗回去還有上百億的資產繼承呢，你有嗎。

當然這話不能說，向園隨即嫣然一笑，舉起酒杯：「不要摳字眼行不行，來來來，我們乾個杯，說好了啊，不計前嫌，不管過去發生過什麼，現在我們以新的身分開始啦！」

徐燕時沒理她，瞥她一眼，反方向側開頭。

向園自顧自地開始梳理這段新的關係：「重新自我介紹一下，你好，我是技術部二組組長，向園。」

似乎聽見他說了句，無聊。

向園其實根本沒想過他會配合，準備自己悻悻地喝口酒就撤，結果下一秒，手上被人輕輕撞了下。

她豁然抬頭，徐燕時不知道什麼時候端起了欄杆上的啤酒罐，極其快速且隨意地碰了一下她的，懶散又簡潔地報了自己的名字——

「徐燕時。」

不知道為什麼，這三個字，比這段時間他為她做的任何一件事，都讓她心動，撞死一隻小鹿也不為過。

還有剛才那句。

——祝妳事事如願以償。

第三章　曾經少年

第二天，辦公室。

施天佑坐在椅子上，他不聲不響地挪著椅子滑到徐燕時面前。

「我昨天幫你從側面瞭解了一下，這女生應該沒什麼錢，雖然看她穿得用得好像都挺高檔的，但是我覺得應該跟林卿卿差不多類型，家境不是特別好，然後又有點虛榮心，這樣的女生自尊心強，出門都愛揹奢侈品，信用卡帳單滿天飛，拆東牆補西牆……」

徐燕時：「你管人家？」

完了，老大情根深種了，施天佑如見肺肝地說：「你是不是上學時就暗戀人家了？」

徐燕時仰靠在椅子上，揚手投球似的把兩根棒棒糖丟進桌角的筆筒裡，聽著清脆的哐噹聲響，嗤笑看著施天佑：「你真的很無聊。」

李馳從一旁滑過來，湊了個腦袋過去：「欸，老大，你們真的是同學啊？話說，她上學的時候怎麼樣啊？」

徐燕時居然接了話：「哪方面？」

「當然是各方面了，」李馳順杆爬，笑得意味深長，「現在的學生哪個不講究德智體美勞多方面發展啊。比如，成績怎麼樣啊，有沒有交過男朋友啊？」

「成績普通，男朋友……」徐燕時頓了下，輕輕推了下眼鏡：「挺多。」

李馳一臉他就猜到的表情，莫名有點興奮，「家境怎麼樣啊？我昨天聽尤智說她兩百塊都還要跟高冷借。」

徐燕時：「兩百塊？」

因為應茵茵的關係，李馳其實對向園挺有偏見的：「對啊，你當時收回那則訊息被尤智截圖了。他見錢眼開，跟向園獅子大張口要了兩百塊錢，向園沒錢，一開始說不看，後來私底下跟高冷借。」

徐燕時靠著椅背挑眉：「高冷借了？」

李馳搖頭，遺憾地說：「高冷沒錢。但是聽說後來書姐借了，不過向園突然又不要了，反正我搞不懂這些女人在想什麼。」

「哦，」徐燕時低頭，漫不經心敲了下鍵盤，把電腦打開，「我不太瞭解她家裡。」

他確實不太瞭解，他只知道封俊家裡挺有錢，向園他自動略過了。

說完，徐燕時沒什麼耐心地瞟了眼面前這兩人：「問完沒？問完就滾去寫數據。」

李馳識趣滑著椅子回到自己座位前，施天佑還不怕死補了一句：「所以，老大，這麼分析下來，向園八成也就是活個體面，存款可能還沒你多呢，你們這情況要好好考慮一下啊，別泥足深陷了——」

不等他說完，被徐燕時一腳踹回去。

向園最近是真的挺缺錢的，以至於看見個羊都以為是人民幣符號，羊：30000。她由衷地哇了聲，感嘆了句好有錢，引得一旁在整理徐燕時對比數據的林卿卿都忍不住抬頭，瞥了一眼，「向組長，這是羊，不是人民幣符號。」

向園定睛一看，哦，看花眼了。然而一低頭，手機上的信用卡催繳帳單就緊隨而至，……本月帳單：¥45819.23。

向園猛然一怔，大腦轟然塌陷。

她不敢置信，跑一趟西北線四萬多？她記得好像沒花那麼多吧？

向園頭腦發昏，以為自己看錯，把手機遞給林卿卿：「小卿卿，妳幫我確認一下，這個是人民幣符號還是羊。」

林卿卿：「是人民幣符號，欠款四萬五千……」

「打住，」向園連忙揮手，「別念了，腦子疼。」

林卿卿想問她妳怎麼會欠這麼多錢，但看向園這如臨大敵的模樣，也知道是信用卡刷爆了。見她一臉一籌莫展不知道錢花在哪的模樣，目光一斜，出言提醒：「組長，妳是不是買包了？」她拿筆尖指了指向園掛在椅子背後的香奈兒：「好像是剛買的。」

向園這才恍然驚悟，混沌中抽身。

哦，她好像買了個包，上週末為了慶祝跟徐燕時開始了一段嶄新的關係，她一個衝動去商場逛了逛，本來想買件羽絨衣，結果，逛著逛著，她完全忘了自己此刻已經是窮的叮噹響，哪有錢買這些東西。直到她回了家，彎腰脫鞋的時候才意識到不對勁，慌忙掏出信用卡一看，我靠，這張卡是她哥給的那張，沒綁定在老爺子的私人帳戶上，也就是意味著要她自己還。她本來打算厚著臉皮這週末拿回去退掉，結果週一一上班她又忘了，隨手把包揹上了。

古人有云，由儉入奢易，由奢入儉難。

她這一見到包就忘了自己親爹是誰的毛病什麼時候才能改回來。

向園精神萎靡地趴了一陣子，掏出手機傳訊息給自己以往幾個交情還不錯的小姐妹。

——『江湖救急，借錢整形。』

然而，除了許鳶外，並沒有人回覆。

這群人除了吃喝玩樂的時候想著她，結婚、結帳的時候想著她，別說借錢，就算逢年過節連一則問候訊息都沒有，爸爸平時怎麼對你們的！向園只有這一刻才真實地體會到人跟人之間的感情有多冷漠。

其實賴飛白不是沒有警告過她，這個圈子大多數人已經被利益鏈捆綁了，老爺子不願意讓她跟那群小姐妹玩其實也有原因的，她們父母是什麼樣的人，老爺子早就見識過了。但向園從小就被套在這樣一個光環下長大，身邊的朋友對她都懷有三分敬意和忌憚，哪有什麼坦誠真心。所以上高中的時候，她一定要住在老師家，也不願意跟人透露自己的家世，真正知道她背景的人不多，她交到了許嵩這樣的好朋友。這是她這一生唯一的財富和朋友。

不過她自己還挺樂觀，好朋友有一個就夠了，要那麼多幹什麼。

其實心裡也有準備。

所以手機安靜如雞對她來說也並不是那麼意外，只是有些自嘲，還真是讓老爺子都說中了。

從家裡出來那晚，老爺子贈送了幾句人生箴言——

「向園，我希望妳能在未來一年內，學會兩件事。」

「第一件事，無論在未來遭受什麼委屈，或者背叛，妳可以哭，可以抱怨，可以借酒澆愁，但不能認輸，不能因此而否定自己，我為什麼給妳這一次機會，是想讓妳在現實中看清生活，看清自己，能擁有基本的判斷能力。」

「第二件事，學會區分人和好人。妳的同事每天按時打卡工作完成一絲不苟，妳求他幫忙他寧可打遊戲也不幫妳的忙，這是人。不要抱怨。如果妳的同事在每天按時完成自己的工作前提下，還幫妳的忙，這是好人。妳要感恩。還有一種人，自己工作不完成，卻還熱心的幫妳的忙，這是蠢。我不希望妳成為第三種人。」

向園深深嘆了口氣，結果，這時手機有個許久不聯絡的小姐妹傳了轉帳訊息給她，金額不多，五千塊：『最近只有這麼多，妳打個針還是夠的。』

向園感動得涕泗橫流，默默記下小姐妹大名，決定以後恢復財政大權的時候一定要好好報答人家。

許鳶又匯了五千給她，『姐們最近真的沒錢，這五千還是從老闆那裡預支的，妳先拿著。』

向園：『T.T 親人吶，你們都是親人吶！』

許鳶：『難道還有小妖精借錢給妳，不可思議啊。誰啊？』

向園：『一個國中同學，很久沒聯絡了，收到轉帳的時候我也是嚇一大跳。還是同學感情好。不過妳老闆還預支薪水？妳老闆對妳真好。我等一下也去找永標試試。』

許鳶：『去吧，妳不怕被永標打的話。』

向園有那個膽子，沒那個臉。李永標出了名的摳門，不僅不會答應，還會用他的意爾康皮鞋揍得她滿地找牙。

她想像一下那個場面覺得很血腥，忽然——腦袋一道靈光閃過，她猛地記得起來徐燕時上次好像分享過一個比賽網址，她立馬去翻，卻發現徐燕時已經刪除了。

她連忙敲敲桌板，問劈里啪啦敲著鍵盤的林卿卿：「徐燕時在哪？」

「在主會議室，剛剛老梁來了，老大在跟他商量韋德那批貨的後續問題了。」

向園：「老梁是誰？」

林卿卿解釋：「梁良。」

這名字。向園默默在心裡吐槽了一下。

林卿卿：「之前韋德跟我們有合作一個追蹤器的產品，應該是不外銷的那種，只是一批初試品，陳珊跟韋德談了好久才拿下這個單子的，那邊還是看老大的面子才肯簽下來，畢竟當年韋德想簽老大。但是這批貨出了問題，弄得韋德那邊對老大很失望。梁良是韋德研發部的總指導，他其實已經不管事很多年了，這幾年都轉戰幕後了，但這次為了老大的事，也一直在疏通韋德的高層。」

「為什麼出問題啊？」

「不太清楚，總是有人上班想著談戀愛，把一號螺絲畫成二號螺絲了吧，廠商又不懂這個，照著設計圖稿一做，整批貨就這麼出去了。」林卿卿這話很嘲諷。

向園：「高冷？」

林卿卿：「高冷哪有資格做這種事，李馳。但是高冷也逃不了關係，因為他是驗收設計師。」

「徐燕時不管嗎？」

「老大那陣子在北京，是李馳全權負責的。只是當時大家都以為是個小錯誤，收回來改好就行了，結果韋德那邊抓著不放，矛頭還直指老大。反正一組的人現在都提心吊膽的。」

向園扒在會議室的玻璃門外看，百葉窗沒闔上，她順著縫望進去。徐燕時對面坐著一個面容剛毅，看起來年近六十的男人，額角白髮一戳戳，在燈光下尤其顯眼。

徐燕時今天穿了件迷彩的短外套，運動褲有點收腳，束進他的馬丁靴裡，襯得一雙腿又長又鬆散。他坐在會議桌的盡頭，椅子微微拖開了些距離，表情不卑不吭地在跟梁良說話。

直到梁良接了通電話要走。

徐燕時才站起來把人送出會議室，再回來時，向園站在會議室門口，手裡端著熱氣騰騰的紙杯，諂笑地看著這個穿迷彩服的英俊男人：「徐組長？渴不渴？」

無事獻殷殷，非奸即盜。

徐燕時不客氣地接過，不冷不淡說了聲謝謝，然後也不給她說話的機會，直接越過她，轉身進了會議室。

「啪」把門關上了。

被關在門外的向園：「……」

向園抱著試試看的決心擰了下門把，奇蹟般的發現徐燕時並沒有鎖門。她欣喜地推門進去。

向園悄悄走到男人面前，抽了張椅子坐下，徐燕時懶洋洋地靠著椅背，眼鏡摘了，闔著眼，兩指在揉搓眉間鼻梁，表情不是很高興。

她關心地問了句：「沒事吧？」

徐燕時不答，靜默片刻，睜開眼重新把眼鏡戴上，那雙眼睛微微有點迷離，看著她，低聲問：「找我有事？」

這聲有點像是剛睡醒時的慵懶和沙啞，聽得人心口一悸，向園回神，人也慢慢往後靠，笑咪咪又沒心沒肺地說：「關心你一下嘛。」

徐燕時勾唇笑了下，仍是懶懶散散地窩在椅子裡，長手一伸，把面前的筆電打開，一邊單手輸入密碼，一邊漫不經心地挑眉，不太信：「妳有這麼好心？」

他的電腦桌面一亮，向園側頭看了一眼，發現很乾淨，基本上什麼都沒有。果然是個連電腦桌面都及時清理的自律男人。

向園若有所思地把視線從他電腦上收回來，半開玩笑地問：「那你知不知道我以前叫什麼呀？」

徐燕時瞥她一眼，「什麼？」

「向善良。」向園毫不避諱，反正她每次跟人說起來都當作笑話講，「其實我原本叫向善，但是被派出所負責登記的工作人員打成了向善良，這個名字用了好一段時間，直到被小學同學嘲笑瑪麗蘇公主病，我才改成向園的。而且我們家人的名字都改過，我爺爺叫向光明。我哥本來叫向日葵。」

徐燕時聽到向日葵終於有點憋不住，嘴角沒有溫度地彎了彎，心不在焉地聽她說話。

他們幾個人的名字都是奶奶取的，向老爺子的本名叫向光明。後來因為一次跟奶奶吵架，兩人吵得不可開交，那時也是年輕氣盛，血氣方剛的向光明對老婆放狠話：「我要是再慣著妳這臭脾氣，我就跟妳姓！」

結果第二天，就灰溜溜地改成了司徒明天。這事向園也是聽父輩的人說的，畢竟老爺子叫向光明的時候她父親也才兩、三歲。那時候公司還在起步階段，所以知道老爺子本名的人並不是特別多。

向園見他終於笑了一下，又立馬說：「我跟你說，我哥特別搞笑。」

徐燕時仍是開著腿大剌剌地靠著，單手勾著滑鼠似乎在瀏覽公司的郵件，視線沒離開過電腦，連喝水都是盯著螢幕，也沒接話。

向園自顧自說：「我國中的時候，在網路上買東西，結果被人騙走了兩百塊錢。然後，我哥就在網路上找駭客要幫我追回那兩百塊錢……」

徐燕時毫無驚喜地盯著電腦螢幕往下接：「然後他就被人騙走兩千塊錢了？」

向園一愣，驚訝得闔不攏嘴：「咦，你怎麼知道？」

「妳高中的時候跟我說過了。」徐燕時終於把視線轉過來，正眼瞧她。

會議室門外，高冷跟施天佑頻頻回頭望著百葉窗裡頭的兩人。

高冷不可思議地撓著頭，奇蹟般的發現——臉色陰沉了好幾天的老大，這時終於輕鬆了些，還抱著手臂靠在椅子上，低著頭風騷淺笑。

話癆跟清高？好像還挺搭的。

施天佑也如是想，露出惋惜的表情，「好久沒見老大這麼笑過了，太好了，我以後要對向組長好一點，讓她多哄老大開心，老大笑起來多帥，多吸引人啊。」

高冷狐疑地盯著他，「你打什麼如意算盤？」

「我打什麼如意算盤，是你們打我的主意好不好？」施天佑哼唧一聲，「你別以為我不知道，你跟李馳偷喝過我的太太靜心口服液，老大有沒有喝過我不知道，但是防患於未然，而且我這次已經藏在一個你們誰都找不到的地方。」

高冷不屑地翻了個白眼，施天佑藏在哪都沒用，第一個偷喝的其實是尤智，而且，每次施天佑有所察覺準備換地方藏的時候，尤智早在他那箱東西上裝了定位。

說曹操，曹操到。

尤智此刻正喝著施天佑的太太靜心口服液從門口愜意地晃進來，但他沒想到今天施天佑沒去休息室午睡，居然端端正正坐在座位上。

施天佑也想看看到底是哪個兔崽子偷喝他的太太靜心口服液，明明剛買的，只剩下半箱了！

高冷清咳了聲，在一旁瘋狂朝尤智使眼色，尤智反應很快，眼疾手快立馬把東西背到身後。然而施天佑早已看見。他一邊活動筋骨一邊從椅子上站起來，腳步沉重如灌了鉛一般，拖著S曲線的貓步朝門口的尤智步步緊逼：「尤智，我做夢也想不到，這個罪魁禍首竟然——是你！」

施天佑一百八十公分的大高個，揍起人來也毫不手軟，尤智強裝鎮定，卻還是結結巴巴地阻止他的靠近：「冷……冷靜，……冷靜，我剛剛研究了一種新的品種，太太精心口服液搭配可樂好像更好喝，這樣靜心殺精，不出百日，肯定變性……」

會議室內。

徐燕時看到了百葉窗外高冷頻頻打量的目光以及施天佑和尤智嘈亂的尖叫聲，他覺得煩，撈過桌上的百葉窗遙控器把它關上了。

高冷喲喝一聲，還不給看，稀罕！

徐燕時靠著座椅，尋了個更舒服的坐姿，問：「妳來跟我說笑話的？」

「算是吧。」向園不自在地撓撓鼻尖。

「得了吧。」徐燕時不是很信，他隨手把電腦闔上，「又是倒水又是講笑話的，怎麼，我心情不好連妳都看出來了？」

向園始終都掛著笑，「我只是感覺大家這幾天壓力都挺大的，韋德那邊的問題有這麼嚴重嗎？最壞的結果會怎麼樣呀？」

韋德的事情……

徐燕時其實戒菸很久了，這次是他這幾年唯一一次，胸腔煩悶到需要靠菸疏解，不過他還是忍住了，別開頭，淡聲說：「算不上嚴重，最壞的結果就是取消以後的合作，包括之前的導航前裝市場涉及到韋德系統的部分可能都得解除合約，可能還需要賠償一定的違約金。現在一切還沒定論。」

向園訝異：「這麼嚴重？因為這次的這批貨？」

徐燕時勉強扯了個冷淡的笑容，像是苦笑，更多的是灰敗和消沉。

「可能跟別人無關。現在還不確定。」

向園忽然被他眼裡的消沉狠狠刺痛了一下，像是有什麼東西在心中漸漸流失，可她卻怎麼也抓不住。曾經那麼驕傲的他，似乎都是上個世紀的事情了。

她沒辦法裝作看不見，缺心眼地問他到底是為什麼。

她忽然有點後悔，自己為什麼要跟老爺子打賭，如果不打賭的話，她現在是不是可以幫到他？別說進總部，他想做什麼她都可以為他鋪路，別說四環一間房子，二環中心想買幾間她都可以，包括他弟弟的病，她可以為他找全球最好的醫生。

她越想越興奮，然後被一聲清冷的咳嗽聲拉回現實。

徐燕時用食指指節敲了敲桌子，「說妳的事，有事求我？」

哦，她現在是為了四萬塊信用卡帳單發愁的少女。向園也不再扭捏，開門見山：「你之前不是分享了一個科技創業大賽，我想參加。」

「妳？」徐燕時很不給面子地說，「找錯門了吧，人家不要主持人。」

向園收回剛才心疼他的那句話，翻了個大白眼，「我想以我們公司的名義參加。」

徐燕時：「理由呢？」

向園大腦飛快運轉，面不改色地背著早已爛熟於心魯迅先生的名言：「為了國家的科技事業發展做出力所能及的努力，做一個積極向上、充滿熱血的青年，有一分光發一分熱。」

徐燕時冷笑：「妳如果說為了獎金，可能更有說服力？」

向園笑嘻嘻：「那你有沒有興趣啊？獎金大家平分啊。或者你七我三，我這個人很好說話的，實在不行，給我三萬就行，剩下的都給你。」

「沒興趣。」

向園急了，「別啊，徐組長。這麼好的比賽為什麼不參加呀，你不參加，那你的組員借我幾個，要懂技術的。我覺得你去了一定能獲獎的，為什麼不去參加？再說，你明明之前都分享了，是有參加的意思嘛！」

徐燕時始終不說話。

「我是真的很想參加啊，我們也可以借著這個機會，挽回韋德對我們的看法呀，我真的不單是為了錢，如果能有這樣一個機會，能讓我跟你……你們，並肩作戰，我已經很開心了，就算不能拿獎也可以呀，人生本來就會失敗啊，要是每次都成功，你想氣死『失敗乃成功之母的作者』嗎？」

她想了半天也沒想起來這作者是誰，隨後趴到桌上，下巴垂著，可憐兮兮地看著他：「你不是祝我事事如願以償嗎，這就是我最近的願望了！」

徐燕時仍是低著頭一言不發。

向園悄悄把手伸過去，輕輕拽了拽他外套的袖子，小聲地說：「成功那麼難，它就算有個媽媽又怎麼了？」

徐燕時微一抬頭就撞進了那雙充滿期待的眼睛裡。她的天真率性和對未知的好奇、對未來的期待，是他這麼多年都不曾見過的乾淨。

她好像一直被人保護在一個蜜糖罐子裡，不論是過去還是現在，她的人生永遠都是清澈明朗的。

徐燕時重新低頭，抽回被人拽著的袖子。

向園一愣，臉上的笑容漸漸消失，手不自覺僵在空中。

「因為這次事件，我們被韋德禁賽了。」徐燕時靠在椅子上，微微側開頭，視線落到會議室的窗外，聲音低沉得像是要刨開她的心：「對不起，我幫不了妳。」

此刻他往著窗外的眼神，像是困獸，明明是擁有能與全世界威懾抗衡的力量，而此刻眼裡的消沉卻讓人心疼。

➤

週末，向園收拾東西準備臨時回一趟北京。

她決定就算軟磨硬泡也要讓老爺子先暫時恢復她的財政大權。因為她實在看不下去徐燕時這消沉的模樣。結果等她下了飛機卻撲了個空。

司徒明天跟賴飛白出國參加國際會展了，家裡只有管家劉姨在，向園回房間放完行李發現家冕也不在，飛奔下樓去問劉姨：「我哥呢？」

劉姨看她滿頭大汗，嫺熟地倒了杯水遞過去：「在飛行基地吧，老爺子一走，他也走了。」

向園知道家冕幾年前在北京十三陵那邊開了個飛行基地，開私人飛機這事在國內其實非常難，航空管制嚴格，要申請營業執照並不簡單，但家冕有個神人朋友，叫陸懷征，是個空軍。營業執照就是他拿下來的，長得帥不說又幽默風趣還是個很夠意思的哥們。向園大學畢業有一陣子閒著無聊就去把飛行執照考了，這麼說起來，還真的有點手癢。

劉姨見她沒要走的意思，隨口問了句：「還回西安嗎？還是我讓人幫妳把房間打掃出來？」

向園連忙揮了揮手，示意她不用忙：「別收拾了，我馬上就回。」

「這麼著急嗎？」劉姨也沒管她，狐疑地走進廚房，「不知道的還以為妳在那邊交了男朋友。」

向園正在喝水，被劉姨這突如其來的敏感嗆了一口，她忙抽了張紙巾擦擦嘴理直氣壯地說：「我才沒時間交男朋友呢。」

也不知道在掩飾什麼，好像心裡忽然出現了一個人，可她下意識覺得這人不可能，立馬心煩意亂地晃了晃腦袋，放下杯子說：「我明天早上走，晚上不在家吃，您別幫我準備晚飯了。」

隨後就聽見啪的關門聲，別墅大門慢慢闔上，恢復一室寂靜。

「這丫頭真是一下子一個主意。」劉姨笑著嘀咕了句。

賴飛白不在，向園只能自己開車，但她沒有車鑰匙，全都被老爺子沒收了，好歹家冕這個向日葵有點良心，在床底下留了一把車鑰匙給她。

不過這車不怎麼開，要加油。向園坐在駕駛座上，望著忽閃忽閃的油表箱紅燈，第一次體會到什麼叫屋漏偏逢連夜雨。

她扣上帽子擋住半張臉，又不知道從哪翻出了一副久違的墨鏡戴上，把自己遮得嚴嚴實實，這才不情不願地把車開到加油站，在油站工作人員熱情的注視中，食指中指夾著一張紅彤彤的鈔票故作鎮靜地從降了條縫的車窗裡遞出去，說：「九八，加五十。」

然後，在工作人員懷疑自己是否聽錯，用眼神詢問「您這車就五十？」的狀態下，向園還義正辭嚴地補了句——

「記得找我五十。謝謝。」

「……」

反正她只開這一天，後面誰開誰加。

許鳶剛值完夜班，睡眼惺忪地走出夏蟲語冰編輯部大樓的時候，看見樓下停著一輛帶叉的高級轎車，她確認了三秒，才打開車門上去。

「妳怎麼回來了？任務完成了」許鳶問完覺得有點冷，搓著手看了一圈，「怎麼沒開暖氣？」

「沒油，」向園幽幽嘆了口氣，直白地說，「我只加了五十，不開暖氣能跑八十公里。」

「加油站工作人員沒報警啊？」許鳶笑著挖苦。

向園翻白眼：「人家很有職業素養的。我就不信，沒人加過五十。」

許鳶不覺得，努了努嘴搖頭道：「加五十的人肯定有，但開妳這種車加五十的，我想應該不多。」

「下車，我回西安了。」向園佯裝翻臉。

許鳶這才笑著問：「怎麼忽然回來了？」

向園惆悵地看著車窗外：「想跟老爺子商量件事，老爺子出國了，算了，等他回來再說吧。」

「什麼事啊，這麼著急地趕回來？」許鳶有點好奇。

向園淡淡別開眼，看著車窗外冒著霧氣灰白的天，第一次沒對許鳶說實話：「沒什麼事，業務上的事。」

許鳶「哦」了聲，看她這迷離的小模樣有些感慨：「其實妳認真起來做什麼都厲害，妳以前要是好好讀書，說不定也是個學霸，搞不好現在也是學校代表呢。」

向園回神，收回窗外的視線，隨口問了句：「什麼學校代表？」

「我就猜到妳沒看群組，」許鳶知道向園平日裡不怎麼看群組訊息，她從包裡掏出手機，在相冊裡翻了半天才找到前幾天的一張照片，遞給向園說，「六中今年校慶，每個班找了幾個當年讀書很好現在混得也不錯的學生，回去跟學弟學妹們講講考試和創業經驗。不過好像沒請徐燕時。」

說到這，許鳶趁向園翻相冊的空隙，隨口問了句：「對了，妳那天不是碰見他了嗎？後來還有聯絡嗎？」

向園還沒跟許鳶說徐燕時在她老爺子的公司上班。她下意識的把這件事當作她跟他的祕密，而且徐燕時目前這樣的情況，向園也不想讓過去有聯絡的同學知道。

也怪自己那天嘴快，於是她翻手機的手指微微一頓，停在螢幕上對許鳶說：「嗯，機緣巧合見過幾面，但是也不怎麼聯絡。對了，不用讓妳哥問車了，他不是賣車的。」

「我說呢，當年那麼厲害的學神，怎麼可能淪落到去賣車，」許鳶看起來像是鬆了口氣，連她都覺得徐燕時不該這樣，「他現在在做什麼啊？」

向園含混「嗯」了聲，不是很想多談，岔開話題：「這個李揚怎麼也混進去講座了？他的成績很普通吧？」

李揚的成績確實普通，在班裡算是中間段，別說跟徐燕時比，連班裡的前十都沒考進去過幾次，這點向園記得很清楚。因為他一下課就去九班找徐燕時問問題，屬於特別努力，但是天資不夠。也算是個憨實的老實人。

許鳶：「人家創業成功啊，做手機軟體的。最近很紅的那個叫什麼，莫里，就是他出的。」

「約炮軟體啊？」向園下意識說。

「什麼呀！」許鳶翻了一大白眼，把手機奪回來，找軟體給她看，「就是這個，一個樹洞軟體，妳有什麼想罵的，負面情緒不好發在社群上的，就可以發在這裡面。」

「聽起來怎麼那麼陰暗呢？」

許鳶：「現在年輕人誰還沒點小情緒，李揚其實挺聰明的，是我們學校的學霸都太厲害。光芒被遮蓋住了，我們那個學藝股長，當年升學考嚇尿褲子的小胖子，現在也是檢察官，還有班長他們，這幾個現在都在市長辦公室。對，還有鍾靈，妳記得吧，九班班導師鍾老師的女兒。」

記得，能不記得嗎，上學時就是個校報記者，不分青紅皂白地往上頭寫，整天含沙射影這個A同學思想品德有問題，那個B同學家庭教育有問題，你還不能對號入找，不然就是自找苦吃。

「她當年不是喜歡徐燕時嗎，弄得鍾老師天天找徐燕時談話。現在混得還可以啊，聽說在電視臺當記者，鍾老師逢人就說自己女兒在中央電視臺寫新聞時報。鍾靈每天在同學群組裡分享自己寫的新聞，反正我現在有一種被小人得志的感覺，非常不爽。」許鳶將到這，又回到了最初的話題，「徐燕時到底做什麼的呀，妳還沒跟我說呢，我剛剛確認了一下，這次代表名單上真的沒有他的名字，九班找的是許塱，許塱雖然成績也不錯，但當年跟徐燕時比也還差一大截吧？怎麼會找他呢？」

「人家低調不行嗎？」向園把手機丟回去，「做什麼我也不太清楚，應該在做什麼科學實驗吧，沒怎麼聯絡過。」

「妳不是後來還見過幾面嗎？開車嗎？什麼車？」

「妳問這個幹什麼？」向園狐疑。

許鳶：「前兩天同學會，妳在西安，我們就沒叫妳，反正挺唏噓的，我發現混得最好的，反而不是當年讀書最好的那群人，雖然班長他們都在市長辦公室，除了政治地位在這群同學裡好點，其他的其實也普通，又沒什麼錢，車也是普通車。然後李楊那群創業的，除了錢什麼也沒有，瑪莎拉蒂、藍寶堅尼……車鑰匙掏都掏不完，兩群人就嗆起來了唄。陰陽怪氣的，我看了難受，感覺曾經那麼好的一群同學，現在好像都變味了。連李揚當初那麼憨厚的一個男生，都被金錢腐蝕了。妳沒發現現在群組裡大家好久沒說話了嗎？」

「再過幾年又好了，現在只是群雄角逐的時期，等過幾年大家都結了婚生了孩子，誰管你這麼多。」向園倒是很有經驗的樣子。

許鳶想想還挺有道理，點點頭，她忽然想起來：「今天光棍節啊，工體那裡開了家清吧，老闆跟調酒師都帥到爆炸，去不去？」

「去，誰不去誰孫子。」

向園咬牙說，心煩意亂地想要忘記腦海中那個消沉的身影。

她一定是單太久，路邊隨便看隻野狗都覺得荷爾蒙爆棚。

誰知道，那晚新酒吧開業，有個剛在最近的賽事上拿了冠軍的電競俱樂部在開慶祝派對，整個酒吧周邊堵得水泄不通、裡三層外三層全是粉絲。

向園就在這裡，碰到了她的前男友——Karma。

KPL職業選手，國服第一中單，各種巡迴賽都是日常秀操作。

Karma是最後一個到的，看見向園被人堵在門口，就讓助理下去把人帶上來了。

向園當時要是知道是Karma，她也不會傻乎乎的跟著人上車了，直到許鳶捂著嘴尖叫出聲，「天，是K神！」

Karma禮貌地對許鳶笑了下，「妳好。」說完，他把腦袋上的鴨舌帽反過來帶，帽檐搭在腦後，讓向園能看清楚他，難得溫和地笑了笑：「上車吧，我帶妳們進去。」

晚上九點，溧州。

高冷瘋了似的在技術部小群組裡@所有人。

高冷：『@所有人，我的天哪！你們猜我剛才在K神的直播間看到了誰？』

尤智：『Karma？』

高冷：『是啊！Karma啊！我他媽居然在Karma的直播間看到我們組長了！』

李馳：『向園？她不是不打遊戲嗎？怎麼跟這些電競選手混一起？』

高冷：『Karma說是晚上酒吧電競表演賽活動，園姐是現場唯一一位幸運粉絲！』

李馳：『這個唯一聽起來真諷刺。K神眼神肯定好，那麼暗的條件下都能把園姐從人堆裡選出來，肯定經過深思熟慮。』

尤智：『抽中能幹什麼？跟K神打比賽？向園會嗎？』

半分鐘後，高冷回。

——『不，是坐在K神旁邊，近距離觀看K神秀操作。』

所有人：『這是什麼撩妹騷操作？K神是他媽見色起意了吧？』

高冷在社群上看直播間著無聊的時候翻了下好友列表，結果他敏銳地發現，平日裡社群帳號像死了一樣的某人，今天頭像上的綠點點好像亮著，顯示著線上。

他嘗試著傳了則私訊打招呼：『hi？』

沒人理。

他又傳了一則：『你你你……怎麼上社群了？』

xys：『有事？』

高冷是你大爺：『沒事啊，我就好奇你怎麼線上，你不是忘記密碼了嗎？』

xys：『剛找回來。』

高冷隨手翻了下他的首頁，然而讓他驚奇的發現，徐燕時首頁的五個關注，忽然變成了六個關注。高冷捧著他那顆好奇心，點進去一看，大腦轟然一聲跟炸開鍋了似的沸騰，原本毫無色彩木著的一張臉，此刻像是煙花絢爛多姿。

完全不敢相信啊。

老大居然關注了——Karma！

高冷發現新大陸，把截圖傳到老大不在的群組裡。

高冷：『我靠，老大關注了K神，你們說他現在是不是在看Karma的直播？』

李馳：『不能吧，他好像說過不打遊戲的。他寧可用這個時間多睡一點。』

尤智：『也不是沒有可能，畢竟是向園被抽為幸運粉絲貼身觀看Karma打遊戲，你想想，Karma那張妖孽臉，遊戲操作秀到起飛，又那麼會撩妹，你坐在他旁邊心動不心動？老大作為（自認為）向園小姐生涯裡碰到過最帥的男人，有點危機感，也正常的吧。男人的自尊心在作祟。』

張駿：『你們在說什麼？』

李馳：『小孩子早點睡，男人的世界，你不懂。』

張駿：『尤智比我更小。』

尤智很敏感：『誰說我小？』

張駿：『我是說你年齡……小。』

施天佑：『高冷呢？』

一分鐘後。

李馳：『你們快看直播，高冷好像瘋了……』

一群人火速衝過去圍觀高冷發瘋。

Karma 直播間，留言刷得飛快，放眼望去白茫茫一片，文字重疊壓根看不清誰誰誰在說什麼。高冷傳什麼都石沉大海。然後他破天荒地儲值了五塊錢，換上了閃瞎眼的特效文字，用上了亮閃閃的卡通字體，字體顏色——綠色。

@高冷是你大爺：『老大！我知道你在，我人生第一次花了錢的彩色留言送給你了。』

所有人笑瘋，但大家都對高冷特地挑選的綠色很滿意。

李馳：『高冷，你今晚為什麼這麼不怕死？』

高冷：『你猜。』

施天佑：『你又偷喝我的太太精心口服液了？』

張駿：『……心疼老大。』

李馳傳了個骨灰盒的圖：『我看了下，這個你可能要用到，買這種就可以了，反正你矮。』

高冷：『滾。』

在眾人一片和諧的插科打諢中，尤智忽然理智地傳了一則小論文。

『你們想想，老大如果沒在看直播，那他一定不知道今晚高冷在直播間給他的原諒色綠留言的事，所以不存在找不找死，反正他也不知道。但是如果明天老大對高冷動手，說明他今晚看了直播，老大一個從來都不關注電競、也不打遊戲的人究竟是出於什麼樣的原因去看這樣一場直播呢？是因為向園呢？還是因為向園呢？老大為了不讓我們抓到他把柄，他就算是心裡窩著火，也必定裝作什麼事情都沒有發生。所以高冷今晚農奴翻身做主人了，被老大欺負了這麼久，終於欺負回去了。但我覺得智商這麼線上的事情，肯定不是你想到的，是書姐慫恿你的吧，錢也是書姐讓你儲值的吧？你這麼摳門，會想到這個？』

高冷：『厲害啊，小尤智。不過有一點你猜錯了，錢是我自己儲值的。』

李馳忽然撤回骨灰盒：『666666，哥玩不過你們。』

張駿：『天吶，更加心疼老大……』

高冷發出那則留言的時候，向園也看到了。

因為Karma有點不是滋味地關了麥克風嘀咕了一句：「這人是不是假粉，在我的直播間刷什麼存在感？我怎麼那麼不舒服呢？」

向園最近對老大這個詞比較敏感，所以下意識抬頭掃了那則綠油油的留言一眼。不過她沒想那麼多，純以為技術部宅男們又在日常找死。

經紀人在一旁，面無表情地玩手機嗆他：「花了錢還不是進了你的口袋，你管他為誰花錢，只要肯花錢，你趕緊給我好好直播，再說，你又不是沒見過假粉絲，接機的時候，那些腦殘粉朝著你喊 Few 的時候，你不是答應得挺開心的？」

Karma 這男孩子有點典型的王子病，又極其小氣愛吃醋，完全是小男生心態。一開始相處的時候，覺得這男孩挺可愛的，長得帥遊戲打得好，還會撩。時間一長什麼壞毛病都出來了，作為一個男生他還有點玻璃心，向園有時候看見罵 Ashers 的言論，她頂多不舒服一陣子，自己消化。

Karma 被人罵，他就自我懷疑，自己是不是真的醜，自己是不是真的菜，向園有時候問他，別人的評價對你那麼重要嗎？Karma 猶豫了一下說，我覺得挺重要的，因為我就是公眾人物。有時候打比賽輸了，Karma 的關注度會比別的選手高一點，他粉絲多，黑粉也多。

所以好幾次被罵上熱搜，Karma 直接傳訊息給經紀人，說要自殺。嚇得所有人寸步不離，日日夜夜守著他。他就像是一個極度需要別人肯定的小孩，別人誇他一句，心情美上天，罵他一句就墜入地獄，所有的喜怒哀樂都來自於別人。

透過這件事，向園在找男朋友的路上又多了一個結論，男人還是不能看長相，性格太重要了。

緊接著，又蹦出一個問題。徐燕時這樣的，性格算不算好？

清高，還帶點冷幽默？不過他應該不怎麼玻璃心吧，遭受了那麼多，內心應該很強大才能什麼都不說撐到現在吧？

向園打開訊息，這才發現技術部小群組裡面有她直播的討論。

所以他是看見了這個才去看 Karma 的直播？

Karma 今晚在直播間撩了一路，操作秀了一臉，她心如止水地看著那些在粉絲眼裡秀出天際的騷操作，內心真的毫無波瀾。

然而，卻在此刻，心沒來由的砰砰跳了兩下。

徐燕時只是有可能在場外看直播，都比 Karma 現場的幾百句情話都管用，向園覺得自己可能瘋了？

妳喜歡誰，都不能喜歡他呀！

向園如是告誡自己，手已經開始不聽話地翻出徐燕時的帳號，在這個畫面上停留了有半分鐘之久，然後敲下一句話：『你在看直播？』

有眼尖的粉絲看見這一幕，快笑死了。

『坐在K神身邊居然還跟別的野男人傳訊息？K神好慘。』

『小姐姐好可愛啊！喂喂喂，妳醒醒啊！看看K神啊！全世界最有魅力的男人就坐在妳旁邊，妳到底在想什麼？』

『我此刻好想看看對面那個野男人到底是誰，能讓小姐姐在面對K神這樣的男神都心如止水。』

『人家跟朋友聊天不行？這些女友粉好煩。』

向園渾然不覺，因為她沒想到徐燕時這次回得很快。

xys：『嗯。』

向園：『……你不是說對這些不感興趣嗎？』

xys：『我再確認一下。』

向園：『……』

這個理由，很充分。

向園：『那你慢慢確認吧。』

彼時，Karma剛好看到粉絲留言，狐疑地回過頭，隨口問她傳訊息給誰。

向園對留言上發生的事情一無所知，完全不知道自己已經被粉絲視奸了。然而，Karma問的這句話太過於日常，以為他又關了麥克風來撩她，當時也是煩死了Karma一個晚上時不時關麥撩她一下的這個騷勁。

於是，她腦子一抽，沒好氣地脫口而出：「男朋友！」

Karma意外地挑了挑眉，卻讓向園整個人都傻眼了，他好像沒關麥。

因為現在粉絲都在說『小姐姐有男朋友了哈哈哈哈哈』、『男朋友帥慘了吧不然為什麼對我K神視若無睹哈哈哈』、『Karma電競生涯之撩妹滑鐵盧』、『小姐姐說話歸說話口氣不要這麼不耐煩雖然我家K真的是個話癆寶寶』。

向園如遭雷擊，後脊背一僵，感覺全身的血液都往腦袋上湧，那漸漸溫熱的熱血，慢慢流向她麻木的四肢，整個人像是燒了一般灼熱。

向園覺得今晚一定是喝多了在做夢，但是狠狠掐了下自己又疼得要命，她現在心裡翻江倒海的，像是被人攪了一淌渾水，掀起了驚石海浪。

手機被她緊緊攥在手機，手指節都微微發白，像是一顆隨時會引爆的定時炸彈。

活動結束，向園下樓點了杯雞尾酒，準備買醉。

偏在此時，她攥在手心裡的手機嗡嗡發震，看這力道，不像是訊息。

是電話，還是徐燕時的，備註的是，隔壁組長。

許鳶看她皺著眉頭糾結一下要不要接這個電話，就知道這兩人有貓膩，於是搡了搡她的肩，小聲地調侃：「不接我幫妳接，我倒要看看是哪個野男人讓我姐妹這麼心神不寧了一個晚上。」

向園眼疾手快藏起手機，「別，這個不一樣。」

許鳶了然，頭次見她這麼認真，收回手，「行吧，我暫時先放過他。」

最後，向園自己接起來。

「喂？」

結果，傳來高冷欠扁的聲音。

『哈哈哈哈哈，我不是老大哦，我是高冷哦，我入侵妳的手機，改了妳來電顯示哦，可不可怕？我就是這麼強大，打不到我吧！』

向園怒火中燒，剛要發作。

高冷被人賞了個爆栗，電話被劈手奪過，傳來一道慣有冷淡卻又透著點不一樣的聲音：『什麼時候回來？』

「……」

這場宵夜局攢得很猝不及防。

高冷直播正看得津津有味，囫圇間聽到向園說了句什麼男朋友，然後粉絲就開始瘋狂地留言，他還沒瞧仔細呢，訊息開始「咯噔咯噔」響個不停。

他點開一看，連著兩則，都是老大發的。

xys：『要不要吃宵夜。』

xys：『我請客。』

所有人一哄而上，五分鐘後已經在公司樓下的路邊攤裡，嗷嗷待哺地排排坐得整整齊齊，一絲不苟。

高冷接過老闆手裡的菜單，特別認真地問了句：「老大，是真的可以隨便點的那種？」

徐燕時拎了張白色沙灘椅過來，長腿跨過，鬆散地坐下去，半靠著把手機丟到桌上，沒什麼情緒地說：「看你良心了。」

高冷默念著「我沒有良心」把想吃的都點了一遍，又萬分惆悵地仰頭道：「唉，我組長不在真是太可惜了。」

徐燕時沒接話，懶懶散散地仰在沙灘椅上，長手一伸，把手機放到桌上，拿了瓶可樂。亮著的手機螢幕就在高冷面前，誘惑力巨大。

高冷計上心來，「老大，我想拿你的手機打個電話給我們組長。」

徐燕時一臉欲擒故縱地表情，「哦？」

高冷：「雖然知道她人不在西安，但是你難得請一次客，我們好歹要告知她一下吧？你知道她上次怎麼說你嗎？我說老大親自下廚做飯給我們，她居然說你是為了省錢啊！」

徐燕時難得勾了勾嘴角，低頭裝模作樣地看菜單，極其欠扁地說：「打吧，讓她遠程點幾個想吃的菜，你幫她吃了，別說我沒請過她。」

高冷震驚於老大你這樣真的會有女朋友嗎？

然而每次跟老大出去，那些女人飢渴的眼光他是真實的感受過的，男人只要長得帥，摳門算什麼缺點。

相比較徐燕時這邊單調的男人聚會，向園那邊燈紅酒綠的氣氛就比較暗昧了。

Karma 他們走之後，酒吧恢復正常營業，餘下的都是熟客。廳內昏暗，盡是靡靡之音，舞池裡盡情縱欲的男女，每個角落都透著欲蓋彌彰的極致曖昧。

所以連電話裡那個聽起來隨意且漫不經心地清冷男音，此刻在她耳邊，也極盡誘惑。

『什麼時候回來？』徐燕時一邊低頭翻菜單，一邊問。

向園這邊酒吧駐唱臺上，新來的女歌手聲音非常好聽，比之前男歌手還沙啞，英文發音非常標準。

唱的是向園最近非常喜歡的一首歌，只是歌詞聽起來有點色色的——〈shape of you〉。

她心猿意馬地想如果徐燕時用他標準的倫敦腔唱這首歌不知道是什麼感覺？禁欲又色色的？

那邊見她半天沒說話，『啞巴了？』

向園這才從這首色色的歌裡找回靈魂，低聲說：「最早那班，七點多的飛機，到西安差不多九點。」

徐燕時隨意地闔上菜單，丟給高冷，轉身去冰櫃拿酒，對電話那頭說：『明天我去接妳。』

向園一愣，有點始料未及，心怦怦跳，不會是真聽到了直播間那句話吧……

「呃，剛才……其實……好像……你不用……」

『什麼？』徐燕時從冰櫃裡抽了四瓶百威出來，單手拎著，波瀾不驚地問，『我不用什麼？』

「我剛剛在直播間……」

『我沒聽，』徐燕時不動聲色打斷，『跟妳傳完訊息我就跟高冷他們出來吃東西了。妳說什麼了？跟我有關？』

「別別別，我剛剛在直播間罵了句髒話，Karma已經刪了，太丟我們團隊的臉了！以後堅決不來這種地方了！」向園真誠檢討，發自內心悔改，心想等會要趕緊讓Karma把影片刪了，出多少錢都行。

徐燕時像是輕『嗯』了聲。

酒吧裡音樂緩緩流淌，灰暗的角落裡有男女難忍寂寞尋找慰藉，向園視線微一頓，心不在焉地開始沒話找話：「我記得你也是北京人吧？」

『嗯。這幾年多在西安。』

「過年要不要一起回來？」

『再說。』他不是很想聊這個。

一陣沉默，忽然不知道說什麼。

向園猶豫著要不要掛電話的時候，聽見許鳶在她耳邊發出一聲低低的驚呼，她指著窗外，有點興奮：「下雪了！今年的初雪！」

向園望過去，果然，熙熙攘攘的大街上，人潮擁擠，蓬鬆的雪花如柳絮，紛紛揚揚，漫天飛舞，天地蒼茫一片，像是被攏進一個童話世界。

許鳶是個浪漫主義者，雖然是個土生土長的北方人，但每年初雪那天還是會覺得浪漫。

向園想，今天真的有點特別。

「西安下雪了嗎？」

徐燕時下意識抬頭看了天空一眼，竟也徐徐飄了點白絮。

『下了。』

確實有點特別，連她這個唯物現實主義者都覺得今天這場雪下得很浪漫，於是她低聲說：「那明天見？」

徐燕時『嗯』了聲，單手開了瓶百威，說：『把航班編號傳給我。』

本來挺浪漫地掛了電話結束，結果向園聽見話筒那邊，高冷冷不防跟誰說了一句。

『下雪了欸？』

『每年擔心光頭強長凍瘡的日子又來了……唉。』

「……」

真的很破壞美感。

路邊攤就在公司樓下，老闆用彩色的尼龍織帶撐了個大帳篷，頂上亮著一盞昏黃的燈，虛虛攏攏地照著他們幾個人。這個天氣這個時間，也沒什麼生意，徐燕時他們這桌又是常客，老闆一如既往熱情，上完了所有菜還送了幾盤花生給他們下酒。

男生們照單全收，嘴又貧，收了東西自然把老闆哄得那叫一個心花怒放。

徐燕時幾乎沒怎麼吃，全程靠在椅子上低頭玩手機。

高冷跟尤智幾個日常找碴。

尤智不喝酒，高冷就詬他，「你應該多喝酒，有個詞叫熱脹冷縮，你懂不懂？喝了酒，身子就暖了，身子暖了，自然就大了。」

尤智也不管中間是否還坐著徐燕時，他直接撲過去把高冷的腦袋勾過來，單手勒在自己懷裡。

高冷被勒得眼冒金星，快要口吐白沫的時候，餘光瞥見徐燕時手機那亮閃閃的畫面好像是《王者榮耀》啊？

高冷臉色漲紅，直翻白眼，卻還是被驚得嗆出了一句髒話。

「我靠……你看老大。」

尤智以為高冷讓他看老大的 SIZE，更氣了，想乾脆把他掐死算了。

誰知道，高冷居然還拿手指著徐燕時的襠部，跟他說：「雞……」

雞你媽啊！

尤智怒火中燒，想拿酒灌他，讓他清醒清醒。結果高冷趁他分神的瞬間，費力掙脫，嗆紅著臉，爆著青筋地指著低著頭的老大——放在腿間玩的手機說：「手機啊，老大在玩什麼啊？《王者》？你居然玩《王者》？」

這下，所有人都被吸引了注意了。

連低頭專注於火鍋的李馳、張駿幾人都忍不住抬頭，齊齊朝徐燕時看過去。

高冷直接把腦袋掛到徐燕時的肩上，「我靠，你可以啊，第幾局？」

徐燕時操作挺流利，很順暢，對走位也有概念，知道猥瑣發育，還知道鑽草叢偷襲，唯一不太熟練的就是技能，他對英雄的技能不是特別瞭解，難免生疏。

「第二局。」徐燕時盯著螢幕說。

高冷：「第二局你就玩成這樣？我不信？」

想當初他玩第二局的時候，有個路人看他一直選不定英雄，就對他說：「這麼難選，你玩個錘子。」

高冷以為他罵人，髒話全套飆了回去。

結果那個路人非常茫然地回了句：「大哥，我讓你玩鍾無豔啊。」

他那個時候才知道，哦，原來鍾無豔的英雄技能用的是錘子。

所以高冷打死都不信，徐燕時居然第二局就玩這麼好，這哪像是剛玩的？等他這局打完，高冷二話不說奪過他的手機，翻了翻歷史戰績和所有的遊戲記錄。

居然真的只有兩局戰績。

連這裡遊戲水準最高的尤智都給出了非常中肯的評價，「老大再打兩局應該跟高冷差不多了。」

第三局，徐燕時玩諸葛亮，諸葛是尤智認為整個遊戲人物形象裡最帥的一個，跟老大本人形象非常搭，玩起來莫名有點代入感，等其他人都回座位開始掃殘羹冷炙，尤智又默默觀察了一陣子，不經意地問了句：「老大以前打過別的遊戲？」

「怎麼看出來的？」

尤智推了推眼鏡說：「有大局觀啊，不會盲目搶人頭，還知道分經濟給隊友。新人玩遊戲哪知道這些，不給隊友添麻煩都是謝天謝地，你看你們隊裡的射手，完全亂走，死一波算一波，這局要涼。」

果然涼了。

這話說完不到一分鐘，畫面就放大了，失敗。

尤智看一下他的戰績，雖然輸了，諸葛亮還是MVP，最強輸出。

等所有人吃飽喝足，一波男生打了幾局遊戲，不過徐燕時不肯跟他們組隊。

高冷問他為什麼，他說：「英雄池還沒摸透。」

高冷切一聲，「你想一個晚上摸透英雄池？你怎麼不上天啊？」

徐燕時以前玩《魔獸世界》比較多，近幾年新出的手遊他都沒玩過。他玩了三局左右就知道這遊戲大致跟dota的模式差不多，而且操作性還沒dota強，有些英雄技能電腦直接自動定位，完全不用考慮卡位這些。

尤智他們在連輸三局之後說什麼都不肯再組高冷了。

高冷：「不組我，你們難道組老大嗎？他比我還菜。連段位都沒有。」

徐燕時被點名，瞥了高冷一眼，「你什麼段位？」

「榮耀黃金。」

說的跟鑽石王者似的。

徐燕時勾勾嘴角，關掉英雄技能影片，靠著椅子尋了個舒服的坐姿，對尤智說：「拉我。」

那眼神裡竟然灌了些往日的神氣。

尤智沒來由地一股興奮躥上末梢神經，「好嘞！」

徐燕時打不了排位，只能先跟尤智他們打幾局匹配。

然後高冷就瞠目結舌地看著尤智跟老大一路心照不宣，配合得天衣無縫。

尤智：「老大，你東皇打紅，當心韓信對面來反野。」

徐燕時：「知道。」

話音剛落。

韓信被秒了，徐燕時收割人頭，繼續守著紅。

又一局，徐燕時過了一下說：「尤智，開團。」

尤智下意識要指導一下徐燕時的坦克英雄典韋，因為坦克是肉盾，開團的時候為了幫C位輸出擋傷害，必須第一個衝上去跟對面硬碰，位置還不能亂走，萬一被對方射手鑽了空子，結果徐燕時不等他指揮，典韋已經占據了絕佳位置跟人打起來了。

「高冷，你看看。這就是老大跟你的區別，就他媽這個典韋，我教了你多少走位你到現在還沒學會！」

一旁李馳悠悠地抽著菸，吐出一句：「說實話，每次跟高冷組隊的時候，要不是只有對方能殺你，我跟尤智都不知道想殺你多少次。別說老大，張駿也才剛玩沒多久，都他媽玩得比你好。」

施天佑盯著手機，「老大這波神啊，打團從來沒有這麼舒心過，果然，人跟人就怕比較。」

高冷不服氣：「你這話說的，什麼不怕比較啊？豬也怕比較的好不好？」

「換個角度，人跟豬就不怕比較，因為沒什麼好比的。」

徐燕時不鹹不淡地補了句。

高冷氣得哇哇大叫，昏暗的帳篷裡都是此起彼伏的笑聲。

徐燕時難得勾著嘴角，他沒戴眼鏡，整張臉顯得清瘦了些，輪廓被昏暗的燈光籠著，笑起來的時候那深黑的瞳仁也比帳篷外的月亮還要亮，眉眼依舊乾淨清澈。燈光昏暗，環境有點簡陋，只是這幾個男孩都年輕出眾，有路過的女孩會忍不住往裡面看一眼。

於是，一眼就看見那個隨意靠在椅子上低頭認真玩遊戲，眼神裡卻透著少年意氣的年輕男人。

然後，徐燕時就被人要帳號了。

進來的女生絲毫不羞澀，因為是幫她朋友要的。

徐燕時是第一次被女生主動要帳號。

以前出門的時候，女生們頂多都只是偷偷打量一下，因為這男人臉上就寫著「生人勿近」，冷著一張臉，非常不友好，膽子再大的也不敢上前跟他要好友。而且，他總是皺著眉頭，一副要麼別人欠他幾百萬或者他欠別人幾百萬的模樣，這兩種誰看了都害怕，再英俊也不行。

可今晚不同，連尤智他們都察覺出來老大的心情好像還不錯？可能有點隨和了？

進來的女生很禮貌，話說得非常客氣。

「您好，小哥哥，能幫我朋友加下你的好友嗎？我朋友剛剛在門口站了半小時不敢進來跟您要好友，結果回寢室就有點感冒了，回去想想又覺得不甘心，怕今晚錯過你，以後就不會遇到了，但是她有點發燒，我們室友已經送她去醫院了，所以她托我來一定要拿到您的帳號。」

徐燕時擰著眉頭，剛要拒絕。

被女生打斷：「不好意思，我問一下，您有沒有女朋友？」

帳篷裡男生在起鬨：「沒有！別說女朋友，前女友都沒有！」

徐燕時一個冷淡的眼神掃過去，所有人都乖乖閉嘴。

他完全沒處理過這種狀況，腦中快速閃過幾個想法。

女生又迫不及待地問：「加好友都不行嗎？我朋友真的比我漂亮多了！她真的是第一次

想要加男生的好友，她本來想說算了，後來被我們幾個說說也怕自己以後遺憾，又決定讓我來要，能不能這樣，您先加她，然後有什麼話，就算是拒絕，也請您親自告訴她，我怕我口頭轉述她會不相信，萬一這影響到我們的感情，就是一輩子的事情了，我只有她這麼一個好朋友，也是真的很想幫她。」

高冷被這位女孩縝密的邏輯震驚了，這簡直就是談判專家，道德綁架都用上了，這他媽不加都不行啊。

徐燕時迫於無奈就加了。

女生興高采烈地走了，帳篷內的男生個個目瞪口呆。

李馳：「現在的女生，真的為了要個帳號，什麼話都說得出來。」

尤智：「換做是你，就不一定了？」

李馳：「……」

施天佑：「其實很有禮貌了，畢竟是個女孩子，話都說成這樣了，拒絕人家總歸不太好。」

高冷哼唧一聲，「我週一就告訴我們組長。」

徐燕時跟老板結完帳回來，把錢包揣進口袋裡，拎上外套，闊步往外走，「隨便你。」

今晚是有點得意忘形了。

他一邊往外走，一邊自我解嘲。

週日。

徐燕時去機場接向園，不過向園走錯出口，兩人在航站樓裡晃了半小時還沒遇上，向園沒戴眼鏡，只能不斷傳訊息給徐燕時。

向園：『要死，我好像走錯出口了。』

xys：『？』

向園：『我對這邊不熟，現在十公尺之內人畜不分。怎麼辦啊，我好沒有安全感。』

xys：『開即時定位，妳站著別動，我去找妳。』

向園：『好。（乖巧.jpg）。』

xys 大概是不知道回什麼，回了個：『嗯。』

向園的航班早，機場航廈的人其實不多，大廳空曠，人稀稀寥寥。向園一步都不敢動，就站在原地，乖乖等著徐燕時來找她。

結果徐燕時找到人的時候，向園安全感還沒著陸，怕被人拐賣，讓徐燕時站著別動，「你等一下啊，我看一下，你是不是徐燕時？」

然後手掌去夾他的臉頰，微微踮起腳尖，腦袋湊上去。

一旁的小孩見這踮腳的模樣覺得有點熟悉，很像電視劇裡女主角親吻的放大鏡頭，顯然很有經驗，於是他自覺地用胖乎乎的小手捂住自己的眼睛，稚嫩的童聲猝不及防地在空闊的大廳迴盪——

「媽媽！有人要親嘴啦！」

「……」

咦？向園忽然停下來。

氣氛有些凝滯，似乎有什麼尷尬的東西在空氣中蔓延，她氣血上沖，面頰開始微微發燙，僵著腳往前也不是，往後也不是。

她確實近視，度數還挺深，五百多度。平時隱形眼鏡戴習慣了，只有趕早班機的時候才戴眼鏡，結果昨天那杯雞尾酒下去，她暈頭轉向地把眼鏡錯拿成墨鏡了。現在出了航廈也看不見站牌，全拿手機當放大鏡看路牌。

向園這個高度，模模糊糊看著徐燕時擰著眉頭，表情有種被人支配的不耐，那雙丹鳳眼眼尾低垂睨著她。瞧清楚了，真的是他。

徐燕時把腦袋從她手裡掙脫出來，隨手推了下她的額頭，「鬧夠了沒？」說完也不理她，拽著她的手臂把人領到自己車前，二話不說塞進去。

終於解決了。

向園前方的視線模糊一片，於是轉頭看開車的男人，他仍是一隻手臂搭在窗沿上，右手單手把車從車位裡倒出來，一氣呵成，又拽又冷。

這樣也好，看不清他，也不太尷尬。

他的目的地好像很明確。

向園：「我們去哪？」

車子駕上主幹道，兩旁的風景一路在飛馳著倒退，高糊的世界綠油油一片，讓向園想到那則留言。

徐燕時在第一個紅綠燈路口停下來，慢慢踩下剎車，靠在駕駛座上說：「先送妳回家。」

向園「啊」了聲，「然後呢？」

「然後下午帶妳見個人。」

「誰啊？」

徐燕時簡短地下了個定義：「算是個聖誕老人。」

徐燕時把車四平八穩地停在向園家樓下。

府山路的南御園是新建案，均價大概跟北京郊區的一棟小別墅差不多，裡頭也全是別墅，總共四百多戶，陳書有個挺有錢的親戚就住在這裡，陳書說過幾次。

向園下車前還在猶豫要不要請他進去等。

但顯然徐燕時沒有要進去的意思，熄了火，往駕駛座上一靠，鬆散地很，「我在車裡等妳。」

「我很快。」

徐燕時倒不急。「隨妳。」

等見到聖誕老人已經是下午兩點。

徐燕時帶著她七歪八拐地繞過一條條古樸的小巷，正前方是個非常恢弘大氣的鐘鼓樓，好像是溧州市的中心，算是這座城市暮鼓晨鐘的地標，建了有幾千年的歷史。

徐燕時把車停在一家看起來隨時會倒閉的電腦店前。

門面只有鐘鼓樓的一根柱子的大小。而且非常破舊，正門口斜掛著一塊劣跡斑斑的四四方方牌匾，就好像動畫裡那種隨便來陣蕭條的風，這牌匾都隨時能「嘎嘣」一聲不偏不倚地砸下來。

向園好奇地打量了一圈，發現這附近再也沒比這家店更慘的裝潢了。

徐燕時最近混得慘，交的朋友也有點慘。

而且這店也太不正經了，門口竟然掛了一隻 Hello Kitty，然後在肚臍眼上貼了一張非常省事的便條，寫著——此人很凶。

徐燕時輕車熟路地拉開那扇破舊得闔不攏的推拉門，顯然不是第一次來。

「哐哧哐哧——」

她感覺整個店都跟著晃了三晃，緊接著映入眼簾的是一張裸男出獄圖，是真的全裸被關在牢裡，然後不知道被誰拿黑色簽字筆寫上了——裸男出獄，猛虎下山。

這完完全全不像是一家正經的電腦店，更像是一家七八十年代，被圍追堵截低調掩藏在各個大街小巷裡的黃色錄影帶租借場所。

向園也不是沒見過世面的人了，她還挺津津有味地欣賞一下那張裸男出獄圖，正要問聖誕老人在哪呢？

裡面那扇小木門裡走出一個胖乎乎的紋身男，戴著副中規中矩黑框眼鏡，老實又叛逆，看見徐燕時，驚喜地一愣：「你怎麼來了？」

店後面還有個小暗室，算是雜貨間，丟著亂七八糟的電腦零件和一些拆得七零八碎的破銅爛鐵，角落裡堆著的全都是雞零狗碎的雜物。

但好在房間大，很亮敞，邊邊角角堆著東西之外，其餘地方還挺乾淨規整。

三人中間支著一張桃花芯木圓桌。

向園這才知道徐燕時今天的真正來意。

「參加比賽？」

男人叫王慶義，其餘向園不瞭解，徐燕時不肯多介紹，一揚下巴，「王慶義。」

又拿下巴一點她，「向園。」

兩人乾巴巴地朝彼此一笑，正要寒暄兩句，被某人直接打斷，直奔主題。

「韋德杯的創業大賽，以老慶你的名義參加，案子我們出，」徐燕時靠在椅子上，鎖了手機，丟在桌上，「獎金二十萬，你們平分。」

向園和王慶義同時一愣，默契地齊齊吼：「你為什麼不要？」

徐燕時輕描淡寫地帶過：「那按公司分。」

意思，他們是一起的。

「不然占了老慶便宜，後面很多事情要麻煩他出面。」徐燕時補充。

「我怎麼覺得我吃虧了呢？」向園細細一想。

徐燕時笑了，「妳哪裡吃虧了？」

「那我們怎麼分？」

「我七妳三。」徐燕時逗她。

老慶完全不考慮，一臉徐燕時說什麼就是什麼的表情，向園覺得徐燕時說屎真好吃，他可能也願意去試一下。

老慶還不肯要獎金說把錢都給徐燕時，被徐燕時拒絕，「是我找你幫忙。應該的。」

回去的路上，向園簡直懷疑那紋身男是不是欠了徐燕時錢。

不過顯然，徐燕時不願意多說，她望著一旁沉默開車的男人，還是心有餘悸：「真的能參加嗎？我們會不會被抓啊？萬一要是知道是我們公司出的，韋德會不會從此把我們拉黑了？」

徐燕時單手控著方向盤，看了後視鏡一眼，轉了個彎隨口漫不經心道：「那妳想不想參加？」

「想啊。」向園看著窗外，心情是愉悅的。

「我儘量讓老慶小心點，所以這件事，高冷、林卿卿那邊包括李馳、尤智他們都不能知道，人多嘴雜。」他提醒。

「知道，我又不傻。」向園忽然想起來，「你怎麼會忽然想到要借老慶的名義參加啊？」

其實幾天前梁良來找他的時候，他就知道韋德現在內部怎麼回事了。前段有幾個過去的朋友來西安找他，才知道老慶也來西安了，他知道老慶為什麼來西安，大多是為了他。

他勸老慶回去，老慶不肯，非要在這陪著他。

徐燕時當時也挺無奈，可說不感動？那是假的，胸腔裡滿滿都是滾燙的熱血，他從小到大，到目前為止，所經歷的沒有一件是順心的，可偏偏就收穫了這麼一群出生入死的兄弟。

老慶那時跟他說，曾經在北京，是徐燕時罩著他。

那麼既然你來我的地盤，不管我在哪我都要回來罩著你。

老慶是那種為了兄弟可以兩肋插刀的人，別說辭了北京的高薪工作，就算是美國的綠卡也使喚不動他，只要他不願意。

徐燕時沒有多說，而是淡淡看了她一眼，不動聲色別開眼：「不是事事如願以償嘛，妳一個八點想吃的蛋糕九點吃到就不算蛋糕的大小姐，下一屆一定不想參加了吧？」

怎麼這麼瞭解她。

「你，是不是會讀心術？」

徐燕時：「我只是以前八點的蛋糕買多了。」

向園：「……」

接下來的一週，徐燕時跟向園等技術部所有人陸陸續續下班，就在會議室裡開始想比賽方案。

向園不想被人發現，就在訊息上日常對暗號。但某人顯然不是很配合。

向園：『忙完沒？OK？』

xys維持他一貫高冷的作風，簡短地回了個：『K。』

連O都懶得打。

向園：『等會你先進去，我總覺得林卿卿好像發現什麼了。』

xys：『……』

向園：『你想一下方案，我等林卿卿走了再過來。』

xys：『嗯。』

五點半，技術部所有人終於全部撤離，向園趴在桌上長舒一口氣，準備去會議室找徐燕時，誰知道，高冷半路又折回，向園人都已經進會議室了，又立馬貓著身子從裡面退出來。

高冷一邊看著她行為怪異，一邊朝自己座位走，一步三回頭，步步斜視眼，向園立在會議室門口，裝模作樣看手機，似乎要去廁所又好像要去茶水間。

然而那扇半拉著的百葉窗裡，男人則完全相反，手指搭成塔狀，氣定神閒、老神在在地坐著。

高冷拿完東西，故意繞到向園身邊，在她耳邊鬼魅般地留下一句：「你們最近……有情況哦。」

她想說高冷你不要這麼八卦。

高冷已經興奮地飛奔出去，還臭不要臉地在門口朝她打了個比心槍。

等人澈底消失，向園繃了一天的神經終於鬆懈下來，氣勢洶洶地推開門把方案表往桌上一甩，插腰：「我受不了了……」

徐燕時外套掛在椅子上，人靠著，思緒被她這突來的脾氣打斷了，驀然抬眼，眉眼看得出來是窩著火的，卻還是壓著火氣，看著向園：「怎麼？」

「天天這麼躲著他們，我感覺比偷情還累。」

徐燕時窩在椅子上，背不離椅背，長手一伸，一邊解鎖電腦，一邊喝水，哂笑道：「妳想多了。」

向園一屁股坐下，「我剛剛還在廁所聽見銷售部那幾個女的在傳我們的八卦。」

「妳聽她們的？」

「她們還順手八卦了一下永標最近新出的鄉村總裁四件套。」

「永標其實都知道。」徐燕時看著電腦說。

向園呵呵一笑：「是吧，我聽了也挺煩的，就順手錄音傳給永標了，讓他再清醒清醒。」

徐燕時靠在椅子上，勾了勾嘴角，「妳這樣容易得罪人，下次再遇到這種事，別用自己手機傳。」

向園又不傻，打了個響指：「當然不是，我用高冷手機傳的。」

徐燕時：「……也別用高冷手機傳，高冷不進女廁所。妳用施天佑的可能還有可信度。」

差點忘了……

向園敲敲桌板，回歸正題：「算了，還是想方案吧。我昨天想了一個，VR智慧導航你覺得怎麼樣？就是實景的導航，我看見招標上有人寫這個，剛好又符合我們的公司。」

「不能用導航，不然很多設計上的固有想法會被他們看出來，我們要做不一樣的。」

向園覺得有道理，把這條加在筆記本上。

「那做什麼呢？」向園開玩笑，「要不做個智慧語音軟體，我能幫你配音，葫蘆娃、櫻桃小丸子，你想聽什麼都行。」

「那妳先叫聲爺爺來聽聽。」徐燕時隨口反應。

向園忽然意味深長地看著他：「我發現你這人其實有點不正經。你是不是經常調戲公司裡的女同事？我剛還在廁所聽見，說你跟應茵茵出去看過電影……」

「應茵茵還說我跟她上過床，妳信嗎？」

「她們倒是沒聊這麼深，」向園捂著嘴，回過味來，一臉不可置信，「真的啊？」

「白癡。」

兩個小時前，廁所，一個公司八卦發源地。

向園剛拉上隔間門，就聽見後面有人有說有笑地走進來，那兩個女生是銷售部的，向園聽聲音覺得很熟，但分辨不出是誰。

其中一個聲音稍微尖銳一些的女生說：「李馳跟應茵茵是不是好上了？我看他們這兩週經常一起出去啊？」

另一位女生聲音比較圓潤細緻，好像是應茵茵好友王靜琪的聲音，她可能咬著唇在擦口紅，聲音聽起來有點含混不清：「不太確定，茵茵沒明說。不過我看技術部那兩個快好上了。」

「誰啊？」

「徐燕時和新來那個，王園。」

王你媽。向園翻了個白眼。

「不會吧，我還以為徐燕時對女人不感興趣呢，他看起來那麼高冷。」

「屁，」王靜琪對徐燕時有點不滿，很不屑地撇著嘴說，「應茵茵剛來時他不也跟茵茵出去看過電影？他就是騙騙這些新來的，老同事哪個不知道他的老底？帶著個病怏怏地拖油瓶弟弟，也就是茵茵心腸好，買那麼多東西給他弟弟。還送了一個iPad。妳看這個新來的，一看也是個喜歡花男人錢的小資女。他們互相坑對方錢吧，不過徐燕時這次真的看走眼了，應茵茵是真有錢，這女的絕對是瓷包。」

原來那個iPad是應茵茵送的，徐燕時家裡沒什麼蘋果產品，連手機都是安卓的，當時去他家裡看見徐成禮整天抱著iPad，還覺得挺格格不入的。

向園還在想，瓷包到底是什麼意思？

王靜琪又擲地有聲地補了句：「打腫臉充胖子！假貨！」

兩人又講了一堆上司的八卦。

彼時，許鳶的日常問候訊息傳來，還好剛剛開會她開了靜音。

許鳶：『我的職場小朋友，最近又學到了什麼？』

向園沒頭沒尾地回了句：『瓷包原來是假貨的意思。』

許鳶：『？』

向園：『以後在廁所講人八卦，一定要確定每間隔間都沒有人。不然會被小人錄音的。』

許鳶：『妳講別人八卦了？』

向園：『不，我錄音了。』

許鳶記得向園這人是典型的有仇必報，這麼一想就覺得自己真是鹹吃蘿蔔淡操心了：

『我還擔心妳被人欺負，算了，我想多了。』

向園：『>o<！』

技術部。

徐燕時罵完那句白癡後，整個會議室陷入一陣沉默，顯然，徐燕時不太願意理她，一句話都沒跟她說，自己一個人窩在椅子上對著電腦敲鍵盤。

向園癱在桌上，下巴搭著，時不時拿眼睛瞟他。

後者不為所動，時不時端著杯水喝一口，目不斜視地看著電腦螢幕。冷峻的臉龐尤其不講道理，那副精薄的眼鏡搭在鼻梁上顯得他原本英挺的五官有點不近人情。

向園自己又沒有主意，她對這方面的研究幾乎為零，迫於某人的淫威下，她認了：「好啦，我管你跟誰看電影，我們來討論提案吧？」

「我管妳出什麼提案。」徐燕時沒看她，冷冷一聲。

「你這人，」向園放下筆，一本正經地看著他，「能不能團結一點？我們現在是同一個團隊的。」說完她小聲嘀咕了句：「說的冠冕堂皇，別以為我不知道你也缺錢。」

徐燕時沒聽清楚，也懶得問。

直到向園忽然學著葫蘆娃朝他像模像樣地喊了句：「爺爺！我錯了！我以後再也不八卦你了！」

他這才沒憋住，橫瞥了她一眼，不想多說，回歸正題：「老慶給了我一個提案，是我們之前大學的時候做著玩的。」

說完，他闔上筆電推到一邊，隨手從旁邊抽了紙和筆過來放在兩人面前，準備開始講方案。

誰知，向園的重點偏了，「你們是大學同學啊？」

「不是。」他抬頭，眉頭微微一擰，嫌她話多。

「那你們怎麼認識的？」

「大學，但不是同學。」徐燕時靠在椅子上，黑色簽字筆夾在指間不耐煩地敲了敲桌子，「還聽不聽？」

向園立馬擺出一副洗耳恭聽地模樣，手一攤，「您說。」

然後向園看著徐燕時的簽字筆在紙上畫了一個又一個圈，腦子還沒回過神來，他把筆一撩，說完了。

向園：「你剛才說的每個字，我都明白，為什麼組在一起，我就聽不懂了？」

徐燕時毫不意外，抱著手臂往後仰，微微點著下巴看著她，表情諱莫如深。

他又一字不差地重複了一遍。

向園恍悟：「你是說星圖？」

徐燕時「嗯」了一聲，打開電腦，單手快速輸完密碼，然後調轉方向，幽藍的螢幕對著向園。電腦螢幕上正在播放幻燈片的ＰＰＴ，應該是剛才做的？非常簡單，但是一目了然。

向園不得不佩服這人的工作效率，這麼短時間居然就出了個成套完整的方案給她。

徐燕時：「人類現在未知的，也就是星圖了。我大學的時候，跟老慶他們做了個觀星軟體自己玩，效果還不錯，方案再改良一下，應該可以用。」

看不出來，徐燕時居然這麼浪漫，用手機軟體看星星，閒著無聊做了個觀星軟體自己玩？撩妹吧。

向園試探著問了句，挑眉：「你確定是自己看的？這套路可以啊。」

話題又偏了。

徐燕時懶得理她，把電腦收回來，靠回椅背，冷笑著不知道在鍵盤上劈里啪啦敲什麼。

「我就隨口一問，」向園立馬認慫，「我覺得這個方案可以，雖然聽起來很簡單，但是我覺得會很熱門，很多女孩子肯定會喜歡的，就是有個問題。」

徐燕時有點意外，「妳說。」

「我們以後不能再在公司留這麼晚了，而且，要是被公司知道，我們拿老慶的名義參加比賽可能會有麻煩？」

何止會有麻煩，會有大麻煩。

向園倒是不怕，反正老爺子也開除不了她，就怕徐燕時有點什麼事，那她就很過意不去了。

向園坦誠地看著徐燕時，儘量讓自己的語氣聽起來平靜一點，絕不能讓人聽起來有一丁點的心懷不軌，她說：「要不然以後下了班去我家吧，把老慶也叫過來，三個人，你總不怕我對你做什麼吧？」

聽起來還是有點心懷不軌，可她對天發誓，她完完全全是出於對他們的清白考慮。

徐燕時靠在椅子上，沒什麼表情地「嗯」了聲，「等一下打個電話給老慶。」

對了，向園忽然想起來，「我們公司今年新產品發表是什麼時候？」

差點把正事忘了。

徐燕時剛把電腦關了，「也是下個月，陳總那邊還沒給消息。」

向園忽而一本正經地敲了敲桌板，「這個也不能落下，徐組長這段時間辛苦你了，比賽是賺外快，本職工作還是不能懈怠，聽到了嗎？」

「還用妳說？」徐燕時不理她，索性拿起電腦離開會議室。

向園小碎步跟上去，「這次新產品發表什麼呀，快給我看看，有沒有我需要幫忙的呀，主持也行，我學的就是這個呀！」

「到時候再說。」

徐燕時拎著電腦，準備去開門，忽然被向園伸手抵住門板，整個人悄無聲息地溜進他和門之間，後背緊緊貼著冷硬的門板，仰頭看著他。

徐燕時單手抄進口袋裡，垂眼睨著她。

向園伸出食指，比了個一，「最後一個問題。」

「說。」

向園說：「獎金真的你七我三啊？」

徐燕時笑了一下，「勸我的時候不是挺大義凜然的？不要錢也幹啊。」

「我是看你意志消沉，想勸你嘛。」

徐燕時似是震了下，表情有微一瞬的凝滯，稍縱即逝，很快就恢復冷淡，低頭看著她，骨指節搓了下鼻尖，淡聲：「妳跟老慶分就行了。」

向園一愣，「為什麼？」

「因為妳比我窮。」

向園：？？？

第二天下班，徐燕時拉了個比賽的小群組。

老慶的大頭照是個紋身小哥，很瘦，應該不是他本人，向園跟人打完招呼就多嘴問了句：『照片很帥啊，是老慶本人嗎？』

誰知道老慶說：『是。』還非常不好意思地補了句：『只是現在有點胖了。』

向園震驚了一下，這胖的可不是一星半點啊。

向園安慰了一句：『其實還是帥的，哈哈哈。』

老慶：『妳這個朋友我交了。』

向園：『比心。不過你的紋身換了？好像有點不太一樣。』

老慶：『妳再仔細看看。』

她對比了下照片跟之前在店裡看到的紋身，好像是不太一樣。

誰知道，半天沒說話的徐燕時忽然冒出來一句。

xys：『沒見過胖變形的紋身？』

向園：『……』

老慶：『……』

兩人無視他，又客套了幾句，老慶打字的時候完全看不出來他那顆叛逆的靈魂，還是挺搞笑的，梗圖特別多，徐燕時全程一言不發，依舊維持他的高冷本色。

向園剛想傳定位給他們，讓他們下了班直接過來，她叫了外送。老慶忽然在群組裡說了句：『老徐，我這週末回趟北京，你要不要跟一起回去？』

xys：『不去。』

老慶：『你不會還生老鬼的氣吧？其實你不用跟他計較，他這小子說話從來都這樣，大家心裡都難受，當初以為是個很好的機會，沒想到會變成現在這樣。』

向園看得一頭霧水，不知道是徐燕時提醒他，還是老慶後知後覺意識到不妥。

老慶火速收回那則訊息。

看得她抓心撓肺！

氣得她肝火都旺了，勾起人的好奇心還不讓看，稀罕！

於是她把原先打在對話框裡的那句話刪了，改成一句憤憤不平地——

『你們兩個，自己吃了晚飯再過來！』

第四章 闖禍

向園有些意難平，好歹也是一根繩上的螞蚱。

說什麼是同一個團隊的，也完全沒把她當自己人啊，反正寧可讓老慶收回訊息也不願意告訴她過去發生什麼事，過分！

她還傻傻地為了幫他去找老爺子恢復自己的財政大權，別人對你好一點就得意忘形，這投之以桃報之以李的毛病到底什麼時候才能改改？

「呲啦！」

向園一邊忿忿然想著，一邊咬牙切齒地撕了包泡麵。冷冰冰的塑膠盒包裝看起來真像某張不近人情的臉，她忍不住用力一戳，把蓋子和杯體狠狠叉在一起，腹中怒火未消。

門鈴驟響，徐燕時來了。

「……」

向園瞧著視訊通話裡那張淡然冷峻的臉，見他這若無其事的模樣，餘火又開始亂竄。

開了門，她也不等人從電梯上來，沒好氣往門口丟了雙拖鞋就轉身回廚房，把沒泡開的泡麵拿到客廳，直接坐在地毯上，開了電視，開始漫無目的地挑頻道。

半分鐘後，門外電梯傳來「叮咚」聲響。

她的注意力後移，餘光往後瞥了一眼，那人還沒進來。

等身後的門被人微微拉開，她的視線轉回，僵著身子不動，也沒主動跟他打招呼。

徐燕時看見門口胡亂丟著一雙男士拖鞋，又加上向園那顆透著莫名倔強的後腦勺，電視機頻道一下子換一個一下子換一個，很沒耐心的樣子。

他沉默著換好鞋直接走進去，低頭看了坐在地毯上的向園一眼。連襪子都沒穿，毛絨絨的家居服下露出盈白細長的腳趾，像藕段似的踩在毛絨絨的灰色地毯上，骨玉平肌，漂亮得不像話。指甲蓋亮晶晶，像抹了一層油。是他不曾見過的女人的細膩。

徐燕時下意識別開眼，渾然不覺的向園，終究不忍心晾著他，隨便選了個臺，打開面前的泡麵，用筷子裝模作樣地撈了兩下，頭也不抬地問：「老慶呢？」

「七點關了店過來。」

向園下意識想到，抬頭仰著臉問他：「會不會影響他的生意？」

徐燕時：「沒事。」

她「哦」了聲，低下頭，吸了口泡麵，然後把沙發上的抱枕抽下來，示意他坐，卻沒開口，也沒看他。徐燕時低聲說：「我去外面抽根菸。」

居然抽菸，真難得。

兩人重逢至今，沒見過他抽菸，向園挺詫異的。不過她沒多話，也懶得問，反正他也不會告訴她原因的。從今天起，她也不會再問關於他的問題。

同事而已，何必自作多情。

徐燕時去陽臺，向園坐在客廳地上，電視機新聞裡播放著一則搞笑娛樂新聞——男子轉帳三十萬給網戀對象，卻發現對方是男性，隨即又轉一百三十萬。

不過沒人在聽，氣氛沉默而詭異。

她吃泡麵之餘，微微側目看陽臺上的男人，他不知道什麼時候把外套脫了，隨意掛在欄杆上，向園想提醒他，那欄杆還沒擦過。

徐燕時不常抽菸，拿菸的姿勢在向園看來卻很熟練，兩指夾著，鬆鬆地垂在腰側，似乎有心事。

他單穿了件黑色毛衣，襯得他身姿筆挺俐落，後脖頸線條流暢收進領子裡，好像怎麼都帥。家裡忽然出現這麼個英俊卻捉摸不透的男人，向園心裡還挺悸動。

她最近荷爾蒙大概真的有點失調吧。

看誰都心動。不過也就到此為止。

徐燕時單手抄在口袋裡，又點了根菸，鬆鬆咬在唇邊，虛虛攏著火，低頭吸燃時，大概是向園的目光太過熾熱和直接，下意識朝這邊望了一眼。

兩人的視線在空中猝不及防相撞，莫名的心口一滯。

像是油鍋剛半熱，只要把菜放進去，就能劈里啪啦，火花四濺。

然而，沒有菜，油鍋燒到冒青煙，也只是壓著鍋蓋霧氣繚繞地嘭嘭作響。

徐燕時率先平靜地收回目光，把打火機揣回口袋裡，那隻手就順勢抄在口袋裡。看得出來，他今天心情也不好，不多話，眼神裡滿是深沉的冷意。

短兵相接後，向園忽然偃旗息鼓了。心裡又冒出一種「算了，不跟他計較」的想法，在地毯上掙扎了兩分鐘，她走過去，手撫上欄杆，一轉身，後背貼上欄杆，故作輕鬆地看著他：「怎麼這副表情？我欠你錢啦？」

「沒有。」徐燕時低著頭笑了下。

這算是苦笑？

向園的心一下猛地抽緊，可剛剛才信誓旦旦地發誓再也不問他的事了，正猶豫著要不要問的時候，徐燕時倒是自己開口了：「我有一個朋友，肺癌中期。」

「很重要的朋友？」

「嗯。一個月前才跟他見過。」

天漸漸暗下來，不遠處的燈火映在他眼裡，竟有些難言的晦澀，她敏銳地反應過來：「那次見面不是很愉快？」

他低頭把菸蒂抵在菸灰缸的邊沿，輕輕彈了下，自嘲地：「嗯，吵了一架。」

向園沒想到他會對她敞開心扉，這得來不易的信任，忍不住讓她放低了語調，低聲問他：「那現在還好嗎？」

徐燕時說：「老慶今天才告訴我，情況似乎不太好。」

「聯絡專家了嗎？」她剛想說，聯絡不到我可以幫你。

天色暮沉，他望著遠方的霓虹，眼裡的光，像是在漸漸熄滅。

「我們以前大學的教授幫他聯絡了。」

隨後，他又快速地補了一句，「我請了一週假去北京，專案的事情我交給老慶了，等我回來……」

「我陪你回去！」向園忽然脫口而出，「我舅舅是肺癌專家，在北京很有名的，他拯救過很多肺癌病人，別說中期，我見過好多晚期的患者到現在都還活蹦亂跳呢。」說到這，她覺得可能有點不妥，連忙補充了一句，「我沒有說你老師找的專家不好的意思，我只是覺得，多個醫生多個手術方案，總能想到辦法的……」

暮色澈底降臨，江面泛著星點，兩岸路燈依次亮起。屋內沒有開燈，只亮了陽臺門口一盞乳白色的落地燈，兩人的身影朦朦朧朧被映到牆面上。明明站得有一公尺遠，可徐燕時的影子卻是壓著她的，不知是不是心理作用，向園光看影子，就覺得撲面而來都是男人的氣息。

她說著說著忽然停了下來。

因為徐燕時夾在手上的菸也不動了，他今天沒有戴眼鏡，那雙比明月亮、比清風乾淨的眼睛，此刻正牢牢地、目不轉睛地盯著她。

那深沉而克制的眼神，以至於她後來每每想起這個場景，都覺得渾身從脊椎酥麻到腳趾尖。

彷彿下一句，向園以為自己會聽見他沙啞著問，「為什麼？妳是不是還喜歡我？」

然而，門鈴響了。

向園混沌中懵懵回過神，下意識去看門口的壁鐘，七點。

老慶一進門，向園彎腰拿了雙拖鞋給他，「我剛搬家，這兩雙還是今天剛買的，不知道你們的腳碼，就買了最大。」

結果老慶一上腳，還小了。

向園下意識去看陽臺上的徐燕時，男人拎著外套剛走出來，黑色襪子底下的拖鞋還挺合適，他腳大但瘦，腳背寬沒什麼肉，套在拖鞋裡還有些空闊。

再一看老慶，肉都快漲開了，向園納悶，明明徐燕時比他還高一點，不是說男人腳的大小看身高嗎？

「我明天再去超市找找有沒有大一碼的。」向園有點不好意思地說。

老慶完全不在意，揮手笑著說：「沒事，很難找到合腳的。」說完，他圍著繞了一圈，親切地叫了一聲：「小園，妳這房子一個月租金不少錢吧？」

向園下意識看了徐燕時一眼，如果說是買的會不會嚇到他們？只能囫圇說了句：「啊，不是很清楚，朋友借住的。」

「妳還有這麼有錢的朋友啊？」老慶驚訝了一下，背著手跟個老幹部似的，在屋子裡巡視了一圈，又問了句：「妳朋友是做什麼的？」

向園開始收拾茶几上的泡麵，隨口胡謅了一句：「不是特別清楚，好像是房地產吧？」

老慶背著手，嘖嘖嘆氣：「真是人比人氣死人吶。」一轉頭，看見向園堆在廚房的半箱泡麵，又忍不住搭了句嘴：「妳就吃這東西啊？一個小女生也太不養生了。妳不會做飯嗎？」

向園一愣，不知道為什麼就是不願意在徐燕時面前承認自己不會做飯的事情。

故隨口頂了句：「會啊，最近太忙，剛搬家沒時間做，等我收拾好了請你們吃。」

彼時，徐燕時已經在餐桌上大剌剌地坐了下來，面前的筆電停留在開機畫面，正靠在座椅上百無聊賴地看著陽臺外的夜景，聞言聽見向園說要親自下廚擺喬遷宴，下意識回頭掃了她一眼，嘴角輕輕勾了勾。

老慶實在人，不明真相地一口答應下，「說真的啊，我可就等您這頓了。」

向園心虛地不接話，端著泡麵杯溜進廚房。

老慶心滿意足剛要坐下，餐桌前的男人邊輸電腦密碼邊不冷不淡地開口：「除了虧不能吃，還有什麼是你不能吃的？」

老慶一愣，我又沒吃你家大米，你這是在替誰抱不平呢？

「虧也能吃啊，」老慶嘿嘿一笑，人往後仰，「吃虧是福呢，不過你這同事的朋友是什麼來路啊？看起來有點不簡單啊？你說她什麼朋友這麼大方把房子給她住啊，不會是男朋友吧？」老慶說著，回頭打量著廚房那道倩影，壓低了音量小聲嘀咕：「女生長得漂漂亮亮的，氣質又這麼好，男朋友一定超有錢啊，一般男人她才看不上吧？這別墅都能抵你那破公寓至少十間了。同人不同命啊，怎麼就有人這麼幸運，住著大別墅，女朋友還這麼漂亮。」

老慶由衷感慨：「居然還有人懷疑有錢人是不是真的快樂，有錢人的快樂我們根本想像不到。怎麼樣，後悔自己當初的年少輕狂了嗎？」

「她沒有男朋友。」徐燕時答非所問。

向園剛好從廚房出來，老慶不信，順勢問了下：「妹子，妳單身啊？」

向園在徐燕時對面拉了張椅子坐下來，笑咪咪地看著老慶：「是啊，幹什麼，你要幫我介紹男朋友？」

老慶一拍桌子：「也不是不行啊！我那群兄弟裡也不是沒有又帥又有錢的。」

向園看了徐燕時一眼，半開玩笑地說：「有比他帥的嗎？」

「難，但絕對比他有錢。」

向園懶洋洋往後靠，朝老慶調皮地一眨眼，「那怎麼辦，我就喜歡沒錢的，還要帥的，我前男友都很帥的。」

「前男友？」老慶一聽，連連罷手，碎碎念，「那不行不行，老徐一個女朋友都沒交過……他沒經驗的，沒經驗的。」

徐燕時好像被嫌棄了……

向園靠在椅子上，憋著笑，剛要說老慶你厚道點啊。

徐燕時忽然：「笨鳥先飛聽過沒？」

這個……笨鳥先飛。

本來老慶不理解，看見向園隱晦地笑了下，似乎有什麼不可言說的深意，他這才有點不敢相信地看著徐燕時：「不會是我理解的那個鳥吧？」

「自己理解。」徐燕時氣定神閒，嘲諷地勾了勾嘴角。

老慶深知在徐燕時嘴裡占不了便宜，隨手撈了一張紙，捲成筒狀，採訪一旁笑得正歡的向園：「向小姐，對這位徐先生偷偷攻擊妳前男友們是『笨鳥』的行為抱有什麼看法，請問是否要發動『逐客令』技能？」

向園佯裝沉吟片刻，笑咪咪地對準老慶的自製麥克風，故作驚訝地問：「哦？我可以趕客嗎？」

老慶一臉理所當然，「of course，這是妳家。」

向園點頭：「好，那你出去吧。」

老慶：？

老慶懵然地看著徐燕時，後者此刻正懶洋洋地靠在椅子上，眼底抻著莫名的笑意，而他旁邊的向園笑得只差拍桌了，這才反應過來，這兩人合起夥起來欺負自己。

「ＯＫ，我走，我去沙發上，你們這對姦夫淫婦身上散發的愛情酸臭味都快把我腐蝕了。」老慶非常識趣地拿起自己的電腦去一旁的沙發上，決定把餐桌讓給這對狗男女，話雖這麼說，但老慶心裡是暢快的，他好像很久沒見徐燕時這麼笑過了。

老慶端著電腦，甩溜溜球似的甩著滑鼠，意猶未盡地補了一句：「老徐，我本來以為你是正經人，沒想到你講黃段子比老鬼還溜。OK的。」

向園憋著笑去看徐燕時，徐燕時也正巧在看她，視線一撞，整個世界都安靜下來，似乎凝滯了。

向園臉上的笑意漸漸淡去，望進他的眼神裡，似乎多了些渴求的東西，那雙神氣活現、單純天真的眼睛裡，比此刻外面的星星還閃、還亮。

而徐燕時眼底漫不經心抻著的笑意，也在慢慢收斂。剛剛他的眼神裡，某一瞬間流過的少年意氣，像重新打開了一個急湍的漩渦，深深吸引著面前這個女孩。然而，稍縱即逝。

他壓抑克制比窗外夜幕還深沉的眼神，讓向園的心猛地一抽。

是不是在見識過生活的磨難後，會習慣性克制自己，他是不是從來就沒有得到過自己想要的東西？

向園佯裝咳嗽了一聲，淡淡別開眼，再看下去，她怕自己身陷囹圄無法自拔了。

徐燕時下一秒也平靜地收回視線，注意力重回電腦，完全無縫接軌，直接就著剛才寫到一半的方案劈里啪啦敲下鍵盤。

向園不想打擾他，悄悄挪著凳子往邊上移了移，誰知道這餐廳椅子跟地板一磨擦，發出「咯吱咯吱」的聲音，弄巧成拙。

徐燕時餘光一瞥，「妳的動靜還可以再大點。」

向園誠懇道歉：「對不起。」

徐燕時：「白癡。」

向園發現還是工作中的男人比較迷人，徐燕時工作太認真，很投入，偶爾思緒卡住的時候，會摘了眼鏡靠在座椅低著頭閉著眼睛揉搓鼻梁，再睜開眼，面無表情劈里啪啦一通寫，她光是看著都心花怒放的，雖然看不懂，但感覺那敲下去的每個字，都是白花花的銀子。

她狗腿地問：「要不要幫忙呀？」

徐燕時瞥她一眼，「不用，我寫好方案傳給老慶，這週他出個測試版，等下週我……從北京回來再說，比賽時間還早，妳不用太緊張。」

「我跟你一起去北京。」向園看著他的眼睛說。

他愣了一下，還是說：「不用了，假很難請。」

向園朝他眨了眨眼睛，「我當然有辦法，不然我上次年休假怎麼請出來的？」

提起這個，他終於想起來，方案也不寫了，鬆散地往後靠，看著向園淡聲問：「什麼辦法？」

「不告訴你，」向園支著腦袋，一臉神祕，「萬一你依樣畫葫蘆怎麼辦？」

徐燕時笑了笑，從椅子上直起身來：「我沒妳這麼無聊。」

最後還是告誡了一下：「不許找永標請假，好好留在這邊上班，楊部長這段時間在外地開會，妳跟我要是都走了，技術部只會有張駿一個人上班妳信不信？」

向園「啊」了聲，「不是要指紋打卡嗎？高冷他們也太不自覺了吧？」

徐燕時：「妳以為呢，不信回去翻翻高冷座位底下的箱子裡。」

向園好奇：「有什麼呀？」

「自己回去翻。」

「好吧，那我把我舅舅的聯絡方式給你，你去了北京記得聯絡他，他真的非常不好約的，很多高官想掛他的號都要提前排隊，我舅舅這個人脾氣不太好，說話也比較直接，但他在肺癌這塊真的非常權威。我剛剛已經打過電話給他了，他最近剛好在國外休年假，人不一定能趕回來，但是至少可以先聽聽他的意見，我把他的帳號分享給你，然後到了北京，你就聯絡他。好不好？」向園一邊說著，一邊低頭翻手機，把顧嚴的帳號傳給徐燕時，又笑著把手機放下，看著他說：「祝你朋友早日康復。」

一句祝你朋友早日康復，狠狠地撞進徐燕時的心裡，像是一記重拳，不由分說地砸在他心裡，可他此刻心裡就像一團棉花那般軟，滿滿的無力感。

向園怕他有負擔，立馬說：「你不用覺得為難，也不用覺得欠了我人情怎麼樣，你也為我做了很多事，就當是感謝你帶我參加這次的比賽，其他都不重要，贏得獎金才是最重要的，我的信用卡還等著還呢。」

想了想，她又補了句：「換成是技術部的任何一個人，我都會幫忙，更何況我們還是同學，我想我們的感情應該比別人還深一點，還有就是，你當我在提前賄賂你吧。」

「賄賂？」他略一沉吟。

「是呀，因為我來這家公司另有目的啊！」

「什麼目的？」

「把永標幹下去！」

徐燕時終於笑了笑，「祝妳成功。」

氣氛終於撈回來了，不然徐燕時再像剛才那樣「深情款款」地看著她，她都不知道自己能當著老慶的面做出什麼。

向園長舒一口氣，終於打開自己的筆記型電腦，比賽的事暫時不需要她，於是她開始看高冷下午傳來的公司過去歷年在售的新產品資訊。

徐燕時看她一個頭兩個大，倒是有些信了她說要把永標幹下去的目標了，二〇一〇停產的產品資訊都被她找出來了，再一看寄件者，高冷。哦這兩個傻子。

向園抓耳撓腮看了半天，才發現是停產的，她傳訊息給高冷。

向園：『這位哥，我讓你找的是在售產品資訊，你找給我的都是亂七八糟什麼東西啊，全都是停產產品的資訊，我還研究了半天呢！』

高冷回了段語音：『是嗎，那我可能勾錯格了，很著急嗎？我明天上午再取一次數據給妳吧？』

向園也回語音：「如果我現在要你回辦公室加班取數據，會不會覺得我很無情呢？」

誰知道，高冷的第二段語音裡，出現了一些不和諧的聲音，他可能是聽到向園要叫他回去加班激動到忘記關影片的聲音了，所以電話那頭「嗯嗯啊啊」此起彼伏的某種不和諧運動的聲音全都錄了進來。

伴隨著這樣的背景音樂，屋內三個人完完整整地聽完高冷的語音。

『向組長，雅蔑蝶！我畫個圈圈詛咒妳啊！』

雅蔑蝶是他的口頭禪，但是配著這樣一段背景音樂，不知道的還以為他在調戲向園。

向園整個人石化了！

不等她說什麼，大概是高冷自己也聽了語音，整個人傻掉，立馬把第一段語音撤回，又著急忙慌地傳了一則過來道歉：『對不起對不起，剛剛一聽到要加班我有點太激動了，忘記關聲音了，我真的不是故意的組長！』

向園氣得臉紅一陣白一陣，剛要回，她手心一空，手機被人劈手奪過。

徐燕時靠在椅子上，面前電腦停留在PPT的畫面，眼睛盯著電腦，一隻手抄在口袋裡，按下她的手機語音鍵，聲音聽不出情緒，反正是他慣有的冷淡：『在二組待久了是不是皮癢了？回去加班。』

一句不容置喙又極其不耐煩的「回去加班」，直接把躺在床上看小黃片準備入睡的高冷嚇清醒了，一個激靈乍然彈起，屁滾尿流套上褲子回去加班了。

然而，車子開到一半，才想起來，覺得哪裡有點不對勁，低頭一看手錶，現在不是九點嗎？為什麼老大還跟向組長在一起？

某種可能性在他腦海中一閃而過。

高冷立馬把這則八卦傳在他們的小群組裡：『老大好像跟向組長在談戀愛。』

尤智：『何以見得？』

李馳：『我不信，你說老大會爬樹，我都不相信他會跟女人談戀愛，而且還是辦公室戀情。』

施天佑：『拿錘說話，沒錘自爆。』

張駿：『求錘。』

高冷把剛才的事情用最客觀的語氣在群組裡解釋一遍，最後還加了一句：『請你們用你們的豬腦袋仔細認真的分析一下，老大為什麼說的是，讓我回去加班，而不是回來加班。這不是說明了他們在一起，但是不在公司裡，不在公司裡還能在哪裡？要麼在老大家裡，要麼在向組長家裡。不然大半夜的，兩個人在外面受凍？』

李馳：『你這一頓分析猛如虎啊。我完全被你說服了。』

尤智：『好了，破案了，老大在向園家裡，我剛剛打電話給徐成禮了，家裡沒人。』

眾人：『好了，高冷你快去加班吧，別讓老大他們等急了，工作完不能太晚，不然幹不了別的事！你不是最盼著老大色令智昏就沒時間管我們了嗎！好不容易有個懷疑對象了，你可別給我們攪黃了。』

高冷恍然大悟，激昂亢奮地對司機說：「司機大哥，請您再開快一點，我趕著去加班！」

半小時後，高冷把所有的在售新產品的資訊準確無誤地傳送到向園的信箱，並在結尾附上一句忠誠的祝福：『為了能讓你們度過一個愉快的夜晚，我把技術部所有電腦都開了，我機智嗎？』

向園回了，『機智，你簡直聰明絕頂。』

高冷：『還有什麼需要我做的嗎？我們二十四小時隨時待命，畢竟老大是第一次。』

這句話向園看了半天也沒看懂，把手機遞給徐燕時，問高冷是什麼意思，徐燕時掃了一眼，直接把手機反過來蓋在桌面上，「不用理他。」

向園狐疑地蹙眉，有種莫名其妙又被人抓了什麼把柄的感覺，可她是個好奇寶寶，一臉迫切地看著徐燕時。

徐燕時直接把她的電腦拎過來，看了這幾年新產品的數據一眼，高冷差不多都找齊了，但是有些數據後臺是沒有做過修改的，當初他們測試的時候改了很多數據，他快速掃了幾年，憑著記憶把這幾年修改的數據全都改過來。

這招轉移注意力的方法還挺好用的，向園一下子就不糾結了，看著他行雲流水地一頁頁改動數據，「你怎麼能記這麼多東西？」

徐燕時仍是盯著電腦，一心二用：「有規律，妳多看幾遍就知道了，我跟高冷剛進公司的時候，整個技術部的產品資訊很亂，我們用了一週時間把所有產品資訊和更新數據都整理出來，自己親自對比過，大部分都記得。」

「你真厲害。」向園由衷誇道。

他把電腦推回去，「差不多了，看不懂問我。」

向園心裡還是冒泡泡，喜滋滋地掰過電腦：「好。」

她覺得現在這樣真好，不管他過去經歷過什麼，她都不想再問了，如果有一天，他願意告訴她，她一定是世界上最忠誠的聽眾，認真地洗耳恭聽。

不過，她看不懂的太多了，除了上次跟高冷要的那兩個導航，餘下的產品她都不太熟，所以完全不知道這對比數據的意義，她只是想對比下這幾年的產品為什麼一年比一年下滑，究竟是在技術上出了問題，還是說，這個市場本身已經成了夕陽產業。

她發現高估自己了，她根本看不懂這技術性的內容。

全程跟徐燕時一問一答。

「這個產品是能裝雙系統的？韋德的系統跟GPS的系統同時可以使用嗎？」

徐燕時：「基本上我們公司都產品都可以裝雙系統，除了最近新出的極個別產品。但是我們的後期市場測評和數據獲取，韋德的系統使用率很低。」

向園若有所思：「那既然這樣為什麼不乾脆直接取消跟韋德的合作，反正也賣不好。」

徐燕時：「韋德是國產的定位系統，GPS是美國的定位系統。」

向園不理解，狐疑地看著他。

徐燕時把電腦數據滑到下一頁，滑鼠停在二〇一五年，「這一年的後期市場數據和技術數據，妳對比一下。」

向園驚奇的發現，二〇一五年韋德的使用率得到大幅度的提升，而當年韋德系統並沒有改良，他們也並沒有出新產品，「這是為什麼？」

「二〇一四年年末，韋德發射了一顆衛星，當天晚上GPS就更新了更精密的系統。有些東西，一開始落後，並不是永遠都落於人後。陳珊就是堅持這一點，一直跟韋德合作。」是的，落後就要挨打，五千年文化歷史血淋林的教訓。

向園心裡莫名地竄起一起熱血，「我好像有點明白你了。」

徐燕時一笑，無奈地搖搖頭：「我？妳不明白。」

正說著，老慶忽然說了句，「我下樓買包菸，老徐你要嗎？」

徐燕時搖頭說，「不用。」

結果等老慶回來，手裡多了兩包菸，外加一個蛋糕，從門口晃進來，向園正跟徐燕時討論上個月的數據指標問題，一分心，瞧見他手裡香噴噴的蛋糕，隨口問了句：「這附近有蛋糕店嗎？我怎麼沒找到？」

老慶晃著他身上的肥肉進來，神神祕祕地把蛋糕放在桌上，一臉「妳有姦情」的模樣看著向園。

向園被他筆直的眼神瞧得心裡發毛，忍不住往徐燕時那邊縮了縮身子，「幹……幹什麼。」

老慶剛買完菸從樓下上來，看見門口站著一個西裝革履的男人，手上還拎著一個蛋糕，穿得人模人樣的，不過老慶很快被他手上的藍寶堅尼車鑰匙吸引住了目光。似乎是找向園的，他忍不住搭了腔：「找向園啊？」

男人穿著灰色貼身的及膝羊絨大衣，脖子上圍著一條藍灰色格子羊絨圍巾，挺闊熨貼合身的褲管下是一雙擦得鋥光發亮的鱷魚皮鞋。總之一身金貴相。

他彬彬有禮地看著老慶：「是，您是？」

老慶下巴一指，「我是她朋友。」心下也不知哪來的鬼主意，大概是下意識出於保護小妹妹的心理說了句：「她睡了，您有事嗎？」

男人猶豫片刻，看老慶這一臉不肯讓的架勢，斯文有禮地把手上的蛋糕遞過去：「那麻煩您把這個交給向小姐。」

老慶拿著蛋糕進屋，向園這才想起來，「對哦，今天是小皓生日。」

老慶下意識看了徐燕時一眼，「小皓是誰？」

向園掏出手機傳訊息，頭也不抬地對老慶說，「我鄰居的兒子，應該就是你剛才見到那個。」

一旁的徐燕時始終看著電腦，一言不發。

老慶驚詫：「他結婚了？」

向園：「是啊。」

不等她說完，老慶語重心長地勸她：「哥勸妳離結婚的男人遠一點啊，特別是這種有錢、長得又帥的。」

向園：「他好像離婚了。」

離過婚？

老慶沉思片刻，摸著下巴忽然問，「類似這種的，女的，妳有沒有可以介紹的？」

不等向園回答，一旁的男人終於坐不住了，隨手揉了一個紙團，朝人不輕不重砸過去。

老慶被砸得一頓嗷嗚，他憤懣不平吶，「怎麼了嘛，還不允許別人有點夢想嘛？我現在就是既不想工作，又他媽想著天上能掉錢呢！」

結果就聽徐燕時不冷不淡地看著電腦說：「那你怎麼不當許願池的王八呢？」

老慶差點沒被憋死。

不過最後，他還是提醒向園一句：「不過妳以後還是要小心這男的，大半夜的上門送蛋糕，不安好心。老徐你說是不是？」

又是一個紙團，老慶被砸得徹底閉了嘴，但看著那個男人好像沒什麼情緒。老慶心裡倒是挺唏噓的。

那身羊絨穿在他家老徐身上該多帥啊，多禽獸啊！

沒多久，徐燕時和老慶關了電腦收拾東西準備走人。

向園端著剛切好的蛋糕有些錯愕地站在廚房門口，沒料到他們這麼快就走，「這就走啦？不吃蛋糕嘛？小皓他們親手做的。」

剛剛訊息裡小皓告訴她的。

徐燕時瞥了那看起來賣相有點糟糕的「手工蛋糕」一眼，冷淡地「嗯」了聲，穿上外套，一言不發。

向園想也知道徐燕時不喜歡這種東西，不意外的「哦」了聲，把蛋糕放在桌上，也去撈外套，「那我送你們下樓。」

被徐燕時冷淡拒絕，「不用了。」

向園被嗆住，見他一副拒人於千里之外的模樣，心裡一沉，也不知怎麼往下接，乾癟地說了句：「那送你們到門口。」

老慶嘴饞，臨走時趁徐燕時不留神，捎走了一塊蛋糕，在電梯裡吃的時候，還不死心地問徐燕時：「真的不吃？」

徐燕時眼皮都不抬，在手機上查看明天的行程：「不吃。」

老慶滿嘴奶油，看著電梯不斷下降的數字，冷不防忽然冒出一句：「男人是不是離過婚才顯得更有魅力？」

徐燕時嘲諷地勾了勾嘴角，沒接話。

結果兩人在停車場又碰見了剛才那個一身羊絨的中年精英男，老慶認出來了，還跟人打了招呼，跟徐燕時介紹：「就是他送的蛋糕。」

地下停車場空曠，三人迎頭碰上，剛鎖了車的路東也是一愣，瞧見老慶手裡拿著他的蛋糕，表情怔愣一瞬，視線移到一旁沒說話，但氣場不容忽視的徐燕時身上，打量了一下。

老慶畢竟拿人嘴軟，率先打了個招呼：「蛋糕很好吃。」

路東微微一笑，低沉的男中音，連頭髮都透著斯文有禮：「謝謝，向園跟我說了。」

這話有點嗆老慶之前說向園已經睡了的意思，老慶嘿嘿一笑，裝傻一流。

徐燕時的目光跟他微微交匯，很快錯開，沒交流。

就連見慣了商場風雲的路東都有一種棋逢敵手的錯覺，他的眼神沉得讓人看不出任何情緒，整個人又冷又傲，看起來似乎是一個非常難相處的人。路東心裡沉了下，有種脅迫感。

然而，等徐燕時上了車，路東心裡的脅迫感就煙消雲散了，神清氣爽地甩著手中的車鑰匙去按電梯——至少，在經濟基礎上，他贏了。

老慶雖然覺得路東的車很帥，但路東整個人透著一種陰陽怪氣的優越感，有點過度做作，反正剛才那幾秒的相處讓他太不舒服。雖然徐燕時也高冷，但他渾身上下坦坦蕩蕩，不過度修飾自己。只是這些年性格壓抑了些。

黑色的 Volkswagen Golf，淹沒在城市的主幹道，兩旁的街景漸漸繁榮起來，樹木在黑夜靜立，一字排開的乳白色路燈照著這平直寬闊的馬路。

路燈映著徐燕時的臉，面龐冷峻，表情晦暗不明。老慶一隻腳搭在他的前置臺上，神情放鬆地看著前方的紅綠燈，「老徐，說實話，你要是有錢，肯定比剛才那男的帥一百倍。而且你想賺錢，還難？分分鐘的事好不好，你忘了我們以前——」

正在等紅綠燈，徐燕時靠在駕駛座上，腳踩著剎車，目光冷淡地別開眼看著窗外，打斷：「沒必要提以前，我現在確實沒錢。」

太久沒說話，嗓子有點啞，尾音有點沙，說完，他咳了聲，清了清嗓子。

老慶：「可園妹妹也說了，她就喜歡沒錢的。」

前方跳了綠燈，徐燕時微微抬腳鬆了剎車，似乎是笑了下，「那你知道她交的每一個男朋友都是什麼背景？她說她喜歡沒錢的你就信？」

老慶一愣，「你們認識這麼久了嗎？」

徐燕時不動聲色地說：「高中同學。」

老慶了然地「哦」了聲，又忽然想起一件事情，「她是你高中同學？那她認不認識封俊啊？」

一路疾馳，窗外風景飛速往後倒。

徐燕時攥緊方向盤，半晌，低低「嗯」了一聲。

老慶渾然不覺他的異樣，自顧自地說：「反正我也不懂女人，老鬼說女人就是一種口是心非的動物，那我也不知道該怎麼判斷的，只不過看今晚你們你來我往的好像挺有戲的，但是如果真照你這麼說，每個男朋友都挺有錢的話，那你們肯定沒戲，或許這就是她跟男人相處的一種模式？我靠，你不會才是備胎吧？」

彼時老慶發現向園發了新的動態。

拍了個生日蛋糕，祝小皓生日快樂。

「我怎麼覺得現在劇情有點反轉了，這羊絨男才是男主角？」老慶收了手機，側頭看了徐燕時冷淡英俊的臉一眼，問，「那你對她是什麼感覺？別是這麼短時間就陷進去了吧？」

徐燕時笑了下，似乎是不屑：「你當我毛頭小子情竇初開？」

老慶裹緊大衣靠在副駕駛座上，另一腳也架上前置臺上，洋洋得意地說：「可不是嘛，你又沒正經談過戀愛。」

徐燕時冷瞥他一眼，用眼神警告他把腳拿下去。

老慶怕了，收回腳，又語重心長地勸他：「不過老徐，開玩笑歸開玩笑，我們這個年紀正經找另一半的話，可能還是要考慮各方面的條件因素，感覺是一回事，適不適合才是最重要的。要是真不適合，感覺再對都不能往下走，不然最後肯定兩敗俱傷慘烈收場，這種例子，我們還見得少嗎？就拿我們那幾個兄弟來說，老鬼為了理想跟交往了十二年的女朋友都掰了，現在，肺癌中期。張毅，毅哥，你看，他老婆多有錢啊，典型的家裡有礦啊，當初我們怎麼勸都不肯聽，他毅然決然為了愛情入贅，孩子都跟老婆姓，現在呢？孩子天天問，爸爸爸爸，為什麼其他同學都跟爸爸姓，只有我跟媽媽姓呀。蕭霖，小霖哥，結了婚還不如不結婚，天天被老婆管著，上次叫個車都沒錢還要我轉二十塊車錢給他，這傢伙到現在都沒還我，說是這兩天的早餐錢老婆還沒發放。我聽著都覺得慘，反正這幾年，兄弟幾個都過得不太好，所以我勸你，考慮清楚。」

車子平靜地穿梭在車流中，一如徐燕時此刻臉上的表情，眼睛如一潭深井，深不見低。

他說：「我今天跟陳珊請假的時候，她說，我明年可以離職了。」

老慶一怔，不敢置信地看著他，「我靠，她終於肯放你自由了？她怎麼忽然想開了？前幾年你辭職她不是怎麼都不肯批嗎？你們那個什麼幾個億工程的專案搞定了？」

「案子早就被停了，陳珊下個月調往上海分公司，她說西安這邊明年就關了，如果明年五月之前她拿不到招標書，她也會辭職。」

老慶：「那你就自由了？」

「她希望我跟她出去單幹。」

老慶：「那你怎麼想？」

「不知道。」

確實沒想好。

老慶嘆了口氣，看著車窗外，說：「老徐，我這輩子，最後悔的一件事，就是那晚讓封俊跟老鬼打那個賭。」

暮色漸沉，黑壓壓頂在上空，說到後頭，老慶有些哽咽，他咬著牙，青筋賁張，漲紅著臉，極致的隱忍。

「路是我自己選的。怨不了誰。」

提起這件事，他永遠雲淡風輕，老鬼也正是因為這樣，一個月前的見面兩人才大吵了一架。他認為徐燕時現在是在報復他和封俊！

這話，老慶當時都聽不下去，二話不說狠狠揍了老鬼一拳，當年要不是他跟封俊打賭，會把徐燕時害成這樣嗎？

這事，王慶義想一次，就恨自己一次，如果那晚他出手阻攔，就不會是現在這個局面。

那晚，徐燕時去了教授實驗室，沒跟他們一起瞎混。這群男生，天南地北地聚在一起，還都不是同一個學校畢業的，除了徐燕時和封俊、老鬼張毅幾個是正經大學的學生。老慶高中畢業就在電腦城打工，另外幾個哥們也是，行業雜，做什麼都有。

他們唯一共同的目的，就是都對程式設計感興趣，封俊更是中了毒一般的迷戀程式設計，他們那時候有個駭客論壇，每個人的ＩＤ都是響噹噹。看帳號就知道了，都是五位數、六位數的神級帳號。

那時候論壇上經常會有人發文，各種求查暗戀對象的ＩＰ位址，這種事徐燕時這幾個大學生一般都不做，都是老慶他們跟另外幾個需要維持生計的接點私活。徐燕時跟封俊他們閒著沒事喜歡看一下網頁的原始程式碼，免費幫人查一下漏洞和補丁，然後會發送正確的解決方案給對方的信箱，大多數公司還是會很感激的。

但是那晚，他們年少氣盛，酒酣耳熱之際，越發的肆無忌憚，越聊越興奮，三叉神經已經澈底跳出大腦，像是在頭頂上方嘭嘭跳動著，封俊跟老鬼唇槍舌戰之時，打了個賭，把主意打到了陳珊那家公司身上，結果當晚陳珊的公司因為他們的入侵，導致整個公司癱瘓，淨業務流水損失三百萬。

陳珊自己本身也是駭客出身，還是徐燕時跟封俊的學姐，事情一出沒兩天就查到封俊身上了。

起訴是必不可少的，當時老慶看到起訴書上的索賠金額是赤惶惶的一千萬，而且還要坐牢。封俊跟老鬼澈底嚇傻了。封俊父親開了個工廠，幾千萬，他拿得出，但是他沒辦法讓陳珊撤訴。

那時，徐燕時剛拿到韋德的 offer。

陳珊又拿出另一份合約書，是針對徐燕時的。

所以可以說，徐燕時是為了封俊和老鬼，拒絕了韋德的 offer，進入了一家前途未明的公司。老慶生氣就生氣在，老鬼自己畢業了進了研究所，封俊出國。

所有人好像都過得挺好的，只有徐燕時，為了他們當年的年少衝動買了單！

老鬼居然還說徐燕時現在的消沉是報復他們！

但當時老慶也不知道，老鬼幾週前確診肺癌，誰也沒說，也許是覺得自己時間不多，害怕徐燕時真的就因為自己平庸地度過一生，害怕他再也沒有機會翻身，害怕他們再也回不到從前。

怕他到死，徐燕時都不原諒他。

因為發生那件事之後，徐燕時就很少回北京，很少再跟他們相聚了，偶爾有時候過年組個牌局，他也總是一個人沉默地坐在一旁抽菸，他去找徐燕時說話，他不再跟以前一樣叫他老鬼，而是喊他名字。

徐燕時心裡怎麼想，誰都不知道。

老慶只知道，他從來沒怪過任何人，就像他自己說的，路是他自己選的，怨不得任何人。

車子穿進古巷。

徐燕時慢慢踩下剎車，冷峻的臉在路燈下漸漸清晰，輪廓流暢。

他忽然說：「我遲早都是要走的，就算不是明年，維林不關門，我跟陳珊的合約到期我也會主動辭職，你又不是不知道我想做什麼。老鬼他們不理解，你應該理解吧。」

老慶當然理解，他想成為國內定位系統的GNSS工程師啊！

怎麼可能做一輩子車用導航呢！

黑暗中，他低「嗯」了聲，聲音很冷清。

「我不否認我對她有好感，這種東西也沒什麼好否認的，但她在我這裡黑歷史太多，每段感情都維持不到半年，我還不想自己沒離開公司就已經跟她分手了，所以當朋友可能會比當情侶更好。而且，也僅僅只是好感。」

老慶：「我靠，老徐，你這是打定主意當備胎了啊？」

「隨你怎麼想。」徐燕時微微側開眼，視線落在窗外，他的聲音太冷靜了，冷靜到差點讓老慶從車上跳下去，「反正這麼多年，也不是沒當過。」

老慶目瞪口呆。

這大帥哥是經歷了什麼？

徐燕時：「我明天回北京去看老鬼，這邊的事情就交給你了，有問題打電話給我。」

「還有，我不在這段時間，不要單獨去人家家裡，就算她主動邀請也不行。」

老慶憤憤：「老徐，你太霸道了！備胎怎麼能有正牌男友的要求！」

徐燕時樂了下，漫不經心地看著車窗外說：「那你試試。」

老慶掰下遮陽板，照了照鏡子：「你不至於吧，我的帥氣已經讓你有危機感了嗎？」

徐燕時嗤笑了聲，「你？」很不屑。

週一，向園在高冷的桌子底下翻出一箱指模！

她一開始不知道是什麼東西，以為是什麼玩具模型，抓了半天也沒撈出來，最後撈出來一看，媽呀，全是手指頭。

大拇指、小拇指、無名指、中指……

她一一數出來，兩隻手，完完整整都在。

高冷進門的時候，看見躺了一地的手指頭，嚇一跳，忙不迭跑過來，「組長，妳幹什麼！」

向園二話不說通通沒收，「你們過分了啊，天天用指模打卡，我說怎麼一整天看不見人，出勤記錄倒是整整齊齊一天都不缺的！徐燕時平時就是這麼縱著你們？太過分了！」

高冷一愣，「組長，又不只我們，整個公司的人都有，連永標自己都有。」

向園把東西收攏在一起，穿著高跟鞋噔噔噔往會議室走：「我不管，我的組裡不許用，你以後給我每天按時打卡上班，技術部誰用這個，被我發現，扣這個月的績效！」

高冷覺得向園變了。

他委屈地癟著嘴說，「我真懷念組長妳剛來的時候。」

向園的高跟鞋蹬得震天響，心不在焉地回了句「是嗎，為什麼？」然後蹲下去把這一箱指模鎖進保險櫃裡。

高冷說：「那時候，我們之間的交談還透著一點靦腆。」

「沒事，你以後會慢慢瞭解我的，」向園慢慢站起來，拍拍手，插腰看著他，挑眉道，「來，你去發通知，讓技術部所有人過來開會，我有重大事情要宣布！」

向園覺得技術部的氣氛太過散漫，徐燕時不太管，趁他不在的這段日子，她來管。原本所有人從門外進來還一個個低著頭玩手機鬆散得不行，這時已經瞠目結舌地看著向園，有點不敢相信，這雷厲風行、大刀闊斧的女生還是他們前幾天剛認識的甜美可人向組長嗎？

林卿卿是最不意外的，這段時間接觸下來，向園的性格顯然不是小鳥依人型的。她其實很有主意，也就這群大傻子把人當小白兔看。

這下，傻眼了吧？

向園讓人把她剛擬定的新守則發下去，底下哀嚎聲連連，她拿筆敲了敲桌面，眼神筆直一掃，威懾力十足：「再叫我再加一項。」

所有人瞬間噤若寒蟬，只能用眼神光波表達不滿、幽怨。

向園全部無視。

尤智一項項讀完新守則，其實也還好，沒什麼特別過分的要求，除了上班不能打遊戲這個可能有點困難之外，其他他都還好，就是李馳有點慘。這個新守則像是針對李馳一樣，每一項彷彿都是為他量身訂做的。

李馳上班從來不打卡，要麼是高冷要麼是施天佑或者張駿幫忙打卡，反正五點下班，他四點就走了。於是向園寫了一項——指膜全部沒收，請各位同事上下班準時打卡。如有發現代打卡情況，扣除當月所有績效外，還得補交罰款，一次代打卡兩百。

李馳喜歡在早上九點，打完卡之後去隔壁的健身房健身。於是，向園又寫了一項——上班時間不允許有任何外出的私人行為，如健身、游泳……發現一次，罰款五百。

李馳午休時間都躲在休息室打《王者榮耀》，被其他部門的人投訴了好幾次，因為他每次打遊戲別人都沒辦法午休。所以向園又加了一項——午休時間不允許在休息室打遊戲，發現一次，罰款五百。

看到這，李馳有點忍不住了，臉色鐵青地看著向園：「午休時間不是下班時間？」

向園沒理他，「你的問題我晚點解釋。」說完，又讓高冷發下去一張獎懲表。

人往椅子後一靠，微微一笑，露出淡然的笑容，像隻蓄謀已久的小狐狸，笑容卻格外清透，莫名有吸引力，說：「我已經跟總部申請了獎懲制度，有罰肯定有賞，比如你們這個月的產品設計量超出上個月的百分之五，就有額外獎勵，修復技術性問題超出上個月的百分之十，也有額外獎勵，最簡單的，只要你們這個月上班不打遊戲、準時打卡，都有額外的全勤獎勵。當然了，最後這項，總部駁回了，認為這是最基本的員工守則。但我們技術部現在屬於改革階段，這筆獎賞不能少，所以這筆錢，就麻煩這個月受罰的同事出啦。」

尤智：「那要是沒人受罰呢？大家都做到了，這筆錢誰出？我們技術部二十幾個人，就算每個人獎勵五百，也要一萬呢。」

向園靠在椅子上，笑笑：「我出。」

尤智立馬豎了豎大拇指：「闊氣。」

一圈下來，有獎有罰，大家心裡也都平衡了點，只有李馳，陰沉著臉，坐在位子上，因為用力過度，手上的紙杯已經被捏變了形。

似乎下一秒，就要將杯子朝向園砸過去！

李馳這樣，連高冷都心有餘悸，他跟尤智互視一眼，想著要不要跟老大報備一聲，結果就見那小姐姐淡定地拿下巴點了點李馳，「到你了，說吧。」

李馳青著一張臉，眼神犀利地看著向園，「二組改革，跟一組有什麼關係？」

向園了然地點了點頭，微微傾身，把桌上的文件直接推到李馳面前，「總部剛下的，認為整個技術部沒必要弄兩個組，一二組合併了。你們老大組長，我副組長。還有疑問嗎？」

原本她選職位的時候不知道徐燕時是組長，怕跟原來的組長工作理念有衝突，這才讓陳珊幫自己單獨成立一組，但現在情況有變，既然是徐燕時，那就沒什麼好顧忌的，當他的副手，她還挺樂意的。

向園敲了敲桌子：「還有什麼問題嗎——」

不等向園說完，李馳猛然摔了杯子站起來走人，杯裡還有一小層水，灑了滿桌，有同事被濺了一臉，向園的襯衫胸口位置沾了一小隅，結果勾出了內衣的一點邊。

林卿卿反應很快，抽了一張紙幫她捂著。

向園低聲說了句謝謝，其餘男生都自覺避開目光。

也有人不滿地嘟囔了一句：「李馳真的太過分了，天天在公司發什麼大少爺脾氣！還當自己是以前那個衣來伸手飯來張口的大少爺呢？」

等人散了，向園一邊擦水漬，一邊隨口問了林卿卿：「李馳家裡破產了？」

「對，以前也是個富二代，但是聽說他爸跟人合資被人騙了幾千萬，破產了，家裡欠著高利貸，他爸跑了，他就出來上班了。」林卿卿想了想說，「他的性格其實有點缺陷，從小被人寵慣了，家裡出事之後，他就覺得所有人都在針對他，他可能是覺得，妳的每一條守則都在針對他，所以才會發那麼大火。」

向園懶洋洋地靠在椅子上，「他是不是現在家裡還欠著高利貸？」

林卿卿點頭：「應該吧，他爸爸根本不露面，連他也不知道他爸人在哪，反正精神壓力也挺大，老大就是這樣才不太管。」

向園哼笑：「你老大自己都自顧不暇，他管得過來嗎。」

兩人正聊著，忽然有人輕輕敲了敲會議室的門。

向園抬頭看過去，是陳書。一身簡單幹練的西裝，笑盈盈站在門口：「我方便進來嗎？」

「書姐，」向園忙站起來，「進來吧。」

陳書走進來，掃了桌上狼藉的水漬和向園胸口位置的「凶案現場」一眼，笑咪咪地拉開尤智的椅子坐下，「這是打架了？」

向園無奈笑笑，也跟著坐下，嘆了口氣：「沒有啦，出了點小事故。妳找我有什麼事？」

陳書在公司跟向園見面的次數不多，除開上次在徐燕時家裡見的那次，覺得這小丫頭就是有點皮，現在這麼看，穿上正裝也還真像那麼一回事，她說明來意：「晚上有個前裝市場的客戶，以前都是楊部長或者徐燕時陪著，這週他們都不在，我問了李總，說讓妳陪著，怎麼樣，妳敢不敢？」

「敢啊。」向園爽快答應。

陳書：「妳能喝酒嗎？」

向園：「要不然我們試試？」

得嘞，聽這口氣應該是個老手，陳書滿意地點頭：「我就知道妳可靠。我等一下把客戶的資料傳給妳，看一下，其他都不重要，記住名字，別對著黃總喊王總就行，其他事情交給我。」

向園點點頭，「我就可以了嗎？要不要叫上尤智高冷他們，我怕問專業問題，我回答不上來。」

陳書是個人精吶，想也知道這杯子誰捏的，整個技術部也只有李馳整天把自己當大少爺，她想了想，最終還是真誠地跟向園建議說：「如果真的要叫，我建議妳叫李馳，因為這個案子一直都是李馳在跟的，我聽說妳下午跟李馳鬧了點不愉快，如果在這個節骨眼上，妳叫上高冷或者尤智，李馳這小子真的會發瘋的以為妳在針對他，我怕他到時候真的對妳做出什麼來。」

北京。

徐燕時一身簡裝，身形高瘦地穿梭在熙熙攘攘、人頭攢動的航廈裡。外面是迷彩的衝鋒外套，黑色運動褲褲腳微微收緊，束緊馬丁靴裡，簡單乾淨。

他不太注重這些，骨架好，怎麼穿都不會難看。

張毅在十公尺外就看見對面一個戴著眼鏡的大帥哥朝自己走過來，走路帶風的，周圍總是有女生忍不住打量他，張毅嘆口氣，畢業都快十年了，他們一個個被歲月摧殘得已經不成人形了，怎麼這小子還這麼英俊逼人，還越來越有吸引力了。

瞧瞧，這些女生的眼神。

上了車，張毅頻頻打量一旁的徐燕時，眉是眉，眼是眼，模樣輪廓好像比上次見面又削瘦了些。看他抱著手臂靠在副駕駛座上闔著眼養神，張毅忍不住開口：「我說，老徐，我能請教你一個問題嗎？」

車窗外風景一掠而過，男人低沉地「嗯」了聲。

張毅：「處男是不是特別能保持年輕？」

徐燕時睜眼，似是沒什麼情緒地瞥了他一眼，張毅憋著笑：「我說真的，你看我們幾個都胖成這樣，你怎麼不胖還瘦？而且，怎麼渾身上下都透著一種乾乾淨淨讓人想蹂躪的禁欲氣質？」

徐燕時戴上衝鋒衣後面的帽子，轉頭看窗外，「老慶也是，你問問他。」

張毅：「那不一樣，老慶天生屁股就是歪的，雖然我沒你這顏值，但好歹我曾經也是帥哥一枚好不好，我只是好奇，你是怎麼保持這種勾人的氣質，來，跟哥說說，剛剛機場看你那幾個妹子的眼睛都直了。」

徐燕時沒什麼心情開玩笑，帽子又往下一扣，擋了半張臉，沒接話。

張毅知道他心裡難受，勸了句：「老鬼就怕你這樣，他其實還好，心態挺健康的，等一下見了你哭鼻子也說不定，反正當年就數他最愛哭鼻子。」

徐燕時閉著眼，說：「不然為什麼叫老鬼。」

老鬼本名叫高思博，因為動不動就哭，淚點低，笑點也低，有時候笑著笑著就哭了，所以大家都叫他愛哭鬼，老鬼。

車裡放著陳小春的〈友情歲月〉。

這首歌太有回憶色彩了，每個字都彷彿在寫他們自己，張毅很喜歡這首歌，這幾年總在單曲循環播放，伴隨著男低音，他緩緩開口：「不知道什麼時候，才能有機會跟你們再唱一次這首歌。其實我們怎麼都想不到，你會變成這樣，燕時，說真的，如果我知道，我當時絕對會阻止你的。」

徐燕時仍是閉著眼，帽子輕輕蓋在他臉上，露出下巴冷硬的下顎線條，低沉地開口：「這是我欠封俊的，跟你們沒關係。跟老鬼也沒關係。」

張毅依稀知道一點徐燕時跟封俊的事情，聽說兩人有一陣子因為一個女孩關係鬧得很僵，中間隔了好幾年都沒聯絡，直到大學兩人參加一個比賽，封俊因為太緊張把數控板燒了差點被裁判禁賽，徐燕時隨手把自己備用的數控版遞過去，才參加完剩下的比賽。徐燕時沒想太多，單純只是幫個忙。

誰料，封俊自那之後，就纏上他了。兩人後來就和好了。

關於那個女孩的事情，兩人都閉口不提。

張毅沒老慶他們那麼八卦，也沒怎麼問。

「其實我也不知道怎麼說，但我知道你身上的責任感和擔當隱忍是我做不到的，連我岳丈都說，你這樣的人總有一天會成功的。只是時間的問題。你知道我岳丈，誰都看不上，」張毅忽然沉了沉聲，他攥緊了方向盤，指節都泛了白，「我不管別人怎麼想，反正我跟老慶永遠只認你這個兄弟。」

徐燕時隱在帽檐下的臉，似是無奈地笑了下，「你們——」

他抬頭，睜眼看著窗外，把帽子拉下來，露出整張清瘦的臉，「你跟鄭清怎麼樣了？」

張毅說：「在協議離婚，就這樣吧，我算是明白了門當戶對的重要性。鄭清是個小公主，從小被寵大的，她的世界永遠是包包、化妝品、美容，孩子也不帶，我在外面上班累成狗回家還要奶孩子，我跟你說，再多的愛，都會被這種生活瑣事給消磨。我現在總算明白了，什麼叫細節打敗愛情，沒結婚之前，我覺得我能跟她過一輩子，現在我一分鐘都過不下去了。」

不等徐燕時回答，張毅又說：「不過老鬼的事情，我已經讓鄭清去打聽了，她家大業大的，應該能找到最好的醫生，梁教授也在托人找。你也有陣子沒跟梁教授見面了吧？他讓我這次一定要把你拖住，你不能這樣，再消沉恩師的面子不能不給吧？」

徐燕時笑：「你們想多了，我這次回來就打算去拜訪一下他老人家。」

張毅說著，點了點頭：「你終於上道！不過老鬼的事情做個心裡準備，雖然他樂樂呵呵的，但是我們自己要有點準備，問了北京幾個專家，給出的治療方式都很保守，說話也含糊，梁教授前陣子在聯絡一位叫顧嚴的肺癌專家，國內肺癌聽說他是權威，不過沒聯絡上，助理說他在國外休假，任何手術都不肯接。我已經讓鄭清去打聽了，不過鄭清這個人辦事情我不放心，過幾天我自己再跑一趟。」

徐燕時一愣，「顧嚴？」

張毅：「對，顧嚴，回顧的顧，嚴肅的嚴。」

彼時，徐燕時已經拿出手機，對著聯絡人上顧嚴的名字怔了怔。

那瞬間，他心裡像是被什麼塞滿了，總感覺脹脹的。

他很快收拾起情緒，把手機往口袋裡一塞，靠在座椅上。

「不用麻煩梁教授和鄭清了，顧嚴我來聯絡。」

張毅一愣，「你都這麼久沒在北京了，怎麼會認識顧嚴？」

徐燕時靠著看車窗外，風景很熟悉，霓虹在窗外閃爍，交流道上車水馬龍，這一棟棟高樓大廈就像是複雜的幾何公式，層巒堆疊。

他眼裡映著車外的城市燈火，心裡是軟的。

「意外，是我人生裡唯一的意外。」

溧州，百香坊。

李馳今晚是帶著脾氣來赴宴的，不僅冷眼旁觀看著客戶刁難向園，還在一旁煽風點火，陳書以為李馳只在公司發發大少爺脾氣，沒想到，在外面居然也這麼拎不清。她真是快氣炸了。

觥籌交錯，酒過三巡，向園被灌得吐了三波。

陳書忍無可忍，一言不發把李馳從飯桌上拽到洗手間，她也喝了不少，脹紅著臉，一字一句咬牙：「你是不是不想幹了？」

李馳有點吊兒郎當的插著口袋，低頭看著陳書被酒精灌紅的臉，笑咪咪地說：「我哪有，妳看向組長不是回答得挺好嗎？我怕搶了她的風頭。」

陳書也有點醉，說話的時候人都站不穩，她狠著聲說：「你給我聽清楚了，今晚要是因為你把這個客戶得罪了，我明天就彙報總部讓你捲舖蓋走人。」

儘管穿了高跟鞋，李馳也比她高，低頭認真地瞧了她一下子，忽然笑了下，湊近她耳邊低聲說：「好，我會好好表現的。看在妳的面子上。」

陳書一愣，覺得事情發展有點不對勁。

李馳已經回去了。

等他們回到飯桌上，氣氛有點變味。陳書望著這一桌殘羹冷炙，低聲問了下自己的助理：「向園呢？黃總呢？」

助理悄悄伏在她耳邊說：「黃總去廁所了，向組長大概喝多了。」

「她怎麼了？」陳書心裡一驚，有種不詳的預感。

其實陳書心裡也知道，今晚這頓飯局多半是不歡而散，黃啟明這個客戶本來就難纏，每年訂單量大，要求也多，前裝市場幾乎被他一家壟斷，偏偏不透過他還不行。李永標千叮嚀萬囑咐，不管這個黃啟明說什麼都當他放屁，只要哄著他把今年的單子先簽下來，剩下的事情以後再說。

去年她跟徐燕時在談這個黃總的時候，就已經把人得罪過一波了。因為黃啟明一再要求要他們降低成本，一旦降低成本，後置出現的問題就可能會無法回廠。去年她跟徐燕時還特地因為這個黃啟明去總部跑了一趟，把最低能給的價格談了下來，結果這個黃啟明居然還要他們再讓利三分。

陳書才澈底怒了，覺得黃啟明沒誠意，但為了這筆單子，她還是忍著脾氣，臉上堆著笑，一點點跟他把成本列出來，一筆一筆對著改，最後簽下來的時候，陳書差點沒跳江。

助理說：「黃總這個人喝多了就什麼話都往外蹦，剛剛不知道是誰問了句，徐燕時怎麼沒來的時候，妳也知道，每次徐組長來的時候，黃總身邊的那些祕書哪個眼神不是在徐組長身上轉，黃總去年就當著徐燕時的面罵過他的祕書，說她的眼睛只知道往男人身上找，騷裡騷氣的，罵得很難聽啊。剛剛大概也是喝多了，就又當著這麼多人的面，直接吐槽徐組長除了長得帥沒一點用，還說……」

「還說什麼了……」

助理有點不好意思說，難以啟齒，因為黃啟明的原話太髒了。

「說徐組長的那什麼，很小。上個廁所都要找半天。這種話妳說……」

陳書冷笑：「他本來就是流氓痞子出身……說這種話也不奇怪。」

「然後，向組長就……」

陳書心頭一緊，「她說什麼了？」

助理其實心裡有點爽的，黃啟明這人有多噁心大家都不是第一天知道了，她忍不住笑了下，說：「向組長就開始發酒瘋，吐了黃總一身不說，還拿他的領帶擦嘴，擦好又打了個蝴蝶結……」

陳書已經不忍往下聽了。

陳書為了讓向園躲躲風頭，讓她這兩天趕緊裝病請個假，這事陳書還不敢跟李永標彙報，正巧，第二天下午技術部有個去北京出差的機會。

向園二話不說，跟李永標申請了名額，李永標這才想起來，「咦，妳那天跟陳書去和黃總吃飯怎麼樣？多跟著陳書學學，應酬這種事以後少不了。」

向園打著哈哈，「嗯，這事書姐晚點跟您彙報。」

等陳書跟李永標彙報完的時候，向園已經在去北京的飛機上了。

李永標整個人石化，連打幾百通電話，那邊都只剩下冰冷的提示音，您撥打的電話已關機……

他氣得手抖，手腳哆嗦地指著陳書有點不敢置信：「連妳也跟著胡鬧？」

陳書攤手：「我覺得這事真的怪不了向園，那個黃啟明，早就不打算跟我們合作了，你沒看昨天一上來，就是一大杯白的，向園一個小女生二話不說就乾了，而且他的要求一年比一年刁鑽，今年還要讓我們再讓利三分，說實話，再讓利，我們就是虧本，昨天是真的談不下去。而且，去年，他當著徐燕時的面都能那麼指桑罵槐的，虧徐燕時忍下來了。不然這合作早沒了。黃啟明一直覺得我們拿他沒辦法，他才這麼囂張的。」

李永標氣得眼睛都圓了。

「那妳有沒有考慮過，明年我們的績效怎麼辦？你們還要不要年終獎了？前裝市場黃啟明這邊是大頭，妳把這塊大肥肉得罪了，妳告訴我，明年怎麼辦？」

陳書嘆了口氣：「那我再找人家談談？」

「嗯。」李永標說，「等向園從北京回來，讓她去跟人道歉，好歹是喝多了。黃啟明對小女生的寬容度還是很高的。」

北京下了場大雪，整個世界像是鋪上一層厚厚的雪，白茫茫一片。

徐燕時從醫院出來的時候，看見一個熟悉的身影搓著手等在門口。

他不敢認，總覺得是自己的幻覺，可又覺得這幻覺太過真實了，連聲音都真真切切地傳進他耳朵裡，不斷撞擊著他本就飽滿的心臟。

向園穿著一件白色羽絨衣，耳朵上罩著一個紅色的耳罩，縮著身子，奮力地搓著手，在醫院樓下「嘎嘣嘎嘣」地踩著雪。

雪地寂靜，背後的馬路寬闊，車輛稀少，夜燈華麗地亮著，抻著她細瘦的影子。

聽見他的腳步聲，那女孩忽然轉過身來，瞇著眼確認了半晌。

然後笑著跑到他面前，笑盈盈地仰頭看著他，眼裡卻沒有一點愧疚——

「徐燕時，我好像闖禍了。」

空中又開始飄雪，斑斑點點的雪花，融在她的髮裡，融在她亮晶晶的眼睛裡。

徐燕時盯著她看了一陣子，像是在笑，下意識抬手撥了下她卡在髮間的雪，低聲應她：

「嗯？」

第五章　註定

這是北京今年下的第二場雪，晶瑩剔透的雪花，斜斜密密地飄蕩在空中，周遭靜謐得只剩下踩雪的嘎吱聲。

背後的霓虹是夜晚的喧囂，攏著兩人的身影。徐燕時那一聲「嗯」應得尤其下意識，兩人在雪中靜靜地對視三秒後，徐燕時收回視線，對她說：「妳去門診大樓等我一下。」

向園乖巧地搓了搓手：「好。」

老鬼見徐燕時去而復返，有些疑惑，放下手機問道：「這麼快？你去門診看醫生啦？」

徐燕時高大的身影背對著他，他彎腰拿在病床上的東西，一股腦把電腦和手機充電器全塞進自己黑色的包裡，動作乾淨俐落地拉上拉鍊，頭也不抬地說：「還沒。」

老鬼看他這是要走的意思，心裡有點不捨，「你這就走了啊？」

徐燕時低「嗯」了一聲。

兩人從下午進門開始就沒怎麼說話，徐燕時隨口問了兩句，老鬼像個做錯事的小孩，有問必答。

第一句話問的便是：「陸茜知道嗎？」

陸茜是老鬼交往了十二年的前女友，兩人青梅竹馬。畢業那年，陸茜不支持老鬼進研究所，兩人在租屋處大吵了一架，該砸的、不該砸的，全都砸了稀巴爛。老鬼始終覺得男人不該拘泥於兒女情長，就一狠心咬牙說了分手。

可如今倒還是有些慶幸當年他說了分手，現在要是結了婚，他不敢想像陸茜該怎麼辦？

老鬼雙手撐著臉，重重吸了口氣說：「沒，我讓張毅他們都瞞著。」

徐燕時單手拎了張凳子擺在他床邊，笑了下，「連我也瞞著？」

老鬼眼睛微微泛紅，像是要哭，他仰頭強忍著，也不敢看徐燕時，茫茫然地去看窗外那些頹敗蕭條的葉子，聲音哽咽：「哥，我是不敢告訴你。這幾年大家都知道你為了我們像孫子一樣在西安窩著。」

徐燕時哭笑不得，「誰是孫子？我那是上班。」

老鬼聽他自我調侃的口氣，心裡更難受。胸腔瘀堵，積著氣，滾燙的眼淚已經順著眼眶滑下來了，他捂著眼睛也沒用，眼淚順著他的指縫全溜了出來。一個一百八十多公分的大男人，在拿到確診通知書的那瞬間都沒哭，卻在徐燕時面前，替他的兄弟抱不平而淚如雨下。

他才不管呢，反正也沒人，徐燕時見過他所有窘態。所以也毫不收斂，眼淚嘩啦啦淌。

「本來就是，我們這幾個人，當年那麼風光，現在一個個都混得不如人意。讓當初圈子裡我們的死對頭看了這麼多年的笑話還不夠嗎？我也寧可你不回北京，上次張毅還碰見盧駿良那群人，說的話那麼難聽，我他媽現在想起來就氣。」

說到這，他有點彆扭地擦乾眼淚，固執地看著窗外，低喃地說：「我想你風風光光地從西安回來，而不是為了我回來。」

盧駿良？

這個人在駭客圈裡，出了名的流氓。

「他說了什麼？」

老鬼鼻涕眼淚掛了一臉，搓了搓鼻子說：「忘了，反正很難聽，罵毅哥吃軟飯，說小霖哥氣管炎，還說他在北京稱王你在西安當縮頭烏龜……要不是毅哥攔著我，我能打得他滿地找牙。」

所以那一個月前的見面，老鬼情緒異常激動，就是被那小子刺激的。

徐燕時靠在椅子上，撈起一旁的紙巾隨手丟到老鬼面前，一揚下巴，示意他擦乾。

「你怎麼還是容易這麼激動？別人說兩句就動手？」

老鬼抽了兩張紙，摁在鼻子上，用力一擰，說：「我要是能有你這麼清心寡欲，也不至於得這病了。醫生說我就是太容易激動，才被癌細胞占了便宜。」

徐燕時永遠都冷靜理智得讓人害怕。

無論別人怎麼激他，永遠都是一副冷淡的要死的表情，連梁教授都說，徐燕時是他見過最能忍的學生。別看他冷冷淡淡的，你永遠猜不到他心裡在想什麼。

老鬼他們私底下都調侃說這個男人已經成神了，而且非常想知道這男人談起戀愛來是什麼樣子，到底有沒有感情啊，到底有什麼欲望啊。

不過，快三十年過去，徐燕時還是一如既往的冷淡。

之後是長久的沉默，張毅特地留了說心裡話的空間給他們，可兩個大男人，哪會跟女人似的坐在床頭跟對方掏心窩子。其實張毅是想讓徐燕時哄哄老鬼，讓他安安心心接受治療，別再想著過去怎樣、現在怎樣，其實大家都挺好的，相比很多普通人，他們都已經是二十一世紀的「體面人」了。

老鬼，跟徐燕時同個學校畢業，目前在某大學的人工智慧研究所工作，年年評優等，國家補助發到手軟。

老慶，IT某龍頭企業的技術性人員，辭職回老家，開了個電腦店，家裡還有幾畝田呢！

張毅，老婆是五百強企業老總的女兒，自己是公務員，穩穩當當。

徐燕時，說他混得差嗎？其實也不算差，又算是這幾個裡，混得最不好的，一個部門小主管，年薪不到二十萬。但對於普通的人來說，這幾個人絕不是社會底層，是過去的他們太輝煌，才會一時無法接受如今這平淡的人生。

張毅是這幾個人裡最早接受現實的，徐燕時一向是他們這裡最沉穩的，所以想讓他哄哄老鬼。徐燕時哪會哄人啊，坐沒多久就開始咳嗽，老鬼一聽聲音不對，趕緊拿紙巾捂著鼻子：「不會是我的肺癌傳染給你了吧？」

徐燕時沒太在意，應該是下飛機的時候沒穿外套著涼了。

老鬼現在一聽跟肺有關的病就嚇得神經都緊繃了，立馬把徐燕時從病房趕出去，讓他趕緊去買點藥先吃。徐燕時迫於無奈被人趕下樓，然後碰見了在雪地裡等他的向園。於是，改變計畫折回。

老鬼沒想到他回來這麼快，而且一回來就急匆匆收拾東西要走，還有點難過，剛想問他明天還來嗎，徐燕時就把黑色的包斜挎到肩上，斜勒在胸前，莫名地有安全感。

他高高大大寬闊地身影站在病房裡，雙手抄在口袋裡，看著病床上的老鬼，平靜快速地交代了兩句：「我請了一週假，這週都在北京。你有事情打電話給我。醫生那邊我聯絡了顧嚴，他明天看過化驗報告後會跟你的主治醫會診。」

老鬼連聲說好，也沒攔。

徐燕時走到門口，忽然停了下，沒回頭，手還在口袋裡，聲音特別清亮，一字一句頗具穿透力，幾乎要穿透他的心臟，每個字都讓老鬼忍不住頭皮發麻！

「我這人一直不善表達情緒，所以很多時候你們覺得我沉默壓抑是自暴自棄，是消沉。我不否認我曾經有段日子是消沉過，也覺得生活不過如此，也迷茫過，認為自己可能一輩子也就這樣了。說實話，盧駿良那群人說什麼，對我來說都不重要。」

老鬼看徐燕時好像有些不太一樣的地方了，好像曾經那個少年又回來了，這感覺讓他心裡慢慢恢復某些希望。

徐燕時說完，看了他一眼，又輕描淡寫地補了句：「他想在北京稱王，你讓他等著，我會回北京的。只不過，我現在還不想走。」

窗外夜風輕颸，直到徐燕時進了電梯，老鬼都沒回過神，被這段話澈底震撼在床上。

他忽然激動，全身血液都往腦袋上衝，他想尖叫，想打電話給老慶張毅他們，想在床上跳三下！

他終於又看見過去那個意氣風發、自信的徐燕時。

真的太久違了。

他真的太興奮了！

興奮到居然像個初戀少女一樣，抱著被子在床上打滾、跺腳。最後又哭了。

➤

醫院門診樓大廳永遠熙攘，人頭攢動。消毒水味充斥鼻腔，向園不適地拿手擰了下鼻尖，轉頭看見徐燕時已經出了電梯，挎著個黑色背包，斜在背後。

向園站在原地，看他一一越過人群，朝自己大步流星走來。

男人的身高與氣質鶴立雞群，不知道什麼時候帶了個口罩，只露了一雙冷淡微微下垂的眼鏡在外面。

一步、兩步……

幾乎每走過一群人，裡頭都會有人抬頭忍不住看他。

她朝他揮揮手。

徐燕時早就看見了，眼神筆直地看著她，沒挪動過，一步一步朝她過來。

等人在她面前停住，向園指指他的黑色口罩，「你怎麼帶口罩啦？」

徐燕時「嗯」了聲，簡短地說了句，「醫院病毒多。」

向園「哦」了聲。

兩人在醫院附近找了個小餐廳吃飯，向園一下飛機就跟老慶要了醫院的地址跑過來了，她本來還在猶豫要不要來找徐燕時，但明知他在北京，心裡總是蠢蠢欲動的。

餐廳人不多，徐燕時拎了一張凳子給向園，讓她坐，自己則把挎包往旁邊的位子一丟，在她對面坐下了。

向園在專心致志點菜的時候，徐燕時恰巧接到陳書的電話，追問向園的下落。

他懶洋洋地靠在椅子上，看著對面的女孩點菜，低低「嗯」了聲，把人認領了：「嗯，在我這。」

陳書早就猜到，說：『我就知道，她一下飛機鐵定跑去找你了。』

徐燕時不吱聲，陳書故意糗他：『你們現在的關係是不是太曖昧了點？』

「妳想多了，」徐燕時微微瞥開眼，不再看她，「妳打電話找她？」

陳書想了下才說：『她不接電話，呃，不過這件事，我覺得你也有權知道。』

「說。」徐燕時說。

陳書把昨天發生的來龍去脈，事無巨細，包括黃啟明怎麼趁機想占向園的便宜，都描述的清清楚楚，跟現場直播似的。徐燕時全程冷淡臉聽完。

陳書又趁機解釋了一下，『不過這事真的不能怪她，黃啟明這隻老狐狸本來就滿肚子壞水，她只是涉世未深，經不起這麼激，別人一激她，什麼事都幹得出來。終究還是太年輕，還有李馳這小子，你回來要管管了，他是越來越無法無天了，高冷說他下午開部門會議呢，當著那麼多人的面，居然對向園摔杯子。女孩子襯衫濕了多尷尬啊，什麼不該露的都露出來了……』

向園低著頭點菜，其實心思已經不在了，只差把耳朵貼上徐燕時的手機話筒，她一聽徐燕時說話的內容，就知道對面是陳書，應該是在跟他彙報這幾天發生的事。

她佯裝糾結是吃羊肉還是豬肉，反正一個也不想吃，腦子裡還在想等一下怎麼跟徐燕時解釋。

徐燕時看著她這一副心虛的樣子，勾了勾嘴角問陳書：「還有嗎？」

陳書竹筒倒豆說得一乾二淨，最後補了句：『永標這次也是挺生氣的，我覺得向園這女孩子是挺聰明的，好好教教應該能帶起來，我聽永標話裡的意思，這女生在總部那邊的關係應該比應茵茵還硬，說不定以後升得比你還快，你有空多教教她。』

徐燕時閒散地靠著椅背，一邊聽陳書說，一邊看向園裝模做樣不知道該吃什麼，菜單翻來翻去，一道菜也沒點。

他低低「嗯」了聲，「知道。」

陳書又想起來：『永標說，讓向園出差回來跟黃啟明道歉，我怕向園不願意，你好好勸勸她。』

誰料，徐燕時答非所問：「出差幾天？」

陳書想了想，『三天吧，總部那邊培訓，你跟老楊不在，只能讓她去了。』

徐燕時見她半天選不出想吃的東西，隨手抽過菜單，憑著記憶中以前封俊常點的那些菜跟服務生用手指了幾道，然後漫不經心地對電話那頭說：「妳晚兩天約黃啟明。」

陳書還在想晚兩天跟早兩天有什麼差別，剛要問，電話那頭男聲傳來：「我休假結束回去，陪她去見黃啟明。」

徐燕時在也好。陳書咬牙說：『行，我跟永標只能打兩天遊擊了。』

這整個打電話的過程，向園都聽得清清楚楚的。等徐燕時掛了電話，也沒看她，把手機反扣在桌上，繼續跟服務生點菜，點完也沒主動跟她說話，而是端著杯水慢條斯理地喝。

向園覺得這人真的太能吊人情緒了，明明電話裡講得是她，居然一個字都不跟她透露。最後還是她沉不住氣，戰戰兢兢地試探著問了句：「陳書啊？」

徐燕時靠著椅背，喝著水，老神在在地點了下頭。

見她不說話，他把杯子放下，似笑非笑地環著手臂看著她，腳大喇喇地開著，特別悠閒地說了句：「這時候知道害怕了？往人身上吐的時候，怎麼不想想後果？」

向園還挺義憤填膺的，口若懸河有點不要臉地開始瞎掰：「他在言語侮辱一個我非常敬佩的同事兼上司！你不知道徐燕時同志在我心目中的形象是非常神聖且不可侵犯的嗎？你想想，一個一年從來不休假的男人，平時工作努力認真不說，一個人撐起一個部門，兢兢業業，刻苦努力的這樣一個好同志，被別人在飯桌上用言語踩踏，作為我司的成員之一，我非常痛心，我當然是個人代表公司出面教訓一下那個癟三了。」

「噗哧」一聲，徐燕時被她逗笑，手指節擦了下鼻尖，笑著往別處看，有點無奈地：「我就不該問。」

向園也跟著笑，頓時覺得什麼都不是事了。

徐燕時卻忽然收了笑，說：「以後這種損人不利己的事少做，我不用妳為我出頭。」

向園哼唧，佯裝聽不見悄悄喝水，眼神遊移四下掃蕩。

他伸出手，食指指節義正辭嚴地敲了敲桌板，「說好。」

「好。」向園放下杯子，不再看玩笑了，認真地看著他。

這事就這麼敲下了，等菜上齊，餓了一天的向園開始大快朵頤，徐燕時好像沒什麼胃口，吃了沒兩口就撂下筷子在玩手機，中途還出去接了個電話。

結果，兩人就在這碰上了他們的高中同學，好死不死，三人都認識。

彼時徐燕時在門口跟老鬼打電話。

老鬼興奮勁散了後忽然想起徐燕時好像有點感冒，叮囑他千萬記得去買藥，拖成肺炎就慘了。

來人是李揚，就是那個莫里吐糟軟體的創始人，朋友住院過來探望，結果從裡面出來的時候，開著他的小瑪莎拉蒂跟隨在醫院的車流裡，車子挪動慢，他的視線也隨意地往路邊掃了眼，一眼就瞧見那顯眼的人。

——欸，那不是徐燕時嗎？

這小子怎麼還這麼帥。

我靠，後面那女的誰啊？這不是向園嗎？

半分鐘後，向園看見一輛黑色的瑪莎拉蒂瘋狂朝他們按喇叭！還打著閃燈。

向園正要罵，就看見一顆熟悉的腦袋從車窗裡探出來，朝他們這邊瘋狂揮舞著他的小短手：「我我我！我李揚啊！」

向園：「……」

這他媽遇見誰不好，偏偏遇見了他們班裡讀書最差卻最有錢的！

向園頗有點同情地看了徐燕時一眼。

後者則一臉茫然：「李揚是誰？」

「認錯人了吧，」向園眯著眼睛看了看，決定保護一下徐燕時的自尊心，「不認識，我們走吧。」

當然這個最有錢，是排除她自己。

兩人最終還是被攔下來了。醫院這邊沒有紅綠燈，門口永遠被圍堵得水泄不通，李揚的小瑪莎拉蒂被夾在車流中舉步維艱，見向園拽著徐燕時要走，李揚急了，那本就模樣囂張的車忽然跟瘋了似的，在狹窄的道路上見縫插針似的從最裡面的車道直接擠出來。

前後的大眾和雪佛蘭都不敢動，最後還是讓了路給他。

一旁的奧迪和BMW彼此對視了一眼，怎麼樣啊兄弟我們讓不讓啊？高冷地僵持了一下子，在李揚很沒耐心且囂張地按了下喇叭後，車輪開始微微往後挪——

不過李揚這人油滑，降了車窗丟了包菸過去，又跟人誠摯地舉手道謝：「謝了，兄弟。」

向園想裝做不認識都不行。

因為李揚很快把車滑到他們面前，一隻手臂抵在車窗上，另隻手掌控著方向盤轉進小路裡，跟她打招呼：「怎麼了，小園子，看見妳李哥怎麼還繞道呢？忘了前陣子跟許鳶一頓飯吃了我多少錢了？真夠意思啊？」

說完，也不等向園說什麼，眼神直勾勾且飢渴地看著一旁被向園拽著手腕的徐燕時，他朝人揮了揮手：「大神，你好，我叫李揚，六班的，跟小園子同班。」

本以為徐燕時已經不記得他了，誰料，徐燕時定睛看了他三秒後，淡淡說了聲：「記得。」

向園乾笑兩聲，「哪能。我不是沒看清嘛。」

徐燕時一雙手抄在口袋裡，向園剛剛下意識想拖他走，也沒多想，就拽住了他抄在口袋裡的手腕，男人的手腕精瘦，溫熱抵著她手心。她一時忘了鬆開，還把人往自己身後推了推，下意識不想徐燕時跟李揚接觸太多。

雖然他的性格通透沉穩，但是他的眼神氣質都很乾淨，跟當年剛出校園那個少年沒什麼兩樣。

李揚這兩年變化太大，錢賺多了，眼神渾濁了，渾身上下透著一種鏽味。

向園更不想打擊徐燕時的自尊心，怕他失落。於是寒暄了兩句就要走，李揚哪能啊，徐燕時好歹也算是他當年學校的男神，這麼多年沒見，好不容易在路上逮著，怎麼可能就這麼輕易放他們走。

瑪莎拉蒂囂張地堵著進出口，一臉你們不上車，我今天就不走的架勢。

向園的小心思，徐燕時能不明白嘛，只是他有點享受這種被人明裡暗裡護著的滋味，他全程一言不發，眼底忍著笑意，吊著眉梢看著向園跟李揚各種周旋，理由找得一個比一個不可靠。

「李揚，我們真的有事。」她口氣無奈。

李揚也跟著打哈哈，目光落在他們抓著的手腕上，意味深長地看著向園：「你們是不是談戀愛了？」

高中發生的事情，其實那時候大家都當八卦聊，但真的多年後去回想，很多事的細節都想不起來究竟是怎麼回事，像徐燕時跟向園這種，當年鬧過一陣子曇花一現的緋聞，大家都是當八卦一聽，再說向園前男友滿天飛的狀態，誰跟她談戀愛都不奇怪，所以李揚也就隨口一調侃。

向園下意識要鬆手，可這樣有點此地無銀三百兩，她硬著頭皮握著男人溫熱有力的手腕，故作嚴肅地說：「你胡說什麼呢？我們是同事，他是我上司，你別亂開玩笑。」

李揚「哦」了聲，又挑起一個話題，「我前陣子問妳，妳不是還說在家打遊戲嗎？怎麼了？跟男朋友分手，沒人養妳啦？」

向園恨不得撕爛李揚的嘴：「放屁。」

徐燕時終於開口，聲音仍是冷淡，「上車吧，等一下塞車了。」

向園一愣，手還搭在他的腕上，指腹間全是他的溫度，抬頭怔怔地看著他。徐燕時也低頭，瞧著她，眼底帶了點笑：「坐吧，別讓瑪莎拉蒂尷尬。」

向園也被他逗笑了，下意識問：「你沒坐過嗎？」

誰料，徐燕時反問：「妳坐過？」

她當然坐過，她自己那臺就是小瑪莎，跟李楊這臺規格差不多，向日葵那臺才是限量的。她哥求了好久，老爺子才答應買給他。還是不露富了吧，怕徐燕時更自卑。

「沒，沒坐過，我一個信用卡都還不上的人，上哪去坐瑪莎拉蒂。」她急促地說。

徐燕時瞧她這心虛樣，勾了勾嘴角，倒也不追究。

上了車，向園才知道，李揚今晚有個同學飯局。

六中混ＩＴ的那群創業同學，都被李揚召集在一起，大家有事沒事就聚聚，李揚這人雖然有錢之後有點浮誇，但他還挺重情重義的。真的有老同學遇上困難，找他幫忙他都很熱心，借錢更是爽快。他總說在外面混難免被人坑，但高中的情分是最純粹的。

所以他一聽說徐燕時跟向園現在也算是在ＩＴ公司，立馬打電話給那群同學，說是要帶人過去一起聚聚。

向園來不及拒絕。

徐燕時倒是挺平靜地說了句，「隨便。」

兩人在後座上對視一眼，徐燕時側著頭看她，眼神裡坦坦蕩蕩像是在說，既然都碰上了，沒必要躲，妳還不相信我？

向園覺得自己好心被當作驢肝肺了，心裡又氣又賭，執拗地別開臉，想了想又覺得不甘心，掏出手機傳訊息給他。

『那群人你又不認識，你去幹什麼？』

徐燕時原本靠在座椅上看窗外，口袋裡手機一震，他漫不經心掏出來，看了一眼，然後就一直盯著手機螢幕，前面李揚跟他搭話，向園餘光瞥見他一邊手指飛快地在螢幕上按，一邊心不在焉地回答李揚的問題。

「嗯，在西安比較多。」

話音剛落，向園手機一震，她低頭看。

他回：『妳不是認識？』

向園忽然被這句話給堵得什麼都說不上來，愣了半晌才回：『他們都打賭的，而且賭很大，你不要去了，我怕你年終獎金都輸完。上次許鳶說李揚一個晚上贏了十萬。』

xys：『賭什麼？』

向園：『德州、炸金花，還賭遊戲，《王者榮耀》之類的。』

xys：『妳賭過？』

向園撒了個謊：『沒有。』

結果，史上最快打臉。

剛傳送出去，李揚這個死人，看著後視鏡對徐燕時說：「其實也就是大家逢年底聚一聚，玩玩牌什麼的，沒什麼的，而且大家都記得你，還有好幾個是九班的同學，你應該都熟。鍾老師的女兒，鍾靈也在。」

一聽到鍾靈，向園更不想去了。

隨後，李揚那雙渾濁的眼睛笑咪咪地看著向園：「上次妳那男朋友在我這輸的十萬，我可一塊錢都沒動，本來想等著你們結婚還給你們的。」

這好像是三年前的事情了。

準確地說，是前男友，那時候她跟封俊已經分手了，後來同學聚會碰上，李揚不清楚情況，以為他們還在一起呢，早就分了幾百年了。

那陣子封俊剛從國外回來，就被李揚逮到了，結果一個晚上輸了十萬多，弄得李揚怪不好意思的。

每次看見向園都得說一句，不管她提醒多少次，他們已經分手了，李揚就是油鹽不進。

向園掐死他的心都有了。

手機又震了震。

xys：『臉疼不疼？』

向園氣鼓鼓地盯著手機，看著調侃的語氣，竟然有點心跳加快，劇烈地砰砰砰跳動著，莫名覺得這人就是在故意氣她。

結果李揚車開到一半，向園剛好看見許鳶的社區，她被徐燕時氣得頭昏腦脹，直接說自己不舒服要回家了，結果李揚的重點全在徐燕時身上，挺成功地把她放走了。

向園敲開許鳶的門，還有點不可思議，自己怎麼就把徐燕時丟在那個狼窩裡了。

徐燕時也真敢單槍匹馬去赴宴，因為鍾靈？想看看當年暗戀過自己的女孩現在過的怎麼樣了？還是他覺得自己現在打擊受的不夠多？

向園就這樣在許鳶家如坐針氈的坐了一個多小時，許鳶一開始還聽得一頭霧水，直到向園跟她娓娓道來這一個多月發生的事情，這才回過神來，抱著個枕頭靠在沙發上，聽得一臉意猶未盡：「我怎麼覺得你們有戲？」隨後點了根菸，吞雲吐霧地說：「妳都單身這麼久了，是該找個男朋友了，我記得妳跟 Karma 分手後就沒找過了？」

「不想談戀愛，談來談去都一樣。沒什麼感覺。」她如實地說，有點沮喪。

許鳶叼著菸，「徐燕時呢？也沒有？」

「他不一樣。」

向園跟許鳶要了根菸，坐在地毯上，隨手撈過矮几上的打火機，低著頭吸燃，背靠著沙發，微仰著頭，輕輕吐了口氣，側臉輪廓在煙霧中清秀撩人，瞇著眼沉思了片刻，低著頭用食指彈了下菸灰說：「他太乾淨了，沒辦法輕易開始。還是當朋友吧。」

許鳶笑笑，「那妳現在坐在這煩惱什麼？擔心他被李楊那群人帶壞？想多了吧？」

向園一隻手夾著菸，一隻手抱著膝蓋，笑了下：「我是怕他受打擊，畢竟當年不如他的那些人，現在一個個老婆孩子熱炕頭，豪車傍地走。」

許鳶坐在沙發上，把手機丟過去：「自己看群組，妳不去就是留著給鍾靈勾搭的機會。」

鍾靈在群組裡傳了一段他們吃飯的影片，鏡頭都是對著徐燕時，在一群正常面相的男人中，那人一身簡裝尤其搶眼，懶散地靠在座椅上，兩旁是九班的同學。

影片裡聲音嘈亂，他的聲音很低，也很輕，依稀還是能聽見，一如既往的冷淡清越。

向園不看，把手機丟到一邊，抽著菸，吞雲吐霧，很大方地說了句：「不看，跟我沒關係，她愛勾搭就勾搭，又不是我男朋友。」

許鳶撈回手機，一臉妳個小樣，然後看著影片，斜瞥了沙發下坐著抽菸的向園一眼，故意大聲說：「鍾靈真是的，自己沒有骨頭嗎？非得往人身上靠，站都站不穩，喝什麼酒呀。」

向園不理。

許鳶自顧自地調大手機音量，繼續文字轉播：「哎呀哎呀，鍾靈真是的，這是想把人灌醉往哪帶啊。喲喲喲喲……酒量不行吧，怎麼喝兩口酒臉紅了？」

向園這才伸出手，冷著聲：「手機拿過來。」

許鳶：「我說李揚呢，妳在這邊著什麼急。」

向園翻了個大白眼，又默然抽了一下菸，望著安靜的手機，兩人的對話欄上，顯示著他最後那句『臉疼不疼』，這時再看，向園心頭還是忍不住一跳，調侃意味太足，不像是他嘴裡說出來的話，可又覺得很讓人心動。

她最後把菸熄了，說：「算了，我過去看看。」

好像還是有點放不下這顆老母親的心。

向園到的時候，李揚他們已經開始玩《王者榮耀》了，讓她沒想到的是，徐燕時也在玩。她人沒進去，在走廊聽見裡頭吵吵鬧鬧的聲音。

向園隔著門看徐燕時，他沒抬頭，非常慵懶地靠在椅背上，低頭盯著自己的手機螢幕。

她剛要收回視線，徐燕時手虛握成拳抵在唇邊咳了聲。

感冒了？

緊接著，向園很沒出息地在腦海裡搜尋一下附近的藥店——無果。

這邊她不熟，等一下問問許鳶吧。

向園有一陣子沒玩遊戲，Ashers 這個帳號，應該都快被人遺忘了。她倚著門口，聽裡頭鏗鏘的遊戲聲還是倍感親切的。她閉著眼睛光聽聲音都知道徐燕時手機裡玩的是什麼英雄。

一桌殘羹冷炙，他們顯然也沒吃多少，鍾靈則坐在徐燕時旁邊，她好像在給徐燕時打輔助。

她跟鍾靈的恩怨真要說起來，三天三夜都說不完，控訴狀洋洋灑灑能寫三頁紙。

最讓她惱火的一件事是，當年鍾靈在校報上指桑罵槐，暗諷她私生活混亂。導致同學們誤會她，那陣子多了很多男同學的騷擾，真的以為她是個飢渴的女同學。偏偏人家用的是，「我有一個同學」這樣的稱呼，還不能對號入座，但明白人都知道說的是她。

鍾靈是個校報記者，經常在校報上套些正能量的主題，整治校園風氣，自詡為「道德小標兵」。

煩她的人其實很多，但她是鍾老師的女兒，大家敢怒不敢言，向園是唯一一個，敢當著所有老師和同學的面，連人帶桌椅地把她扔出教室的人。

果不其然，鍾老師為了維護自己的女兒，請家長了，並且聲稱自己的女兒遭受到校園暴力。

然後老爺子被校長請到辦公室，非常低調地匿名捐了一棟實驗大樓，才解決了這件事。至今也沒什麼人知道，那棟金光閃閃、看起來跟六中的古樸建築格格不入的實驗大樓其實是她家的。

捐實驗大樓的錢，老爺子還記在帳上，至今沒還上。

所以上次她哥買那輛限量瑪莎拉蒂，她也想搞一輛的時候，老爺子悠悠地瞟了她一眼，吹了口茶散熱說：「妳實驗大樓的錢，還沒還呢。」

至此，她打消了任何讓老爺子買大東西的想法。

向園正靠著門框，沒心沒肺地想著，李揚無意間抬頭瞧見她，「欸。向園！妳來了！」

所有人朝著門外看，或詫異或驚喜，或平淡地收回目光。最後一個是徐燕時，他靠在椅子上玩著遊戲，平淡地掃了她一眼，平淡地收回視線，或許自己都沒察覺，嘴角已經微微揚起。

這時，一旁的鍾靈故作熟稔地朝她開口，「欸，園子。妳家封少爺怎麼沒來啊。」

向園一愣，下意識看了一旁的徐燕時一眼。男人的笑意已經收起，從頭到腳都透著冷漠，眼皮冷淡地垂著，沒什麼情緒。

李揚這時倒是知道打圓場了，眼神盯著手機說：「說什麼呢，他們早就分了。是吧，園子。」

向園「嗯」了聲，走進來找了個位子坐下。她的眼神只落在徐燕時身上，那男人玩遊戲格外專注，除了剛才那一眼，之後便連個餘光都沒有給她。

鍾靈玩遊戲不算菜，相反，還挺有技術的，跟徐燕時配合也挺默契的，兩人八方呼應，並肩戰鬥，一唱一和，暗通款曲，呸——總之，在他們的配合下，輕輕鬆鬆連贏了三局。

李揚幾個人熱血沸騰，差點讓他們當場共結連理。

不知道哪個人不開眼地說，「你們可以啊，配合不錯，」隨即將矛頭轉向徐燕時，「徐神，你現在有女朋友嗎？」

徐燕時此時仍是靠著椅子，把手機往桌上一丟，撈過面前的酒杯，沒什麼表情地抿了口，淡淡地開口：「沒有。」

鍾靈想起來，也跟著放下手機，說了句：「欸，我記得，徐神你和向園的前男友，封俊是好兄弟？封俊現在在做什麼？」

李揚也被提醒了，一臉好奇地看著他，「對啊對啊，封俊現在在做什麼啊？都好久沒見他了。」

「他出國了。」徐燕時說。

「嘖嘖，」有人感嘆，「到底還是封少爺，扛不住家裡有錢，高中再混，你看，畢業後也比我們這些人過得舒服，是吧？難怪當初你們這些女孩子都前仆後繼的。」

鍾靈立馬笑著說，下意識瞥了一旁的徐燕時一眼，「向園或許喜歡這種，但我就喜歡那種自立的男生，而不是封俊這種紈絝子弟。」

這話顯然意有所指，目光若有似無地落到徐燕時和鍾靈身上，在他們眼裡，鍾靈和徐燕時反而更契合，或許可以成為一對，而徐燕時和向園？

Nonono，也不知道哪裡出了問題，總之就是沒有人會往那方面去想，更何況當初向園還是徐燕時兄弟的女朋友。而且，依著徐燕時那傲嬌冷清的性子，是怎麼也不會找兄弟的前女友啊。

所以根本沒人敢把他們往那邊去想。唯獨李楊默不作聲地玩著手機，嘴角噙著一絲玩味的笑意。

向園發現自己有點多慮了，徐燕時哪需要她操心，倚著他的男神光環，在哪混不好，誰能打擊他啊，瞧瞧這樣，還挺春風得意的，曾經暗戀他的女生，此刻對他也還滿懷期待，嘖嘖，她真是狗拿耗子多管閒事。向園沒待多久，便準備離開。不過她下樓的時候還是搜尋了附近的藥店，發現差不多都關門了，她又打電話給許鳶，許鳶找了一家她比較熟悉的傳給她，半開玩笑地說了句：『買保險套還是買避孕藥啊。』

向園翻了個白眼，「徐燕時感冒了。」

許鳶又是嘖嘖兩聲，『哎喲，妳怎麼這麼體貼啊，我的小寶貝。』

向園懶得聽，毫不留情掛斷。

轉頭看見徐燕時高大的身影從上面下來，男人的包斜揹在背後，雙手插著口袋漫不經心地從樓梯下走下來，行至最後幾階，他大跨了一步，直接越了三級臺階下來，長腿落地，朝她大步流星地過來。

向園看著他一步步走到自己面前，停住。

徐燕時睨著她，眼皮微垂，表情甚無，眼神一如既往地冷淡，拎住她羽絨衣後面的帽子，一把扣在向園的腦門上。

「走吧，送妳回家。」

向園踉蹌地往外走，轉頭看他，帽子遮了大半視線，她往下撥了撥，露出半張側臉，側著頭看他，「你也走了？」

他手插口袋慢慢走著，低著頭不知道在想什麼，「嗯」了聲，說：「妳不是不喜歡我跟他們接觸？」

向園心跳砰砰，轉回頭，目光四處掃著看著街上東一堆西一堆的積雪，隨口說，「我不喜歡的事情多了，難道我不喜歡的，你都不做。」

徐燕時也扣上自己的帽子，看了她一眼，「妳說。」

面前有個礦泉水瓶，向園踢了一腳，「我不喜歡鍾靈。」

「看出來了，」徐燕時彎腰，把礦泉水瓶撿起來，隨手一拋丟進一旁的垃圾桶裡，冷聲警告她，「好好走路。」

「你怎麼看出來的？」

向園老老實實走了幾步，又開始用腳尖踢被雪壓掉落在路邊的樹枝。

徐燕時把人從路邊拎上來，言詞警告：「摔了我不揹妳。」

……向園瞪了他一下，隨後老老實實跟到他身邊，「你還沒說呢，怎麼看出來的？」

前方紅綠燈，兩人停下來，並肩站著，偶爾有車過，帶起雪裡的風，刺骨得很。

徐燕時側頭看了她一眼，目光瞥向別處，嗤笑了下：「妳不喜歡一個人的眼神，太明顯。」

晚上近十點。

夜風輕颺，盈盈的雪花飄落，在昏黃的路燈下飛舞。

向園忽然往前跨了一步，面對著徐燕時，微微仰起臉，去找男人擋在帽檐下的眼睛，有點沒心沒肺地笑著問——

「那你看我現在看你的眼神，是喜歡，還是不喜歡？」

兩人在等紅綠燈，徐燕時人漫不經心地靠著燈柱，雙手抄在口袋裡，那雙眼睛淡定地低頭看著她半晌，然後忽然伸手用力拉下向園原本鬆鬆扣在頭頂上的羽絨衣帽子，直接擋了她上半張臉，也順勢遮住了她那雙飽含「深情」、水亮亮的眼睛。

向園被帽檐擋住視線，只能看見他胸膛腰腹以下令人遐想的位置。

聽見打火機「啪嗒」一聲，他點了跟菸，瞬刻，煙霧彌散，縈繞在他胸前，然後聽他清冷的聲音從頭頂傳來——

「都這個年紀了，喜歡又怎麼樣？」

這話聽來有些澀，是啊，成年人的世界，談什麼愛情。

她怔了一下，掩在帽檐下的嘴角扯出一個艱澀的笑意，稍縱即逝。

向園摘了帽子，很快揚起一個瀟灑的笑容，「你想多了，誰喜歡你呀。你又不是沒拒絕過我，我才不自找苦吃呢。」

徐燕時咬著菸，眉眼在夜風裡更冷冽，人鬆鬆地靠著一旁的黑色燈柱，低垂著眼瞧了她一下，然後慢慢將視線別開，落在路道的盡頭，低聲輕「嗯」了聲，不帶任何情緒說：「那以後就別問這種沒營養的問題。」

這時，恰巧跳綠燈，徐燕時直起身，掐了菸，重新一把蓋上向園的帽子，「走了。」

說完率先過斑馬線。

向園愣了一瞬，看著那人冷峻高大的背影，心不甘情不願地跟上去，把帽子摘下來。

「我是關心你呀，我聽高冷他們說你母胎單身啊，萬一以後沒經驗怎麼辦？你要是有需要，我可以幫你介紹女朋友啊，我小姐妹很多的。」

徐燕時冷眼瞥她，清俊的眉眼裹挾著夜風，襯得更冷冽。

他很快轉回頭，看了兩旁的車一眼，聲音蕩在空曠的黑夜裡：「如果我說我交過呢。」

向園大腦快速轉過三秒，她露出一種恍然大悟的表情，「不會真的是應茵茵吧？」

徐燕時直接翻了個白眼，毫不留情賞了她一個爆栗，「除了應茵茵這世界上沒別的女人了？」

這真是勾起向園的好奇心了，但顯然徐燕時不願意多說，只是簡單的概括為兩個字——網戀。

網戀？

向園笑到不行。

「你居然也會網戀？什麼時候？」

「大一。」他還挺坦誠地說。

向園憋不住笑，好奇地看著他：「怎麼認識的？」

「打遊戲。」徐燕時說。

向園從一開始的震驚，到現在的艱澀，其實還挺唏噓的，很難想像他跟女生談戀愛是什麼模樣，而且還是網戀，難道也叫人寶寶嗎？呃……她感覺自己全身雞皮疙瘩落了一地。

但一想到他這冷淡的聲音叫寶寶，又彷彿被一股電流穿過，全身從後脊背酥麻到腳尖。

「那後來怎麼分手的？」她有點不是滋味地問。

忽然想起那句，高冷的男生其實並不是真的高冷，只不過他暖的並不是妳。

「她提的。」徐燕時不鹹不淡地說。

居然還被甩了。

向園想起自己當年被他拒絕的時候，本想說，你活該，可心裡怎麼也暢快不起來，不動聲色地收拾起心底冒出的小泡泡，真誠地祝福了一句：「你會找到更好的。」

彼時，兩人走到許鳶家樓下，徐燕時再次扣上她的帽子，重重一按，提醒她：「到了。」

向園霎時間想起，感冒藥！

「你等一下。」

許鳶給的地址就在這附近，她讓徐燕時在原地等一下，自己則跟著導航一溜煙跑進對面一條伸手不見五指的黑巷裡，巷口破舊，門口的垃圾堆散發著刺鼻的惡臭。

向園捏著鼻子忍著翻滾的胃酸，一鼓作氣往深處跑，終於在盡頭處看見一家招牌都亮不全的小藥房——「麗春大藥房ＸＸ店」。

麗、大、房、ＸＸ……都齊齊罷工了。

於是，徐燕時就眼睜睜看著她摩拳擦掌地跑進了一家隱藏在角落的「春藥店」。

向園近看其實沒注意，還是能看清的，她有點著急怕徐燕時等久了，所以也沒想多，一頭鑽進去了，等人再出來的時候，發現徐燕時在門口等她了。

她抱著一大包感冒藥，囫圇塞進他懷裡，「我剛剛看你咳嗽，北京這幾天冷，你又穿這麼少，回去吃點白加黑，剩下的沖泡劑你可以泡著吃，預防一下流感，別回西安感冒了，我還指望著你比賽拿獎金呢。」

徐燕時笑了下，低頭接過，低低地「嗯」了聲。那捲翹的睫毛輕輕蓋著，比平時多了絲難以言說的溫柔。

「那，」向園頓了一下，說，「我走了。」

黑夜，巷口漆黑，月光微弱地壓著，散發著腐臭的味道不斷刺激著兩人的鼻腔，四周安靜地彷彿能聽見店主的「嘎嘣嘎嘣」地嗑瓜子聲。

「看電影去不去？」徐燕時忽然問。

向園「啊」了聲，下意識停下腳步，「現在？」

他摘下帽子，露出清瘦的臉，平日裡有點傲慢且漫不經心地眼神，此刻正認真地看著她。

「急著回家嗎？」

她想了想，很矜持地說：「不急。」

徐燕時笑了下，「我買票。」

電影開場三十分鐘，向園根本無心看大螢幕上那呼來喝去打打殺殺的場面，之前被她刻意忽略的問題，現在全都從腦海中跑了出來，滿腦子都是字幕——

徐燕時為什麼忽然約她看電影呢？他真的跟應茵茵看過電影嗎？他為什麼又要收下應茵茵的 iPad 的呢？應茵茵真的只是追過他嗎？徐燕時真的那麼缺錢嗎？他真的會因為錢對一個女人好嗎？徐燕時是以為她有錢？

誰料，這時兩人的手機同時一震。

兩人互視一眼，徐燕時沒理，目光轉回，重新盯著電影螢幕。向園小心翼翼掏出來，點開訊息，是技術部的小群組在@人。

高冷：『我們技術部兩位領頭羊，消失了兩天，都不報個平安嗎？呼叫老大和組長。@ xys @向園。』

尤智：『關心別人幹什麼，馬上過年了，你關心過你的銀行戶頭餘額嗎？』

高冷：『我關心一下單身狗怎麼了？』

施天佑：『老大要脫單很容易的，你看，上次吃個宵夜都有妹子要帳號，他想脫單分分鐘的事，關鍵是他不想。』

李馳：『老大為什麼不想？』

施天佑：『因為老大說，談戀愛太花錢了。』

所以才選擇了簡單不費錢的網戀？

向園看了一旁專心致志看電影的男人一眼，昏暗的電影院裡，稀寥零散幾人，他們坐在倒數第三排，徐燕時靠在座椅裡，眼神尤其專注，向園看得出來，是真的來看電影的。

察覺到她審視的目光，徐燕時頭也不回，眼睛仍盯著畫面，早就猜到似的，問她：「高冷說什麼？」

她一愣，「你怎麼知道是高冷？」

「除了他沒人這麼無聊。」徐燕時說。

「是嗎？」向園「哦」了聲，情緒不太高漲，「問你在北京好不好？」

徐燕時沒答，轉過頭去，繼續看電影，向園繼續偷窺群組。

高冷：『@向園，對了，忘了跟您檢舉，上次有個妹子跟老大要帳號，老大非常不矜持地給了。向組長，妳要好好教育一下，男人不能這麼沒原則。』

尤智：『高冷，你真的……不怕老大回來收拾你？』

李馳：『誰都拒絕不了美女的要求，不是嗎？』

誰料，向園忽然回了句：『高冷同學，這要看他怎麼給了，如果一視同仁都給，那是紳士，如果只給漂亮的，那就是渣。我相信你們老大一定不是第二種。』

向園：『還有，高冷你別整天尋你們老大開心。我跟他只是高中同學，這種事情沒必要跟我彙報。』

向園剛發送，下面緊跟著彈出一則。

xys：『你們這麼閒？這個月績效都夠了？』

向園裝作沒看見，把手機螢幕鎖上，丟回包裡，故作鎮定開始看電影。

徐燕時也收了手機，抱著手臂，目光重回大螢幕。

後面一小時，兩人沒說一句話，全程一言不發地把這部電影看完，向園一個字都沒看進去，她覺得自己現在心很亂。

像是一團亂麻，理不清思緒，找不到線頭在哪。

她像是被徐燕時牽著鼻子走，這種被人捏住七寸的感覺很糟糕。

她甚至覺得自己最近有點著魔了，聽到他朋友生病，二話不說聯絡自己的舅舅；遇到過去的同學，迫不及待想保護他的自尊心；看見他咳嗽，又屁顛屁顛跑去買藥給他。

他說看電影，她也不管現在是幾點，就跟人跑來看電影。

所以妳還要騙自己，不喜歡他嗎？

不可否認，事隔這麼多年，她確實又不由自主地被這個男人吸引，光是他安安靜靜坐在身邊，感受到他的呼吸，感受屬於他沉穩的氣息。她都覺得心動，心跳不可抑制地劇烈地瘋狂砰砰砰。

可是那又如何，他們是不可能在一起的。

除開封俊這層尷尬的關係不說，她爺爺要是知道徐燕時的存在，大概二話不說就讓賴飛白開支票去了，想到這，她悄悄斜眼看著身旁這個清冷的男人。

應該會很開心地拿上支票走人了吧？

他這麼窮。

不光是他窮，她現在也窮。

向園甚至開始不著邊際地想，要不然她假借談戀愛的名義滿足一下自己的私欲，先把人睡了，再順便幫他從老爺子那裡訛一筆，讓他一夜暴富？

此時此刻，別墅區某老爺子剛酣暢淋漓地練完瑜伽，渾身熱氣騰騰地冒著熱汗，忽然感覺後脊背一涼，像是有風颳過，他猛地連打了幾個噴嚏，「小白！」

賴飛白飛奔而至，「老爺子？」

「我好像感冒了。」

「讓張醫生過來看看，還是我去買藥給您？」

老爺子「嗯」了聲，抽了張紙巾，擦了擦臉，隨口一問：「向園最近怎麼樣，有電話嗎？我怎麼覺得這小丫頭最近憋著壞呢。」

賴飛白：「她最近回北京培訓了。」

「什麼？她回來了？」老爺子立馬扔了紙巾，心驚肉跳地吩咐賴飛白：「來，趕緊把門給我鎖了。」說完又覺得不夠安全，「大門再加三把鎖！我想說怎麼好端端打噴嚏呢。」

「……」

不過向園也就這麼想想，光是封俊這層關係，她就不敢輕舉妄動，怎麼可能會提這種天馬行空的要求。

如果不能往下走，向園也不想自己越陷越深，她決定跟徐燕時保持一點距離，不管是應茵茵也好，還是那個過去甩他的「網戀女友」，跟她都沒有關係。

走出電影院，她拎著包，禮貌疏淡地跟徐燕時告別：「謝謝你今天的電影，很好看。下次有機會再一起看吧，不過接下來我可能會比較忙，沒什麼時間。顧嚴那邊應該已經聯絡你了吧？我明後天培訓完就回西安，可能沒時間去拜訪你的朋友，替我問聲好。回去之後，好好參加比賽，晚上……要不然去老慶那吧，還是別去我家了，不太方便。」

當然了，徐燕時這個高冷直男，是完全不知道向園此刻在發什麼瘋。

他沒什麼情緒地雙手抄在口袋裡，垂著薄薄的眼皮，一臉好整以暇地看著她究竟還能說出什麼鬼話來。

向園想了想，又說：「然後，沒什麼事的話，我先走了——」

下一秒。

向園後腦勺一沉，身子就被人勾到了胸前，腦門「砰」筆直撞進徐燕時懷裡，胸膛硬邦邦地像是一堵牆，她懵懵然地拿額頭抵著，瞬刻，那炙熱清冽的男人氣息無孔不入！

徐燕時扣著她的後腦勺，把人牢牢地按在懷裡。

向園被撞得頭昏腦脹，混身的血液一股腦全往上翻湧，心跳猛烈加快，她低聲問：「怎麼了……」

徐燕時表情冷淡，一隻手抄在口袋裡，一隻手壓著她，目光看著身後方空蕩蕩、寂寥的大街，臉不紅心不跳地說：「有車。」

路人：「……」

夜風颳蹭著兩人的衣服，向園抵在他懷裡。

周身全是男性氣息，泛著清淡的沐浴乳香味，心底安全感頓生……

徐燕時其實沒想那麼多，他只是覺得，如果就讓她這麼走了，等回西安，兩人的關係可能又要回到從前了。這是來自直男的直覺，他覺得向園在生氣。他微仰著頭，深吸一口氣，向園感覺到他微微震動的胸膛，一起一伏。

而後，後脖頸溫熱襲來，徐燕時乾燥的手掌控住她的後頸，把人從懷裡撥出來，低頭似笑非笑地看著她清亮的眼睛：「那妳得問老慶，他方不方便。」

向園微微掙脫，默默站開一步遠的距離，「不方便我去租個咖啡廳，反正比完賽就用不上了。」

「妳錢多？」徐燕時表情淡淡地盯著她，雙手抄進口袋裡。

「反正你不能去我家。」向園別開臉說。

「那留在公司，」他面無表情地建議說，「妳吃完飯再回來，不會被人看見的。」

怎麼說的跟偷情似的……

向園「嗯」了聲，低著頭看腳尖。

半晌，頭頂又傳來一句。

「所以為什麼生氣？」

「我沒生氣，」向園挺認真地說，「只是忽然想通了一些事。」

「什麼事？」

「一些註定沒結果的事，」向園看他一眼，眼神疏淡，「所以不想浪費時間。」

醫院。

老鬼最近覺得病房的氣溫有點低，坐在他面前的男人已經一言不發地對著電腦三個小時，劈里啪啦敲著鍵盤，戴著眼鏡的模樣一臉冷清。護士站的小護士們來來回回走了好幾遭。病房也是前所未有的熱鬧。

沒過一分鐘，走廊外又傳來一陣急促地腳步聲，老鬼不用聽都知道一定是門口護士站那幾個護士掐著時間點幫他換點滴。

以前哪有這待遇，床頭上呼叫機按半天，人才慢吞吞過來。

護士拖拖拉拉地換完最後一個吊瓶，眼神偷偷瞟了坐在一旁的男人一眼，忍不住問老鬼：「這你朋友啊？」

老鬼沒好氣地「啊」了聲，一臉揶揄譏諷地表情：「怎麼樣，帥吧？」

小護士雖沒接話，只是一邊換吊瓶，一邊羞赧地瞪了老鬼一眼，內心春潮洶湧全都明明白白地寫在眼睛裡。

「帥也沒用，反正妳也泡不到。」

老鬼猝不及防一盆冷水潑下來。

「……」

小護士笑容僵硬，轉而惡狠狠地瞪了老鬼一眼，沒好氣地：「手拿過來。」

「幹什麼？」

小護士笑裡藏刀，咬牙切齒：「拔針。」

這哪是要拔針啊，這摩拳擦掌蠢蠢欲動的模樣，比容嬤嬤扎針還狠吶，老鬼顫巍巍伸出手，還死撐著威脅人家：「妳給我有點職業道德啊？不然我去院長辦公室投訴妳啊我跟妳說。」

小護士還是有職業操守的，手指輕輕一撥，翻著白眼走了。

「瞧你那模樣。」

「……」

床邊的男人忽然有了動靜，從工作中分出些神，從一旁的床頭櫃上拿了根菸，剛銜進嘴裡，想到在病房，又把菸拿下來，面無表情壓回菸盒，往旁邊一丟，準備繼續工作，然後餘光瞥見老鬼一臉研究的眼神……

徐燕時迎上他的視線，淡聲：「幹什麼？」

「你又抽上菸啦？」老鬼說。

徐燕時低下頭：「偶爾。」

他確實不怎麼抽，戒了很久了。最近人在北京，有點放縱了。

老鬼看了那躺在桌上的便宜菸一眼，心下唏噓，他們大學時賺外快都不抽這種菸，一人買一包中華，誰手裡有就抽誰的。現在畢了業，怎麼比大學時還不如呢。

「最近有煩心事？」

老鬼怕是因為自己的事，其實他還挺樂觀，畢竟昨天顧嚴醫生在視訊會診中都給了準話，手術成功率還是蠻大。

「沒有。」

老鬼點點頭，「那就好，顧嚴醫生也說了，我們這個年紀要保持心情的舒暢，不然很容易讓癌細胞趁虛而入的——」

話音未落，被徐燕時輕描淡寫打斷：「只是在想，是不是該找個女朋友了。」

他漫不經心說著，敲完鍵盤，工作收尾，闔上電腦往床尾上一丟，拿起菸和打火機站起來，準備去外面抽根菸。

還是第一次聽徐燕時說起這種事，老鬼興奮不已，哪肯放他走，讓他去窗邊抽。

徐燕時只是在窗邊靠牆站著，沒抽，手裡捏了根菸心不在焉地把玩。

老鬼心神激蕩，「我說，你不是……栽了吧？」

「栽你姥姥，」徐燕時笑著罵了句，眼角微垂，懶散地垂著眼皮，指尖的菸有一搭沒一搭地磕著菸盒，看不出情緒，聲音也冷淡，「大概是我第一次有想追的衝動。」

徐燕時想追的人？

從他嘴裡講出這句話，老鬼全身雞皮疙瘩都豎了起來，他覺得自己彷彿看了個假人，盯著窗邊那挺拔的男人看了半晌後，忽然風馬牛不相及地問出一句：「大二的時候，武漢連著下一週的雨，我沒洗內褲，於是我偷偷穿了你的內褲，請回答那是一條平角內褲還是三角內褲，白色還是黑色？」

其實老鬼也不記得了，他只記得自己被徐燕時暴揍了一頓。

「找打？」

眼神危險，老鬼抱著枕頭，往後縮了縮身子，「好，我確認了，爸爸還是那個爸爸。」

「那你追啊！」靜了幾秒，老鬼忽然又回到剛才的話題。

徐燕時笑而不語，半晌後，又像是自嘲地勾了勾嘴角。

老鬼試探著問了句：「那小姐姐長怎麼樣？什麼路子？」

半晌，徐燕時捏菸，看著窗外說：「長得很花錢。」

「……」這是什麼形容詞，老鬼抓耳撓腮。

隨後徐燕時又補了句：「很正。」

「哪個正？」老鬼追問，「是那種一身正氣，還是身材婀娜多姿、盤亮條順的正點妞？」

徐燕時一臉禁欲樣，懶洋洋地瞥他一眼，又垂下，很淡定地口氣說出：「正點。」

老鬼捂臉：「你這人好色情。」

「……」

徐燕時靠著牆，一本正經、又清高地看著老鬼，絲毫不覺得自己說的話有什麼色情的。

「你是哪個古董裡詐屍的寶藏老男人啊，我們現在這個年代，已經不用正來形容女孩子了，我們現在形容漂亮小姐姐都是很直接的好嘛，而且，正這個詞，很容易讓人想歪的。」

老鬼笑趴，瘋狂捶枕頭。

他一點都不感興趣地「哦」了聲。

「……」

老鬼發現，再清高禁欲、成熟穩重的男人情竇初開，都會有那麼點年少時的青澀？

➤

東和集團。

向園在培訓大會的閉幕式上見到了自家老爺子，最近保養得不錯，一旁還有兩個小職員不知道是不是他僱的水軍，對著一個七十多的老頭、居然真誠地誇讚：

「董事長年輕的時候一定很帥。」

「真的，舉止斯文，體態輕健。」

向園抱著手臂，坐在一旁聽，忍不住插嘴：「年輕時候普通，不是很帥。體態輕健，那都是練出來的，每天都被老太太罰站，能不輕健。」

兩人：「妳怎麼知道？」

「八卦雜誌上寫的，你們沒看嗎？」向園一臉理所當然。

兩人笑得更歡暢：「罰站，好有喜感哦。」

罰站是向家家法，向園記得小時候，老太太一生氣，他們三個就背著手齊刷刷被轟到牆角一起罰站，得虧老太太的家法，老爺子到現在身材都保持得很好。

閉幕式結束，向園趕著去機場提前從後面溜，結果差點搶了老爺子的頭趟電梯。

眼看著員工們陸陸續續出來了，向園擠眉弄眼地跟這兩人求救，趕飛機啊，趁這時沒人，讓我先下唄。

然而這位腦門上寫著「六親不認」的老爺子，毫無感情地瞥了她一眼。

賴飛白則心領神會地非常沒有人性地把她請到一邊，「這位員工，請妳到旁邊等等。」

這這……位員工？

向園眼神幽怨地瞪著賴飛白，誰料，老爺子還添油加醋地訓了她一句：「年輕人，趕飛機啊？下次來總部開會記得把時間留得寬裕點。」

司徒明天多溫和的人啊，公司裡差不多所有人都知道，就算是普通員工犯了錯，他也從來不會當著公司眾人的面訓斥，大多時候都是維持著好好老頭的人設，絕對不讓自己跟

「凶」這個字眼扯上任何關係。

身後員工圍聚越來越多，裡裡外外繞著老爺子為中心，在電梯周圍擴散成一個半圓弧形的人堆，這下，全公司的人都知道老爺子罵了這個新來的西安員工，同事們紛紛將目光投向向園，有嘲諷的、有幸災樂禍的、有同情的……

「那也麻煩公司下次把經費給的寬裕點呀，不然我也不用為了省錢趕著買五點這班飛機啊。」向園笑咪咪地說。

連賴飛白都沒想到，向園居然敢當著所有人的面嗆她家老爺子。

顯然，這小丫頭去了西安後，變得更加伶牙俐齒了。

賴飛白也是第一次見老爺子一臉吃癟地看著這向園，忍不住用手遮了下嘴角偷笑，又聽她道：「員工的時間安排不合理，我想，第一個要反思的應該是老闆。」

司徒明天：「……」

這話也只敢對司徒明天說，換作陳珊，她還真的不敢。好不容易見她家老爺子一面，雖然她家老爺子看上去並不是很待見她，她倒也不至於大倒苦水，只是最近的一些感受，還是想跟他分享一下的。

顯然，老爺子不願意聽，很不耐煩地揮揮手讓她快滾。

向園得令，馬不停蹄地趕往機場，中途接到賴飛白電話，劈頭蓋臉就是一句：『妳聯絡顧嚴了？』

向園看著窗外，絲毫不驚訝：「舅舅跟你說了？」

『老爺子前陣子肺病發作，我打電話給顧醫生，沒打通，人在國外休假，結果今天聽說他已經回國了，說是臨時接了個病人，我還納悶呢，這顧醫生在國外休假什麼時候臨時接過病人，我就找人打聽了。』

向園「哦」了聲，「我一個朋友。」

賴飛白：『妳從來沒因為身邊的朋友找過顧醫生幫忙，老爺子還以為妳終於想開了，還是說，這個朋友很重要？』

「不重要，」向園視線盯著窗外，「高中同學而已。掛了。」

彼時，徐燕時正坐在顧嚴的辦公室，顧嚴穿著白大褂，模樣清秀，約莫四十出頭，比一般的中年男人看起來更豐神俊朗、身材勻稱些。他跟徐燕時解釋完老鬼的手術方案和一些術後可能發生的情況，打量了這個模樣出眾卻始終不卑不亢、看人的眼神裡很溫和且又自帶一股精氣神的男人一眼，他笑著隨口問了句：「我外甥女不好管吧？」

徐燕時從手術方案中回過神，淡淡笑了下，「還好。」

「你們是什麼關係？」顧嚴問了一下，「她交過那麼多男朋友，我也沒見她為了誰親自找過我。」

徐燕時一愣。

顧嚴溫和地笑著半開玩笑地解釋：「你大概不知道，這丫頭記仇，我當年告了她一回狀，記恨到現在。脾氣烈得很。」

徐燕時忍不住失笑：「她是挺記仇的。」

顧嚴沒往下說，看著面前這個乾淨清透似乎還帶著那麼點少年氣的男人，笑著寬慰了兩句：「沒事了，情況就是我說的這樣，先繼續化療吧，等手術通知，我儘快安排，發現的還算早，只要預後治療做好，應該沒什麼大問題。你們的費用應該不成問題？」

「大致需要多少？」

「各地標準不同，我大致預算在二十萬以內，因為後期的藥物比較貴。」

老鬼聽到這個二十萬，還是嚇了一跳，他這幾年其實沒存下什麼錢，跟陸茜在一起的時候，陸茜要什麼他買什麼，十幾年了，兩人都沒存什麼錢，後來跟陸茜分手，他為了證明自己，咬著牙狠著勁又買房又買車的，薪水本來就不高，研究人員，一年到手也就十幾萬，只有這兩年存下一點。

昏暗的病房裡，徐燕時抱著手臂問：「你有多少？」

老鬼撓撓頭，「前陣子買車，頭期款一付，就沒多少了，一、兩萬吧。」

其實當初老鬼買車的時候，老慶他們都勸過他，讓他別買這麼貴的，陸茜又不會因為你開奧迪回來找你，買臺實惠點的，他們覺得徐燕時那臺就很不錯，實惠不張揚。

但老鬼那陣子心血來潮，虛榮心作祟，非要買那輛奧迪Q5，托人找了銷售，全套下來落地也要四十幾萬。

老鬼問：「你幫我問問顧醫生，進口藥不能報銷啊，換成國產藥行不行？」

徐燕時瞥他一眼，「把車賣了吧。」

「……」

「現在賣不划算吧，我才剛買，一轉手就要掉至少十幾萬，下次再買就不是這個價了，而且，十幾萬，我一年就賺回來了。」老鬼可憐兮兮地看著他說，「你……」

徐燕時打斷：「我的錢在基金裡，過幾天取給你，不多，就八萬。」

「那還差十萬。」

「所以讓你把車賣了。」

老鬼猶豫，「要不然再問問張毅老慶他們？小霖哥別想了，他有個摳門老婆。」

這時，徐燕時手機一震，高冷傳了訊息給他。

高冷：『什麼時候回來？』

昏暗裡，老鬼一籌莫展，只有手機在亮，螢幕泛著光，徐燕時靠著窗，單手飛快回：

『週六。』

高冷：『好的，我剛剛聽到一件事，說向組長在北京開會的時候被老董事長當著所有人的面訓話了，因為搶了老董事長的電梯，你說這老董事長是不是腦子有毛病？』

xys：『？』

高冷：『因為趕飛機的事吧，這個問題我們之前也反應好幾次了，西安這邊的經費本來就少，而且大家都知道下午五點二十五那趟航班最便宜，只要三百七。剛才啊，林卿卿打電話給向組長的時候，聽見向組長好像在哭，肯定覺得很委屈吧。』

xys：『知道了，我明天回。』

高冷看著這則訊息，表情狐疑，下意識問身旁的尤智：「明天禮拜幾？」

尤智的諸葛正大殺四方。

耳邊頻繁閃過「二連擊破」「三連決勝」「四連超凡」……

高冷目瞪口呆地看著。

「週四，」尤智正在追擊最後一個人頭，隨口問了句：「幹什麼？」

高冷：「老大說他明天就回來。」

尤智手一抖，手機差點沒拿穩，「大魔王不是休假到週六？我聽施天佑說他週六才回啊，怎麼忽然提前回來了？」

醫院，病房靜謐，亮著一盞黃昏微弱的壁燈。

「我明天去銀行把錢領給你。」

徐燕時改簽完機票，把手機揣回羽絨衣的外口袋裡，說完開始收拾東西，電腦、充電器、一大包感冒藥……他的目光微微一頓，腦海中又浮現那張倔強的臉，他不相信向園會哭，兩人認識那麼久，他從沒見她為了什麼事情哭過。向園的沒心沒肺是出了名的。

明知高冷這人說話不可信，他掛了電話還是改了簽——說不定現在長大了，臉皮薄，真的哭了。

老鬼見他低著頭出神，拿手在他眼前晃了晃，正要問想什麼呢，徐燕時很快把東西有條不紊地收進包裡，乾脆俐落地拉好拉鍊，頭也不抬地淡聲對他：「我改簽了，明天回西安。」

「這麼快嗎？」老鬼狐疑，「不是說留到週六嗎？工作上的事？」

徐燕時「嗯」了聲，把包放到床尾，蹲下去重新綁鞋帶，手指嫻熟地打了個結，說：「私事。」

老鬼點點頭，「那梁教授那你還去嗎？本來約了週六吃飯的。」

「我明天早上去學校看他，」徐燕時綁鞋帶的手指頓了下，慢慢說，「週六你們吃吧。」

梁秦教授以前是武大的外聘教授，因為一個大學生CTF挑戰賽，同時帶過徐燕時和老鬼，當時他們的團隊裡，還有來自梁教授自己本校的兩個學生，張毅和封俊。

「也行。」老鬼欲言又止地點頭。

窗外夜色漸沉，風輕輕颳，樹影婆娑。

病房內，氣氛安靜了半晌，老鬼終是沒憋住，輕聲問了句：「那你什麼時候辭職回北京？」

徐燕時收拾得差不多，正彎腰去拎包，聽見這話，微微一頓。

壁燈仍是微弱，卻拉著他高大修長的身影，燈影憧憧，讓人莫名心安。

老鬼覺得跟徐燕時在一起，就有一種天塌下來都不怕的感覺，所以他迫切地期盼他能早日從西安回來。

徐燕時瞧他這急迫樣，把包斜挎到身上，環著手臂，靠著牆，光線暗，似乎見他低頭笑了下，唇角的弧度微微揚起，就聽他低沉的聲音在病房裡響起：「老鬼，送你一句話。」

「什麼？」

「羊得養肥了宰，吃起來才痛快，」他站直，雙手抄進口袋裡，「我勸你把車賣了，留得青山在，不怕沒柴燒。」

老鬼愣了一瞬間，幾秒後，才支支吾吾地說：「我不是不願意賣……我跟你說過我妹妹的事吧，我承認當初買這是的時候我有點虛榮心作祟，想讓陸茜後悔。結果後來我妹妹說，她明年要結婚，想要一輛車……」

「你把車給她了？」

老鬼這個妹妹，徐燕時大學時候見過一次，不太討喜，一個女孩子滿嘴髒話，而且有點暴力傾向。

有一次跟老鬼拿錢，老鬼不給，妹妹二話不說罵著上手就給了老鬼一個巴掌。徐燕時伸手幫老鬼攔了下，也被打了。

老鬼當時拚命跟他道歉，後來跟他說了妹妹的事，因為出生時沒照顧好，沒錢住保溫箱，從小身體就弱，經常發燒，脾氣也大。老鬼爸媽滿心愧疚，對這小女兒也特別寵著，總是讓老鬼一再的忍讓。老鬼爸媽思想封建，說是他們欠妹妹的，平日裡也都任打任罵。本以為長大後懂事了就好了，誰知道，老鬼妹妹變本加厲……不給錢就自殺、不買車就跳樓。花樣層出不窮。

老鬼沒辦法，只能把自己那輛奧迪過給她了。

所以，想從她妹妹手裡拿回來，幾乎是不可能的。

「你到現在都沒告訴家裡你生病的事？」徐燕時擰著眉。

「我爸媽是農民，在北京又沒人脈，告訴他們也是乾著急，告訴我妹妹？她巴不得讓我快點去死。本來你沒回來之前，我聽了幾個醫生的意見都決定放棄治療了，能給我爸媽留一點是一點吧，不想浪費錢再治療了……」老鬼倔強地瞥著頭，腮幫子抽了抽，像是在極力隱忍和克制，「但顧醫生說治癒希望還是很大的，誰又不想活下去呢？」

老鬼捂住眼，滾燙的眼淚順勢而下：「我想過賣房子……」

徐燕時打斷他，「房子留著吧，十萬，再想想辦法。」

「我知道你也缺錢，你的錢，我一定連本帶利還給你。要不然按九出十三歸來？」高利貸標準還法。

「滾。」徐燕時氣笑，拿手推了下老鬼的腦袋：「你儘快還我就行。」

說完，他收回手，準備離開。

「等一下把帳號傳給我，走了，」想想又給了句忠告：「老鬼，別抱怨，也別遷怒，人不會一直走背運的。」

老鬼看著他離開的俊挺背影，忽然想起很多年前，他跟梁教授吃飯時，梁教授說的那兩句話，男人只有在落魄的時候才最能體現情懷和風骨。

當時，梁教授喝了些酒，說話也開放了些，沒平時那麼拘謹，滿面紅光地搭著老鬼的肩，醉醺醺地說：「你信不信，這樣的人，贏他不傲，輸也不會輸的太慘。我從來不怕他起不來，你們這幾個人裡，我最不擔心的就是他。所以，你等著，他一定會回來的。」

說完，又補充了一句：「人貴在什麼你知道嗎？」

「貴在，不遷怒。」

老鬼當時不理解，時至今日，他好像才明白過來教授當時那句話的意思。

不抱怨，不遷怒。脾氣暴躁的小孩才會因為得不到好吃的糖果而遷怒父母的無用。

真正的男人，所有負面情緒自己消化。更不需要女朋友遷就自己所謂的大男人主義，坦蕩如砥，風骨華然。

他想徐燕時應該就是梁教授說的那種人。

向園感冒了，林卿卿跟她打電話的時候，頭昏昏沉沉，鼻音重，挺沒精打采的，說話也是有氣無力地，期間還窸窸窣窣吸了幾下鼻子。

林卿卿開著擴音，高冷一聽，以為她哭了，跟林卿卿對視一眼。林卿卿連忙問：『組長，妳沒事吧？』

向園又吸了下鼻子，「沒事，感冒了。」

林卿卿安慰了兩句，等掛了電話，想說讓高冷去買點感冒藥，等組長回來可以吃，結果高冷說：「向組長明顯是哭了啊，怎麼可能是感冒，妳們女人不是經常在電話那頭哭哭啼啼的，男人一問，妳怎麼了？然後又做作地說一句，沒事，只是有點感冒。我說多喝點開水，妳們就炸了，我說感冒就感冒啊，妳聽不出來我在哭嗎？」

顯然很有經驗，久經沙場的總結。

林卿卿：「陳經理看不出來是個會哭的女孩子。」

高冷：「她看不出來的事情多了，比如，空手搧巴掌。」

「……」林卿卿一愣，「照你這麼說，那向組長是真的被老董事長訓哭了啊？」

高冷：「八成，這事我要跟老大說一下。」

不過等他跟徐燕時溝通完，公司裡的人也差不多都知道了，應茵茵直接在群組裡@了向園。

應茵茵：『@向園，妳沒事吧，我伯父說妳跟老董事長發生爭執，怎麼了？』

這種陰不陰陽不陽又間接透露了自己是關係戶的語氣。

向園當時準備登機，只是皺了皺眉，沒理會，只傳了句：『沒事。』

誰知道，等她下飛機，一開手機，群聊超過九九九則，群組裡已經大張旗鼓地熱烈討論了起來。

應茵茵跟銷售部那幾個小團體一唱一和配合無間，明裡暗裡把她損了個遍。

應茵茵：『聽說董事長挺生氣的，現在還在開會，說要好好整治我們西安這邊的風氣，年終獎金才發了一筆，不會第二筆就沒了吧？我可不幹啊！好不容易才等到年底的！』

王靜琪：『有些人真的是，太會惹麻煩了。』

小玲：『我覺得好丟臉哦，老董事長那麼溫和的一個人，怎麼會生氣啊，我第一次見他訓人呢，西安分公司這下要出名了吧。』

尤智：『小玲姐姐，說話就說話，麻煩妳不要加語氣詞，一句話裡夾雜著哦、啊、呢、吧，母雞嗎？』

高冷：『靜琪妹妹，大家都有犯錯的時候。而且，這個問題我們之前也反映過很多次了，向園組長沒做錯吧，她也是為大家說話啊，妳們怎麼還倒打一耙？』

應茵茵也是怒了，什麼話都往外蹦。

『你們技術部的男人都這麼單純嗎？長得漂亮是不是幹什麼事都可以被原諒？我大伯說的會有假嗎？老董很生氣是事實吧？緊急召開會議討論的就是這事，如果因為她扣了我們今年的獎金誰負這個責任？你們都昏了頭了吧？』

『我現在就一句話，誰闖的禍，誰負責，別連累整個公司。』

xys：『行了，我負責。』

向園沒看到這段對話，她剛出航廈，飢寒交迫地坐在計程車上，外面漆黑一片，她低著頭，快速翻到底部，面無表情地對著手機劈里啪啦打下一串字：『今天這件事，有人覺得我做得不對的在群裡吱一聲。』

傳完，她抱著手機等。

沒多久，就「咯噔咯噔」連著跳出幾則。

應茵茵：『妳做的就是不對啊，怎麼還怕我們說了呀？妳從進入公司以來，哪件事不是為妳開了先例？年休假？我們都沒有這待遇。』

應茵茵站在道德的制高點上指責別人的時候，從來都是理直氣壯的，彷彿自己就是高潔的聖母白蓮花。

向園都懶得理她，懶洋洋地靠在計程車座椅上，在群組裡回了一句：『哦，應茵茵一個，還有嗎？』

沒人吱聲。

王靜琪和小玲也不知道為什麼忽然沉默了，可能是被向園隔著螢幕都要噴薄而出的殺氣震懾住了。

向園打了個電話給賴飛白，非常鄭重地請他把電話轉交給老爺子，賴飛白很少聽向園這麼鄭重其事地口氣，也不敢耽誤，一臉莊重地敲開了老爺子辦公室的大門。

老頭坐在沙發上，褪去了大衣，只穿了西裝背心，裡面是件熨貼合身的白襯衫，兩眼放光地看著面前茶几上熱氣騰騰、蓋被水蒸氣頂得直撲騰的小火鍋。

賴飛白一看他辦公室大門緊閉，就知道在偷吃了，不過司徒明天很磊落，也沒藏，反正就是一臉寫著「我餓了」。

賴飛白捂著電話遞過去，「向園的電話，挺嚴肅的。」

向園像極了她奶奶，真的生氣的時候司徒明天還是怕的，兩人只要不觸及原則的問題，都能坐下來好好聊，但是一旦觸及了底線，司徒明天也是個倔強的小老頭，一萬個不從。

他接過電話，讓賴飛白趕緊把火鍋關了。

「喂？」

向園：『別藏了，都聽見鍋蓋撲騰聲了。』

司徒明天咳了聲，「說正事。」

向園把西安這邊經費、差旅費報銷以及時間安排上的不合理，一一跟司徒明天解釋了一遍，司徒明天聽了半晌，問：「妳的建議？」

向園一點一點提完建議。

司徒明天看了賴飛白一眼，其實對他來說真的無所謂，反正這個公司明年也要關了，就當是給這個小丫頭玩票，鍛鍊鍛鍊都行。沒什麼猶豫，就讓賴飛白照著向園的意思，把所有的出差條款都修改了一遍。

很快，一小時後，一份熱氣騰騰、嶄新出爐的《關於西安分公司差旅費報銷的修改辦法》傳送到全公司每一位員工的信箱裡。

整份工整、莊重的文件最後，還附上了一句話——

『董事局經過深思熟慮，採納了西安分公司技術部副組長向園同志的意見。』

『本司法辦不足，也希望各位員工多多監督，多跟向園同志學習。』

然而，西安分公司所有員工的信箱裡，備註裡多了一句話——

『本法辦暫行集團正式員工（A、B、C合約制員工），實習生除外。』

縱觀整個西安分公司，只有應茵茵這個關係戶是實習生，因為她的總部名額沒下來，一直是以實習生的合約簽的。

附件底下還特地附了一張高清的大紅名單。

是公司集團員工的簽約合約說明。

東和集團的員工等級說明從高到低依次分為A、B、C三類，A類是早年老員工，開朝元老級別的人物，每年都會有一定比例的轉正名額，但是這幾年集團效益下降，加上競爭壓力大，名額逐年遞減。包括在去年，類似西安這樣的分公司都沒有名額，所以應茵茵至今沒有轉合約。

還有一部分A類博士特聘到總部研究機構的。

剩下的B類是校招應屆大學生，面試筆試過關，算是各高校的高材生，類似徐燕時這種。

C類就是技術部李馳這種社會招聘類型。

但因為西安分公司是一二年才創立的，分配過去的基本上都是C類的，徐燕時這樣的B類員工本就不多，整個公司B類的人數手指頭都能數出來。

然而，所有人都沒想到，那張名單上。

向園的名字後面，赤惶惶地跟著一個大寫的A類。

技術部小群組。

高冷：『我有點懷疑我自己的眼睛。』

尤智：『我也是。』

施天佑：『＋1。』

李馳：『這妞到底是什麼來歷？』

張駿：『整個公司只有園姐一個人是A類啊，她好厲害啊。難怪她有年休假，A類的年休比我們多出五天呢，而且福利也多，羡慕。』

高冷：『寶藏女孩，我想拋棄書姐了，我要去追園姐。』

尤智眼疾手快截圖傳給陳書，五分鐘後，一陣震天動地的高跟鞋聲從走廊裡傳來，緊接著，高冷的慘叫劃破天際。

向園手機忽然一陣。

亮起一則訊息，『徐燕時，你是不是知道向園的合約，才對她這麼好的？』

但是很快就收回了。

收回人，應茵茵。

緊接著，又緊鑼密鼓地傳來一則，『對不起，傳錯了。』

向園盯著手機，冷笑。

挑釁？

還能不能再假一點？

很好，回：『沒關係，實習生。』

殺人不過頭點地。

應茵茵這種，向園在電競圈混的時候見得多了，包括鍾靈，都差不多同一種類型的——自詡為正義，站在道德制高點上指責起別人來毫不手軟，自己做錯事的時候又怪別人不夠寬容。向園從小不覺得自己是什麼「好好女孩」，老爺子「人無完人」的教育深抵她心，包括老太太也是，一直告訴她的是：這世界上的任何一個選擇，只要是建立在不傷害他人的前提下，都是對的，誰都沒有資格指責，包括妳的長輩。

在向園的記憶裡，老太太一直是個很溫柔的人，也是個很通透的人。她總是說，沒有一個人是完美的，是人都會犯錯，而那些趾高氣昂的人，他們的理直氣壯來自於他們從不反省自己。向園記得自己在車裡等紅燈的時候，看見路邊有個老太太摔了，沒人敢扶。向園當時下意識說了句，現在的人真沒公德心。

老太太卻冷不防轉頭看著她，「那妳為什麼不去？」

她當下咋舌，那時年紀小，還給自己找理由，囁嚅著說：「我過去不方便嘛。」

「妳可以告訴司機過了紅燈在對面的路口等妳，然後妳下車，過去把人扶起來，這時候，妳上車再跟我說一句，現在的人真沒公德心。我一定不會說妳，」老太太口氣還是很溫和地，「在指責別人之前，妳要確定，別人犯的錯誤，妳永遠不會犯，永遠是一個很可怕的詞。」

然後，她本以為老太太是一個非常溫和的人的時候，老太太又當著她的面強硬了一次。

向園初中有次因為「作弊」被請家長，是老太太去的。其實當時那張紙條丟在向園的腳邊，向園進去沒發現，以為是打掃衛生沒清理乾淨，監考老師非說是向園帶進去的，她百口莫辯，解釋了幾百遍說不是她的，老師不信，把她那科成績零分處理，還叫了家長。

老太太表面看起來溫和，其實語氣非常硬。

她說：「陶老師，請你對自己說的每句話負責。我瞭解園園，她從小就淘氣，但她做過的事情她從來都會認，如果她不認，說明她沒做過，你身為老師，不相信自己的學生，不分青紅皂白地就把我的孩子打成『作弊者』，這件事我會調查到底，如果她沒做過，請你當著全班同學的面，向我的孩子鞠躬道歉。」

她在辦公室聽得只想哭。

她回去問老太太為什麼那麼相信她，萬一她真的做過呢？

老太太說了一句讓她畢生難忘的話。

「我對妳的信任與維護，只是希望妳未來不管在面對掌聲還是質疑的時候，妳是自信的，不自卑。這是我們給妳的愛和維護。我讓妳自省，是希望妳在反省中做到不苛待別人，而我們給妳的愛，是讓妳知道，妳是這個世界上最完美的女孩子，而不是一味的退讓和忍耐。適當有自己的脾氣，有何不可呢？」

所以，她在嗆應茵茵，那短短六個字，由內而外散發的氣勢，是與生俱來的。

隔著螢幕，都能感覺到那無形的壓力。

應茵茵也不服輸，立馬一個電話打到她伯父那裡，不管三七二十一，電話一接馬上哭哭啼啼的。

伯父是總部銷售總部的副部長趙錢，也算是銷售這邊第二把交椅，老爺子還挺器重的，不過最近有點被幾個手下搶了風頭，也苦惱得很，接到應茵茵的電話更是心煩意亂，聽她哭了半天也沒說出個所以然來，直接打斷：『茵茵啊，妳的好勝心不要這麼強，人家肯定不是針對妳的，很多政策，公司內部肯定會先從老員工開始實行，你們實習生過幾天就會落實了。著什麼急，妳一個屁大的實習生，董事長幹嘛針對妳。』

應茵茵瞬間收住，「真的？」

趙錢剛下酒局，無奈地按著眉心：『我沒聽說最近有什麼關係戶放到你們西安啊，妳放心，妳是那邊最大的關係戶，沒人敢撼動妳的地位。』

這麼說，應茵茵就放心了，不過還是心有疑慮：「難道是讓她瞎貓撞上死耗子了？」

『八成是，』趙錢說，『行了，我不跟妳說，這邊還有飯局，妳在那邊安分點，別給我惹事了，我回頭跟老董提一下實習生的事，爭取早點把妳調到總部來。』

應茵茵忙喊住他，「可她怎麼是A啊？」

趙錢不耐煩，『妳要是轉了妳也是A，她要是什麼大關係，能待在妳那破公司？人家都巴不得留在總部好嗎？』

應茵茵一聽這倒也是，心安了。

徐燕時是在回溧州的約車上，看見那份名單的。

說不驚訝，也驚訝，要說多驚訝，也不至於，反正她身上總是能給人層出不窮的驚喜。

其實算上高中那幾年，她也不怎麼需要他擔心，有時候一群男生一起吃飯玩遊戲，那時候玩勁舞團、CS，有男生逗她，罵她笨，她不罵髒話，很有修養。

氣鼓鼓地罵一句：「反彈。」

很可愛。所有人都被她逗得笑趴，好像大多時候很沉悶的男生聚會，因為封俊帶上她，就變得尤其活躍，笑聲不斷。

確實很省心。

徐燕時看著車窗外想，如果那時候自己不拒絕她，現在兩個人會是什麼樣？大概封俊就是他的下場吧？

他把錢匯過去給老鬼，看了看剩下的餘額。

忍不住自嘲地笑了笑。

偏偏在這種最想為人花錢的時候，被人搜刮得一乾二淨，沒錢了。

第二天，所有人準時上班，向園拖著病體去公司，高冷第一次在自己公司裡看見活體「A員工」，他特別狗腿地替向園開門，然後接過向園手裡的包，捏肩搥腿無所不用其極。

「A姐，這次經費的問題妳算是立了個大功，晚上我們出去喝一杯？」高冷嬌柔做作地拿捏著聲音說。

向園聽見A姐還挺親切，心也突突跳了下，以為高冷知道她Ashers的身分，後來看著高冷純潔的小眼神才反應過來，是說她的A制合約。

「不喝，」向園咳嗽了一聲，「感冒了。」

高冷一愣，聲音恢復正常，「妳真的感冒了？」

向園打開文件，斜瞥他一眼：「不然呢？我扮演體弱多病、堅持不懈上班想漲薪水？」完蛋。

老大要是知道他騙他……

算了，還是別聚餐了。

高冷悻悻然走了，向園全然蒙在鼓裡。

一旁的林卿卿湊過來，偷偷把事情解釋給向園聽，「高冷以為妳哭了，然後跟老大說了，老大好像今天就回來了……」

向園冷淡地「哦」了聲。

咦，林卿卿瞧這反應不太對啊，「妳跟老大吵架啦？」

向園低頭看文件，咳了聲，「沒。」

不等林卿卿說什麼，向園站起來去茶水間泡了點感冒熱飲給自己。

還沒走進門，就聽見應茵茵跟王靜琪幾個在播「晨間新聞」。

應茵茵手裡端著杯咖啡，低著頭慢條斯理地攪拌著，眉梢眼角都是喜色，樂顛顛的像隻喜鵲：「我大伯說我轉了之後也是A制合約，不知道過年後能不能申請下來。」

王靜琪：「你們說，向園會不會是我們公司開朝元老的孫女之類的，不然以她的簡歷，怎麼可能是A制合約。」

小玲：「也許。」

應茵茵一直沒說話。

王靜琪又插了一句：「徐燕時也真會挑，一挑一個準。」

應茵茵忽然冷笑：「徐燕時除了長得帥，還有個什麼，要錢沒錢，要權沒權，要背景沒背景。找他幹什麼？指望他請妳喝奶茶啊？我一個包他都買不起。」

王靜琪：「妳別惦記他了，我看樓下飲料店的店員就不錯，妳多請我們喝幾次飲料妳們一定有戲……」

應茵茵嬌羞：「哪有。」

「茵茵，妳別打我啊，」小玲偷偷瞟她一眼，忍不住說：「其實，如果長成徐燕時這樣的，請我喝一輩子奶茶，我都願意……」

「妳！」應茵茵氣得跳腳。

結果，當天下午，所有人都目瞪口呆地看著原本應該在休假的徐燕時忽然出現在公司。

應茵茵也沒想到他會提前回來，看著他從自己面前越過，高大英俊的背影直接轉進了技術部辦公室。

沒過多久，技術部傳來幾聲高喝。

「老大你回來啦！」施天佑的。

「好想你哦！」高冷的。

「歡迎回來，」尤智捋了捋頭髮，伸出手莊重地去握徐燕時的手，中二少年，「拯救地球行動需要你。」

徐燕時丟下包，把這些手一一打開，冷淡地問了句：「你們副組長呢？」

所有人：「不知道啊！跑去哪了？」

徐燕時跟李永標銷完假下來，剛好在電梯裡碰見從陳書辦公室裡出來的向園，兩人目光一撞，向園很快別開，站他一步遠的距離，等電梯門緩緩關上，一時靜謐，誰也沒有開口說話。

三樓，碰見銷售部進來的準備下樓買咖啡的應茵茵幾人，有說有笑的。

「最近剛出的森林口味，你們要不要試試——」

話音未落，看見電梯裡乾淨、筆挺，氣場又莫名和諧透著那麼點曖昧的兩人，應茵茵下意識閉了嘴。

三人默默走進去。

氣氛凝滯。

向園忽然開口，「徐燕時，你要不要喝飲料？」

徐燕時看了她一眼，「妳想喝什麼？」

「下去看看，我還沒喝過。」

然後一行五人，朝樓下新開的飲料店前進。

向園偷偷在技術部的小群組裡問，『來，快點，有人請客，你們要喝什麼？』

技術部點單蜂擁而至。

進入飲料店。

飲料店店員一眼認出應茵茵，熱情地笑臉相迎：「又請同事喝飲料啊？」

不等應茵茵回話，向園拉著徐燕時，率先上去，熱絡地跟人套關係：「帥哥認識我們茵茵啊？」

小哥笑起來還真的有點帥，「是啊，你們都是應茵茵的同事啊，我給你們八折。」

應茵茵感覺不妙，但是當著小哥的面，又不好發作。

果然，向園靠著點單檯，笑眯眯地回頭跟她招手，「既然帥哥都這麼說了，那我們就不客氣啦，兩杯拿鐵……一杯摩卡……抹茶奶蓋……」

向園快速點了一堆，整個技術部門齊齊整整一杯不落。

「十六樓，技術部，麻煩你啦。記在我們茵茵帳上。」

帥哥毫不知情地看著應茵茵，笑得跟看見親爹似的：「你們茵茵真的很大方。」

向園點完，拉著徐燕時走，拍拍應茵茵的肩：「謝謝啦。」

應茵茵咬碎牙：「不用客氣。」

兩人裝模做樣走出飲料店，向園憋了一天的氣終於舒暢了。

卻渾然不覺，自己此刻正拽著徐燕時的手，男人手掌乾燥溫熱。

向園笑得前仰後合。

手還牽著，帶著他的清冽氣息和餘溫。甚至比她的血液還要熱。

等她意識過來，一抬頭，發現徐燕時正居高臨下地睨著她，雙眼飽含深意，似笑非笑地看著她，

「高興了？」

第六章　維護

下午三點，技術部。

整個辦公室都洋溢著一種，令人難以捉摸的「甜蜜」。

從徐燕時跟向園一前一後進門開始，氣氛就變了。兩人沒說一句話，向園甚至有點躲著老大，自顧自地回到了自己的座位上，跟林卿卿拿文件，跟高冷要數據，跟尤智聊下週的工作計畫，然而，每一個都避不開徐燕時……

林卿卿：「文件老大還沒簽……我剛給他了……」

向園「哦」了聲，不動聲色地轉頭問高冷：「我上週要的月報數據呢？」

高冷：「也給老大了，因為他說，他要親自過目。」

向園又「哦」了聲，神態自若地把目光對準一旁的尤智：「你呢，下週的工作計畫我昨天讓你給我的吧？」

尤智茫然地抬起他無辜的小眼神：「老大說，他休假前就寫好了……」

所有人都看出來了，向園不想去找老大，然而，徐燕時卻一動也不動地坐在自己的座位上，恍若未聞地聽見自己的名字頻繁地在這幾人嘴邊提起，隨手把電腦開了，也沒插話。

向園想到剛才樓下的場景。

他直勾勾地看著她，兩人的手牽在一起，是她從未感受過的溫度，好像比其他男生的手乾淨也長，像是有一陣前所未有的酥麻感，從她的指尖穿過，眼神裡毫不遮掩的調侃笑意，讓她一下子懵怔。

下一秒，觸電般倏然鬆開，她第一次被一個人看得無所適從，目光只能茫茫然投進人潮擁擠的大街上。

出氣歸出氣，但他們還是保持點距離吧，她這個人容易控制不住自己。

「我上去了。」

向園丟下一句頭也不回匆匆跑了。

她要儘量控制自己不主動找他，然而，這幾個人，一個個都跟說好了似的，鬧哪齣？不等她說話，徐燕時靠在椅子上，丟過來一份文件，不偏不倚、尤其精準地「啪」一聲齊齊整整砸在她桌上，那人懶洋洋地靠在自己的椅背上，一邊輸電腦密碼一邊頭也不回地說：「兩份數據我改好寄到妳信箱了。」

向園翻開文件，落款是他乾淨簡略的簽名。

字很俐落，力透紙背，很好看。

她小聲地「哦」了聲，把文件收起來。

她起身上了個廁所的功夫，應茵茵的「愛心奶茶」已經送到了，高冷、尤智他們正七頭八腦地圍在她的座位上分杯，她走過去，撥開高冷的腦袋，說：「喝完了記得感謝應茵茵，今天她請的。」

眾人一驚，「應茵茵請的？」

施天佑震驚得瞳孔地震：「她不會想追我吧？我剛才上洗手間她對我笑。」

向園：「……」

你哪來的自信？

尤智抓住了重點：「你又去女廁所了？」

「……」

高冷這才想起來，端著杯奶蓋四下環顧了一圈，狐疑道：「今天怎麼沒看見李馳啊，應茵茵是不是最近跟李馳又鬧掰了？」

「李馳哥好像挺久都沒跟應茵茵出去了，」張駿推著厚厚的酒瓶底眼鏡，貓著腰，在向園的桌上找他那杯。

高冷「咦」了聲：「你點了什麼，還沒找到嗎？」

「紅糖生薑水。」張駿說。

尤智忽然轉過頭，面無表情：「你被施天佑傳染了？大姨媽來啦？」

「不是，」張駿臉紅紅，「最近有點拉肚子。」

高冷又把話題扯回來：「不過，說起來，應茵茵也是第二次請我們技術部喝奶茶了。」

「上次什麼時候？」向園低著頭找自己那杯拿鐵。

「追老大的時候，整個技術部每人一杯，還搭配著法式小點心，很精緻的下午茶，」高冷喝了口，抿抿唇又說，「不過老大沒有要。」

向園：「為什麼不要，別人請的，不喝白不喝。」

高冷：「老大說，應茵茵太麻煩。」

向園切了聲，冷笑：「iPad 都拿了，還差杯奶茶錢？」

幾人一愣，互視一眼，高冷嘖了聲，「這妳就誤會老大了，iPad 是徐成禮拿的，老大又不知道，再說妳說他那性子，跟人非親非故的，拿人東西好意思嗎？所以後來他把買 iPad 的錢轉給應茵茵了啊，這錢還是我轉的呢，老大當時沒錢，發了薪水才還我。」

說到這，尤智插了句嘴：「還好我跟老大當初沒受她迷惑，我怎麼覺得這女人有點恐怖呢。」

高冷：「女人都恐怖，越漂亮的女人越恐怖。」

張駿：「不啊，我覺得我們組長就很可愛啊。」

向園聽完高冷說的，有點失神，這時被張駿點名，才恍恍惚惚找回自己的思緒，大大方方咧嘴一笑，跟張駿一碰杯，糾正他：「謝謝，我更喜歡別人誇我漂亮。」

對直男來說，這兩者有什麼區別嗎？

張駿懵懵懂懂記下。

桌上還剩下一杯沒開封的，向園隨口問了句：「還有人沒拿嗎？」

「老大，剛書姐來叫他出去了。」

「哦。」向園悻悻坐下。

徐燕時跟陳書在公司頂樓抽菸。

其實是陳書在抽，她遞了一根給徐燕時，不過人沒接，靠著欄杆，手揣在口袋裡紋絲不動：「算了吧。」

陳書了然，插回菸盒裡，開門見山地說：「既然你回來了，我剛剛跟黃啟明約了今晚，向園那邊你說好了沒？」

頂樓風大，一眼望出去，新舊樓交疊林立，有的高聳入雲，有的低矮連地，羅盤錯綜。另一側是一片建築工地、空曠的工廠曠地，空闊，了無人跡，視野開闊。中間被一條潺潺流水、靜謐如煙的河流隔開，像是兩個世界。

一個荒蕪人煙，一個煙火人間。

徐燕時收回目光，低「嗯」了聲。

陳書轉過身，靠著欄杆，吞雲吐霧，「向園的性子還要磨磨，她這麼鬧騰可不行，應茵茵是蠢，她欺負欺負她就算了，要是真惹上像黃啟明這種人，她會吃虧的。」

徐燕時抵著背，視線微微側開，笑了下說：「她就是有點鬧。」

「所以我讓她今晚跟著你，好好學，」陳書忽然正色，「我很喜歡她，也很喜歡她身上那種熱烈樂觀積極的態度，你知道嗎，我看見她，總感覺看見了剛入職場的自己。」

徐燕時低著頭，雙手抄在口袋裡，一言不發。

陳書卻毫不遮掩地說：「這樣的女孩子，是不是特別容易讓人產生保護欲？高冷說你聽見她哭了，就馬不停蹄機票改簽回來了，怎麼了，走下神壇，動凡心了？」

徐燕時低頭忽笑，「我早就不在神壇了。」

「行，」陳書點頭，她把菸熄了，眼神突然有點惆悵，看著不遠處的護城河，「她什麼都很好的，真的，她身上那種與生俱來的貴氣和由內而外散發的自信，是一般女孩子完全及不上的，她的父母一定很愛她，才會把她培養得這麼優秀、這麼招人喜歡。但是，這有用嗎？客戶會因為她的優秀把合約簽了嗎？黃啟明今晚點名要她道歉。這是最後一次機會。我醜話說在前面，就算今晚黃啟明按頭要她擦鞋道歉，你也得給我忍了。」

徐燕時不說話。

陳書又補充道：「實在不行，你還是別去了，反正你也不怎麼喝酒，我怕黃啟明到時候一看你不喝酒又來氣，今晚恐怕就沒那麼好脫身了。」

「不用。」

徐燕時轉身走了。

五點，下班，撞鐘狂鳴。

陳書跟她用訊息提過，向園知道今晚還得應付那個黃總，她的頭有點疼，因為陳書說今晚可能有點麻煩，李總和陳珊都對這個單子耳提面命的，讓她今晚絕對不能出問題。

向園平心靜氣地坐在位子上想了一下，她確實該跟黃總道個歉。

所以一口就應下了，轉頭瞧見徐燕時也沒走，八成是今晚也被陳書留下了？他還真的要陪她去啊？

他會喝酒嗎？

正想著，陳書來敲門了，「兩位，走了，車在樓下。」

向園站起來剛要去拿包，陳書機靈地說：「包別拿了。」

向園聽話地沒拿，等上了車，陳書才跟她解釋：「出去跟客戶應酬，別拿包，帶上手機就行，妳要保持一種隨時要回公司加班的狀態，這樣人家才不會拚命對妳灌酒，也可以給客戶塑造一種你們很努力刻苦的精神，另外如果情況不對，還可以用這個理由提早結束這煩人的應酬。一箭三雕。」

徐燕時坐在後排，全程一言不發地看著窗外，眼看著向園這傻子被陳書唬得一愣一愣。

他冷淡地拆穿：「是想著等一下回去打卡吧？」

「應酬也是加班啊，我要讓上司看看我這一年四季加多少班，」陳書跟向園傳授經驗，「其實妳別看那些心靈雞湯，什麼所謂的只要妳在背後默默努力，上司一定會看見的，狗屁！上司根本看不見，只會看見在他跟前拍馬屁的，努力工作是根本，適當的在上司面前增加曝光度，才能在職場生存。妳別跟徐燕時學，他加班加到一、兩點也都是準時打卡，所以他的出勤記錄永遠工工整整，上面對他根本沒有印象，很現實的。」

向園受教，也確實覺得陳書說的有道理，不然為什麼陳書現在已經是副經理了，而徐燕時還是組長。

車子平穩地跟隨馬路上的車流，餐廳距離公司不遠，轉了個彎就看見了。

陳書下車前，又語重心長地叮囑了句：「還有，在職場適當的忍耐和委屈都是必然的，不能夠太隨心所欲。在公司裡跟同事鬧鬧，大家都睜隻眼閉隻眼，但是在外面，小脾氣要適當收一收。除非當妳擁有足夠的資本，說白了，就算是東和集團的總裁來了，妳也要給客戶讓三分臉色。像妳上次那種情況，黃總還願意跟妳吃飯，就是看在妳是小女生，不想跟妳計較。」

飯局上的氣氛，說壞不壞，說好也不好。

黃啟明這隻老狐狸從進門起就沒理過向園，全程在跟陳書吹牛拍馬，當然吹他自己，拍的也是他自己。滿嘴黃牙，隔著老遠，向園都聞到一股發餿的韭菜味從他嘴裡源源不斷地冒出來。

一間包廂七、八個人，以黃啟明為中心右手邊坐著是他的兩個美女祕書、公司兩位男財務，左手邊是陳書、徐燕時、向園，一個圓桌環過來。

黃啟明渾厚的聲音在窄小的包廂裡遊蕩。

「整個前裝市場，包括我之前談的幾個前裝廠商，除了我手裡線下的，大部分都在裁員，今年經濟形勢不好，陳經理妳也知道，我手裡幾家的資金背景比一般廠商雄厚，而且，妳也知道韋德系統商用占比不高，很多廠家不願意裝，GPS的商用幾乎百分百覆蓋，大家都是賺錢，當然選擇最簡單的一種了。我也不是不相信你們公司，現在市場行情一年不如一年了……」

說白了，吹噓一堆，最後還是要讓他們讓利。

陳書笑呵呵：「不著急不著急，這樣，讓我們向組長敬您一杯，之前的事，小丫頭真的喝多了，黃總，您不會還在生氣吧？」

陳書朝向園使眼色，向園剛端起酒杯：「黃總——」

黃啟明打斷，沒理她，而是看著陳書說，笑著露出一口黃牙，明顯刁難：「我混了這麼多年酒場，一個人是不是喝醉，我能看不出來？陳經理，妳也別太護著小女生了，不懂事的我見過不少，長得漂亮的我也見過不少。向組長，屬於既漂亮又不懂事這掛，這樣的小女孩，真的要好好管管，得罪我們這種小市民就算了，萬一以後得罪哪位長官，你們公司才麻煩是不是？」

說完，他又看著徐燕時，主動搭了話：「徐組長，是吧？」

徐燕時一直一副不冷不熱的表情，被人點名，側頭看了自己身邊的向園一眼，那冷淡的眼神忽然變得溫柔而深邃，陪黃啟明了應酬過這麼多次的祕書也不是第一次見徐燕時了，什麼時候見他露出過這種表情，永遠一副冷冰冰的樣子，連加個好友都不肯。

然而，更讓她們想不到的是，這樣一個高冷的男人，卻說出了一句讓她們跌破眼鏡的話。

徐燕時側頭看著向園，那往日清高、冷靜的眼神裡忽而流露出一種男人在風月場上開玩笑時才會露出的風流神氣，連陳書都沒見過他這種吊兒郎當的痞相。

男人懶散地靠著，眼神直勾勾地看著向園，那曖昧不明、半開玩笑的話卻是跟黃啟明說的——

「被這麼漂亮的女人維護，得罪誰都不麻煩。」

其實這種風月場上，男人間的調笑話，向園過去聽過不少。

男人大都流氓，幾杯薄酒下去，話題尺度就大了，言談間離不開美女、黃色笑話。向園不喜這樣的男人，總覺得有些猥瑣，不過她大多都不當一回事，內心翻了個白眼當是回敬了也不會當面拂人面子。

可這話從徐燕時的嘴邊說出來，她卻不反感，甚至心跳又開始不由自主地劇烈加快。

他喝了酒，外套脫了掛在一旁，穿著白襯衫靠在椅子上，領子難得地解了釦子，鬆散地敞著，露出清晰乾淨的喉結，平日裡，那清冷不染一絲雜質的清澈眼神裡，此刻正透著那麼一點玩世不恭。

渾身上下，竟有股說不出的痞氣。

是她沒見過的男人模樣。

包廂雅致，牆角立著一座一公尺高的古樸落地燈，散發著淡白的光暈。一桌殘羹冷炙沒什麼人吃，黃啟明不動筷子，兩位祕書也不敢動，陳書這邊三人更沒什麼胃口。

黃啟明哪見過徐燕時這模樣，以前哪次喝酒不是冷冷冰冰地坐在一邊，除非問些技術問題，也不怎麼搭話，今晚破天荒接他的流氓話，這話接的，不知道的，還以為他是個情場浪子。

黃啟明笑笑，雙臂交疊擱在桌上，眼神精詐地示意祕書給徐燕時倒酒。

「徐組長是高手，長得帥的男人，還這麼會說話，在場的美女要小心了。」

徐燕時靠在椅子上，對面女祕書越過半個桌子幫他倒酒，人微微下傾時，胸前風光大露，那曲線飽滿溝壑深陷引人遐想，連向園都自愧不如，這料，確實足。

徐燕時單手扶著杯子，微垂地眼神只盯著自己的杯子，酒停，他說了聲謝謝，目光沒往人身上看一眼。

拇指在杯壁口輕輕摩挲，這才笑著接了黃啟明的話。

「那比不上黃總。」

聽起來是謙虛，暗戳戳又把人損了一通。

黃啟明舉杯，「既然這樣，徐組長是不是也該英雄救美一次了？以前怎麼勸你酒都不肯喝，今晚，這杯酒要是不喝，向組長是不是該傷心了？」

「當然。」徐燕時很俐落地乾了一杯，然後漫不經心地一邊鬆襯衫領子下的第二顆扣子，一邊垂著眼幫自己倒酒，倒好後，整個人懶洋洋地靠在座椅上，開始滿嘴跑火車——

「今晚喝多少都行，只要你別再把人弄哭了，我回去不好哄。」

黃啟明看了一旁沉默的向園一眼，不信，「向組長可不像是會哭的人吶。」

連陳書都震驚徐燕時這倒打一耙、甩鍋還甩得一本正經的功力。

徐燕時要是出手，恐怕真的沒什麼女人能抗住。

更別說今晚這流氓相。

「不信你問陳經理，」徐燕時臉不紅心不跳地看了陳書一眼，「闖了禍來找我，哭哭啼啼說要辭職，怕上司責罰。剛出來工作，女孩子膽子小，不懂事，酒量也一般，確實喝多了，她以前有次喝多了，在大馬路上對著跟電線杆哐噹跪下去。」

黃啟明好奇：「跪下去幹什麼？」

這事是真的，封俊成年禮，一群稚氣未脫的大男孩耐不住對成年世界的探索，開了幾箱酒。氣氛熱烈，向園第一次喝酒，自己一開場就囫圇灌了小半杯白的下去，結果一見大家都在灌封俊，她就急了，拚命幫封俊擋酒。

沒幾杯下肚，就醉了。

回家路上，天黑沉沉，小女孩忽然一個撲通跪下了。

所有人都有點醉醺醺的，直愣愣地回頭，就看見昏弱的巷子口，向園跟跪靈牌似的跪在地上，驚天地泣鬼神地對著電線杆子叫了三聲：「爸爸！」

「你怎麼又被媽媽罰站了啊！」

當場所有人笑瘋，笑到在地上打滾。

徐燕時說完，包廂也忽然爆發出一陣笑聲。

向園眼神幽怨地白了他一眼，小聲在他耳邊嘀咕，淹沒在此起彼伏的笑聲，「你怎麼連這種事都記得這麼清楚啊……記性是有多好。」

卻不料，徐燕時還是聽見了，轉過頭看了她一眼，笑了下沒說話。

黃啟明讓服務生又上了一箱酒，陳書一見陣仗不對，剛要說話，被黃啟明搶了話頭，矛頭直指徐燕時：「我不喜歡跟小女生計較，那我們也打開天窗說亮話，徐組長跟我吃了這麼多次飯，從來沒見你主動跟我們敬過酒，說實話，我也很討厭酒桌上勸酒的人，但是我更討厭那種能喝卻端著不喝，一副不食人間煙火的模樣，跟這樣的人做生意，掃興。」

陳書一直覺得自己想得沒錯，黃啟明的重點根本不在向園，他對小女生的寬容度很高，對漂亮的小女生寬容度更高。顯然，他更想從徐燕時這種各方面跟他反著來的優秀男人身上贏得一些快感。

徐燕時從進門到現在一口菜沒吃，挺隨意地夾了點青菜墊肚子，說：「從誰開始敬？」

黃啟明明顯是要落徐燕時的面子，敬黃啟明就算了，哪能這麼一圈圈敬。

誰料，黃啟明又說：「敬五圈。」

徐燕時挑眉，很淡定：「好。」

向園剛要說話，陳書眼神示意她閉嘴，手機在口袋裡一震，是陳書傳的。

『黃啟明就是要妳知道，妳越幫徐燕時說話，他能越為難徐燕時，他現在手裡還拽著我們的合約，徐燕時忍了這麼多年，妳別添亂了，乖乖坐著，等他把事情解決。』

黃啟明說的五圈，是包括向園和陳書。

坐在這的，基本上都是酒鬼，包括向園也是，她自高中那次之後就開始訓練自己的酒量，絕對不讓自己喝醉幹蠢事。現在她的酒量一般人探不出來。

五圈，相當於這裡的每個人要喝五杯，對這幾個人是小菜一疊，但徐燕時，一個不怎麼喝酒的人來說，五圈，不知道能撐到第幾圈。

敬到向園這的時候，她遲遲不肯舉杯，徐燕時卻笑了下，「還記得那天晚上在陽臺說的話嗎？」

「什麼？」

「重新開始。」

話音剛落，他快速碰了下她的杯子，一飲而盡。

她腦海中忽然浮現出那晚上兩人靠著欄杆的畫面，酒杯輕輕一撞。

她的笑容綻放在黑夜裡，眼神全是對未來的期盼和熱烈，然後興致勃勃地告訴他，「我是技術部二組組長，向園。」

他不屑，罵了句無聊，緊跟著又猝不及防地碰了下她的杯子，言簡意賅地介紹自己：「徐燕時。」

所以今晚，是他要跟她重新開始了？

徐燕時顯然酒量不錯，他喝酒不上臉，反而越喝越白。敬到第三圈，黃啟明放下酒杯：「今晚真是大開眼界，我以為徐組長撐不過第二圈，酒量很不錯嘛？」

他緩了一下，笑笑放下酒杯，往後靠，襯衫領子又不知道什麼時候扣上了，模樣比剛才看起來清冷了些，嘴裡還在開著玩笑，「酒量一般，但在女孩子面前，是男人都不想認輸吧？」

說完，他又幫自己滿上，眼神盯著酒杯，拇指在杯口輕撫，其實有點醉了。

「我去一下洗手間。」向園忽然站起來。

徐燕時下意識瞥了她一眼，看著她出了包廂門，目光淡淡收回，開始敬第四輪。

等她再回來的時候，已經第五圈了。

黃啟明也喝醉了，開始講葷段子了，「我教妳們一個挑男人的方法，大不大，看鼻子，鼻子大的，肯定大，那種鼻子很挺，又秀氣的，基本都是小。」

徐燕時則整個人冷淡地坐在一旁，連襯衫的袖口都解了，鬆鬆散散地捲在手臂上，低頭剝花生，嘴角邊勾著淡淡的笑意。

其中一個長髮波浪造型的女祕聽完黃啟明說的，眼神直勾勾地看向一旁的他，從頭到腳把徐燕時赤裸裸地掃了遍，滿心滿眼都寫滿了興趣：「大小有什麼用，要看持久力。」

黃啟明：「那妳問問徐組長多持久？」

徐燕時笑了一下，漫不經心把花生丟進嘴裡，拍掉手上的碎屑，倒也真答了：「還可以。」

敬完五圈，徐燕時還屹立不倒，模樣也還清醒，黃啟明舉了舉酒杯，裝模做樣地點點頭：「行，這事揭了，我們徐組長今晚總算做了回男人，不用女人幫他擋酒了。合約我明早讓小琴送過去，但是說好的三個點，不能再讓了。」

十點，一行人稀稀拉拉地出了酒店，陳書把黃啟明送上保姆車。

向園跟徐燕時已經在車上等了。

兩人一前一後坐著，占著靠窗的位子，徐燕時的酒勁上來，他現在有點昏昏沉沉，拉著大衣的背帽蓋在腦門上，遮了他半張臉，只露出冷硬的下顎線，闔著眼醒酒。

向園一言不發地看著窗外。

兩人都沒說話，沒多久，車燈瞬間驟亮，陳書回來了，一邊上車一邊把黃啟明祖宗十八代都罵了個遍，徐燕時被吵醒，擰了擰眉心，用手背擋了下眼睛遮光。

陳書在他身邊坐下，從包裡掏出解酒藥遞過去：「先把這個吃了，我讓司機送我們回公司。」

徐燕時沒接，抻著氣，聲音低沉沙啞：「吃過了。」

陳書一愣，把藥塞進包裡，「什麼時候吃的？」

他仍是用手背擋著眼睛：「飯前。」

陳書恍然大悟：「你早就打算了？」

「向園感冒。」徐燕時說。

陳書意味深長地看了他一眼，倒也沒多問，直接說：「我先送你們回公司打卡？再送你們回去？」

「先回公司吧，我們還要加班。」

「喝成這樣還加班？」陳書驚詫地看著他，「你們技術部最近這麼忙？」

最近是挺忙的，老慶的比賽下週就要交初稿了，新產品在下個月又即將發表，其實手裡頭事情特別多，徐燕時是真的打算留下來把老慶剛剛傳給他的初版修改一下的。

陳書打完卡就走了，整個公司裡空蕩蕩，只有樓梯間亮著一盞微弱的燈，整個技術部辦公室只剩下他們兩個人，向園只開了自己的檯燈。

她坐在自己的座位上，透著會議室的百葉窗縫隙，看徐燕時一個人在裡面坐了半晌，外套脫了，襯衫領子、袖口全都解了，非常鬆散。

他從來都是規規整整，釦子從頭到腳扣得一絲不苟，非常清冷禁欲。

今晚這模樣，完全是喝多了，但是卻又莫名得比平時還吸引人。

「叮咚」一聲響過。

她的手機微震，下意識低頭，螢幕上赫然躺著他的訊息。

xys：『想不想看星星？』

向園倏然一回頭，撞進了一雙深邃包含笑意的眼神裡，百葉窗裡，他不知什麼時候站了起來，似站似坐地靠在桌子上，雙手環抱在胸前。

他看了她一下子，又低下頭去，襯衫半捲在手臂上，手臂清瘦有力，一隻手改而抄進口袋裡，另隻手單手飛快地劈里啪啦一通按。

靜謐昏暗的辦公室，向園手機又「叮咚」一聲響起。

xys：『算了，今晚喝多了。』

玩什麼欲擒故縱？向園想。

向園轉身走了，徐燕時笑了下，倒也不意外。跟一個喝醉的男人看星星，鬼知道那男人心裡想什麼。

西安近幾年霧霾全國第三，別說看星星，月亮那麼大個都看得若隱若現的。

但溧州這邊還好，整個市霧霾指數沒其他市嚴重，霧霾指數良好至輕度左右。附近的鎮上有個牧場，是個觀星絕佳聖地，每年都有無數遊客從四面八方趕來看流星雨，七、八月是最應接不暇的季節。

今晚的指數，徐燕時剛才查了，良好。

不過有點可惜。

這樣的星空，不知道要多久後才能看見了。

五分鐘後，向園又回來了，手上多了杯水。

她推開會議室的門進去的時候，徐燕時還是剛才那模樣，鬆鬆垮垮地散著袖口、領口，旁邊平時他坐的位子上擺著一臺電腦，他側靠著桌沿，手指壓在電源鍵上，似乎準備關電腦。聽見動響，他手一頓，沒按下去，本來半搭著桌子的人索性坐了下去，手機放在桌上，好整以暇地抄著口袋，眼神愜意地看著她。

向園走到他面前，把手上的水遞過去。

他低頭看一眼。

向園說：「喝了會舒服點。」

徐燕時接過，手指驟然相觸，冰涼的指尖激得向園頭皮一麻，倏然收回手，叮囑了一句：「你以後別喝酒了，你喝酒不上臉，說明體內沒有酒精脫氫酶，酒精就要靠肝臟去分解，會死人的。」

酒精脫氫酶？

徐燕時失笑，端著水杯低頭盯著她的眼睛，向園沒看他，始終盯著別處。

終究還是沒駁她，挺給面子邊喝水，邊點點頭低「嗯」了聲。

那水入口有點澀，潤過喉嚨的時候，酸味瀰漫，他不由得擰了擰眉，「這什麼？」

「白糖加水和醋，比解酒藥有用，我爸喝多了都是用這個，」向園如實告訴他配料，「不過沒找到醋，我就用檸檬代替了，應該差不多吧。」她有點不確定地說。

「哪來的檸檬？」

向園指了指身後，「施天佑桌上的。」

下一秒，徐燕時把杯子放下，他本來不想吐的，現在胃裡開始有點翻江倒海，他有些無奈地揉了揉眉間的鼻梁骨，平復心情，但那感覺就像脫了匣的猛虎，在他胃裡天翻地覆地上躥下跳。

向園看他臉色不對，心下也是一緊，「怎麼了？」

整個技術部都知道，施天佑是個連水杯都懶得洗的人，吃不完的水果爛了也不肯丟。有次高冷不知道，吃了一口橘子，那餿味……這輩子不敢碰施天佑的東西。

「沒事。」徐燕時怕她自責，克制地忍了忍。

向園：「後勁上來了？想吐？」

「有點。」

男人清俊的臉微白，耳朵微微泛紅，向園在那一瞬間想，他喝酒是上耳朵呀。不等她多想，徐燕時彎下腰，雙手撐著膝蓋，試圖緩解胃部那逆流而上的翻湧。

向園盯著他緊繃的襯衫，後脊背肩部線條勾勒清晰，幾乎能看見他肌理分明的男性軀體。

「我陪你去廁所？」她下意識說。

徐燕時抬頭看她一眼，似乎是笑了下，微微側開頭，一隻手按在胃部，一隻手虛握著拳頭堵了下嘴，聲音恢復平日裡的清淡：「不用，妳在這等我一下。」

廁所門被人推開。

徐燕時吐了個底朝天，胃裡有一陣沒一陣地冒著酸味，他伏著，對著馬桶，一隻手去鎖隔間門。

向園沒跟進去，站在門口等，聽著裡面的那接二連三、掏心又掏肺的吐法。

她心裡一酸，彷彿吃了檸檬的是她。下一秒，她想起陳書說的話。

向園點了根菸，靠在廁所門口抽。

昏暗的走廊，隔著一道廁所門，一個仰頭抽菸，一個彎腰吐酒。

她靠著牆，尼古丁的味道在舌尖、鼻尖瀰漫亂竄，她沒什麼菸癮，有時候大家分菸，她會一起抽一根，自己私底下倒不會想到要抽，除非特別心煩意亂，或者自責愧疚的情緒無法疏解的時候。

比如現在。

她挺愧疚的。

霧白的煙在空中彌散，光線昏暗的走廊盡頭，像是雲霧深處，一個人影筆挺地戳在那，陷入回憶。

其實她高中最先喜歡的人，是他。

那年盛夏，她剛入學就聽身邊的同學頻繁提起徐燕時這個名字，後來在校園裡、樓梯間、大教室，各個角落裡碰見，她就忍不住多留意了兩眼，怎麼說呢，就是很對胃口，不管長相、身材，還是氣質、包括跟人說話時那股冷淡勁。

恰巧，又是個學霸。

向園呢，這個人從小就有點叛逆，自己是個學渣，就喜歡那種看不起任何人的高嶺之花，有種拉人下馬、走下神壇的刺激感。

她追人從來不直白地說我喜歡你，或者寫表白情書這種老套路。她大多都是以調戲為主，曖昧升級了，適當拉扯一下距離，保持美感，大多男生最後都會忍不住主動先表白。這招還挺屢試不爽的。

但徐燕時是唯一一個她忍不住，主動先說出口，還被拒絕的。

而且，還是當著鍾靈的面拒絕的，這是她最耿耿於懷的一點。

鍾老師是她們的英語老師，向園英語爛，假日跟幾個同學在鍾老師家補課。徐燕時偶爾會去，不過他不是去補課，鍾老師這人貪小便宜，又想賺錢，自己又懶，有時候會讓班上成績好的學生過來幫忙補習。

徐燕時英語全校第一，常常被人抓壯丁。

那陣子她其實有點吃醋，徐燕時總去鍾老師家，幫鍾靈補課。

他們那時其實還沒升級曖昧呢，向園是第一次追一個男生追了這麼久，對方絲毫沒反應，她也有點疲憊了，在鍾靈家樓下，她把人攔住，抱怨一番後，她忽然跟泄了氣似的，有點懨懨地說：「我有點追不動你了，徐燕時。」

徐燕時一臉平靜地說：「那就別追了。」

鍾靈剛好從裡頭追出來，送徐燕時忘記的錢包。

兩人話還沒說完，鍾靈明明什麼都聽到了，還裝作一臉無辜的模樣，悄生生地把手遞過來，「徐神，你的錢包。」

隨後故作驚訝地看看向園，又看看徐燕時：「你們在說什麼呀。」

那年是冬天，北京下了三場雪，路燈下全是飛舞的雪花，在空中不知疲倦地打著旋，在燈光下，閃著晶瑩剔透的亮光，向園覺得刺眼，她第一次覺得傷心，寒意入侵，她混身上下的血液似乎都停了。

她閉了閉眼，「好，再見。」

她說完，繞過這兩人直接走了。

她嫌自己走得慢，快速走了兩步，又跑了起來，不過還是聽見身後鍾靈幸災樂禍的說話聲。

「你拒絕她啦？」

「好可惜。她那麼漂亮。」

「不過你那麼聰明，你以後的女朋友肯定比她漂亮。」

她好像聽見徐燕時回了一句：「謝謝。」

向園這個人，還是很拿得起放得下的。她奶奶從小就告訴她——很多女孩都有初戀情結，認為在自己情竇初開的年紀，遇上的第一個心動的男生，一定是這輩子都無法再遇到的人。甚至還有鍾情情節，喜歡一個人一定要很長長久久，那才是愛情。這其實都是這個社會賦予我們女孩子的道德枷鎖。妳這一生可以喜歡很多人，甚至會因為一個動作，一句話愛上這個人，這並不是什麼花心的表現。只要妳在每段感情上都是真摯且認真，不做出傷害對方的行為，何樂而不為？有故事、且情感細膩的女人，才最有女人味。

所以向園在被徐燕時拒絕之後，她也只是傷心了一陣子，很快就滿血復活了。正巧，那時候班裡轉來轉學生，兩人很快打得火熱。那男生是個小痞子，成績也不好，表白的時候全校轟動，差點被請家長。

自那之後，她就很少想起徐燕時了。

直到這次重逢，她本來以為自己挺心如止水的，但沒想到，過去吸引自己的男人，到現在來看更有魅力。

以前年少不懂事，毫不掩藏自己的心緒，就算是天上的星星，只要她喜歡，她也要設法摘來。

但現在，她沒了年少時那股天不怕地不怕的衝勁，顧慮多了，也更是因為以前的經歷，對他望而卻步。甚至不覺得徐燕時會在這麼短時間裡喜歡上她。她非常慶幸，那晚在北京，徐燕時那句「都這個年紀了，喜歡有什麼用」把她一棍子打醒，不然，趁著那晚的氣氛，她甚至都不知道自己頭腦一發熱能說出什麼話。

少女心、曖昧和心動在頃刻間灰飛煙滅。剎那，所有的理智和清醒重回大腦。

她因為父母的原因，從小算是不婚主義。加上這幾年，老爺子總是不斷灌輸集團利益高於個人利益給她。國家利益高於集團利益。必要時要為了集團利益犧牲個人利益，又或者國家利益高於一切。

管你是集團利益、個人利益呢，反正她是打定主意不結婚了，一直做個精緻的小富婆，萬花叢中過片葉不沾身，風裡來雨裡去神龍見首不見尾，想談戀愛就談戀愛，想分手就分手，多自在，沒人能束住她桀驁的性子。

所以，對徐燕時也是。

維護感情最好的辦法，就是不跟他談戀愛，不然終將有一天會變成前男友……她還是會覺得遺憾。

更何況，他跟她都不再是單純無知的少年了。

在最乾淨、最純粹的年齡，他明明白白拒絕了她，又怎麼會在最複雜、最混亂的年紀愛上她呢。

頂樓風大，徐燕時沒穿外套，兩人去了樓下的大會議室封閉陽臺，又怕徐燕時再感冒了，向園完全忽視李永標平日裡貫徹到底的節儉作風，大大方方開了三臺暖氣。

軟體是個小白軟體，不懂星雲、星系、星圖的人大都能看得懂，因為很直觀，只要用手機鏡頭對著天空，就會出現相應的排布解釋，他當年也是無聊，為了弄這個軟體把星雲、星系都瞭解了一遍，還跟老慶做了一張表格，把這些都導進去。不過還沒做全，本來應該還要有個搜尋功能，他沒來得及加，今晚喝了酒，腦子很沉，不太適合工作，就想著帶她出來先看看。

誰料，向園一下子就被天空中那些五花八門的星座星系迷住了，她面朝外，倚著欄杆，拿著他的手機，目不轉睛地對著那幕沉沉的黑夜，比照著手機研究半天，眼睛愈漸發亮，驚喜地回頭看著他：「這是天狼座？好像比旁邊的都亮一點。」

她不顧他回答，又對著手機找她熟悉的星座。

獵戶座、天馬座……發現了。

「我的雙子座離月球最近欸，果然是被月亮女神照顧的星座。」

看她一臉沒見過世面的樣子，徐燕時則是愜意地靠著欄杆，低頭扣襯衫鈕子，嘴邊勾著一絲淺笑，「往左邊拉，能看見星系。」

他邊扣邊漫不經心地說：「火星、木星，什麼的。」

向園沒拉動，她用慣蘋果手機，安卓手機的操作不是特別習慣，有點不太順手，手指在他的手機螢幕上滑了半天也沒反應，有點不耐煩了：「你這什麼破手機——」

話音未落，身旁人影一閃，男人撐著欄杆罩過來了，把她圈在底下。

向園先是聞到一陣酒味，然後是他身上淡淡的沐浴乳的味道，他的氣息無孔不入。

「手機拿高。」

聲音從她頭頂傳來。

向園整個人驟然一僵，背脊一動也不敢動，他彎著腰，一隻手撐著欄杆，另隻手在她頭頂上方輕輕滑動，炙熱的呼吸在她耳邊一起一伏。

不知是不是太安靜，還是他喝了酒的緣故，呼吸比平時重了些。

他全然不知底下的女孩在胡思亂想，調好角度，人站直，單手去扣襯衫袖口，低聲說：「看見了嗎？」

向園深吸一口氣，注意力重新回到星圖上。

半晌後，她回頭誇讚。

「居然真的有，這個真的比天文望遠鏡方便多了，而且還有解釋，你看你看，這個……土星，我怎麼看不見星環呢……」說完又轉過去。

徐燕時聞聲低頭，忍不住笑了，妳拿天文望遠鏡也看不見星環啊，腦袋瓜裡都裝什麼。於是，彎下腰準備跟她解釋解釋。

結果，向園突然回頭：「你是什麼星——」

鼻尖一痛，撲面而來的男性氣息結結實實地攏著她。

嘴唇上，溫軟相碰。

兩人瞬間愣住。

他不知道什麼時候彎下身來，視線火熱地融在一起，鼻尖輕觸，清冽炙熱的呼吸打在她臉上，此刻就像是被灌滿瓦斯的房間，在她腦中，轟然炸開！

兩人都怔怔不動地看著彼此，後面是盤布的星雲，護城河岸兩旁燈火通明，整個城市被照得五光十色。

徐燕時那平日裡清澈的雙眼，此刻卻深沉地看著她，一如一灘深井，彷彿要將她吸進去，他眼神裡的克制不可言喻，像是湖底拋下的一顆小石子，在她心底激起千層浪。

他的唇很涼，帶著酒意，牢牢地壓在她的唇上。

沒有溫度，卻很軟，向園渾身發麻，全身血液全往腦袋上衝，她憋著氣，不敢呼吸，頭昏腦脹之際，他抽身，理智重回大腦。

「向園——」他眼神裡，似乎帶了些難以言說的情緒，有些壓抑。

向園不動聲色打斷，「我懂，不用解釋。」

翌日清晨，尤智是第一個到公司的。

他精神飽滿地哼著小曲踏進技術部大門，心情愉悅地拖開自己的椅子準備坐下的時候，餘光不經意瞥見會議室的玻璃門敞著，再豎著耳朵仔細一聽，從裡頭傳來一些細碎的敲鍵盤聲，他猛然回頭，發現百葉窗裡的男人比他更早。

尤智見怪不怪，以前剛來的公司的時候，因為深夜的機房比較空，為了不會影響公司的正常數據運行，他們如果需要做軟體測試，都會在半夜做，所以那時候經常加班到四、五點，索性就不回家，洗漱用品都備一份在休息室，養一下神第二天接著上班。

不過這幾年有了徐成禮，徐燕時很少留在公司通宵了。

尤智走進去，看著對面那個摘了眼鏡、襯衫袖口大敞著，窩在椅子上對著電腦一通敲的男人，慢悠悠地拉開一旁的椅子坐下，然後打開手機遊戲，隨口問了句：「昨晚沒回去？徐成禮一個人在家？」

徐燕時對著電腦敲鍵盤，頭也不轉說：「回北京了。」

尤智驚了一下，「怎麼忽然肯走了，之前不是非要賴著你？」

徐燕時：「總要上學的。」

尤智想想也是，之前生病折騰了那麼久，現在好不容易恢復了一點，是該回去上學了。他點點頭，開了《王者榮耀》，在等待畫面，拿手揉了揉脖子瞥他一眼說：「留在這邊也不太方便，你又沒時間照顧他，整天麻煩隔壁的阿姨也不好意思。」

徐燕時「嗯」了聲，手忽然停下來，靠著椅背，隨手從邊上取了根菸出來，含在嘴裡，攏著打火機，「啪」在清晨的曦光中吸燃。

尤智遊戲開局正在挑英雄，下意識抬頭看了他一眼，這才發現電腦旁菸蒂堆成山的水晶菸灰缸，驚訝地說：「這都你一個人抽的？一個晚上？」

徐燕時沒理他，吸了一口，懶散地往後靠，手指夾著菸，隨意地敲了下鍵盤，慢慢吐了口煙。

「你失身了啊？」

尤智想想也只有這個可能，會讓他一個晚上抽這麼多菸吧？

徐燕時終於轉頭瞥了他一眼，沒回答，又不動聲色轉回去，目光盯著電腦，漫不經心用食指彈了下菸灰，勾了勾嘴角，淡聲說：「沒有。」

尤智有點心疼他，看他的模樣還挺倦，又問了幾句：「遇上煩心事了？缺錢？」

徐燕時瞥了他一眼，「你借我？」

尤智更沒錢，他的工作時間還沒徐燕時長，薪水全丟在遊戲裡了，連車都沒買，好歹徐燕時還有車有房，雖然是貸款，但怎麼也比他富有點，不過當兄弟的，老大要是真的跟他借錢，他當然把帳號賣了也會借給他啊，於是小心翼翼問了句：「你要借多少？」

徐燕時笑了下，沒接話。

那就不是錢的事了，好奇心再次被勾起來，尤智連平日裡騷操作最多的諸葛都打得不太起勁，「你到底怎麼了，又是通宵加班又是抽菸的？」

「不是加班，」徐燕時把菸熄了說，「在算帳。」

「算什麼帳？」

「什麼時候能把債還了。」他說。

「還了之後呢？」尤智低著頭接話。

「存老婆本。」

「……」尤智一愣，驚天霹靂，「你脫單了？」

「沒，還在追。」

這話著實讓尤智一驚，他出手還需要追？他曾經跟施天佑密切地討論過，如果自己是女人的話，被老大這種長得帥能力又強，但是可能家庭背景不是那麼優越的男人追，會不會拒絕。

兩人設身處地地代入了一下，紛紛表示，無法拒絕。

特別是施天佑，臉紅撲撲的，代入感特別強，尤智立馬打住，覺得這個話題不能再發展下去了。

但入公司這麼久，無數次的真心話大冒險都想問問老大對公司的女孩子有沒有想法，發現他冷靜到不能再冷靜，就連應茵茵那種算是女神級別的倒追，他都不感興趣，眼光是真的高。高冷也曾真誠地勸過他，讓他適當地降低一下眼光，畢竟經濟實力沒跟上他的帥氣，長得漂亮又有錢的，人家也不一定能看上他呀。

雖然尤智下意識在腦海裡閃過向園這個人選，但還是不確認地問了句：「誰呀？」

他沒說，默默抽了根菸。

看來是遇到瓶頸了，尤智又覺得向組長不像是那麼難追的人，難道還有別人？

公司同事陸陸續續來了，徐燕時開始扣釦子，休息室有換洗的衣服，襯衫是乾淨的，頭髮似乎是早上剛洗不久，還沒乾透，額鬢位置幾處濕漉漉的搭著，襯得他輪廓清瘦。

他扣到胸口第二顆襯衫釦子就沒再往上扣了，忽然對準備出去的尤智說了句：「李馳來了，讓他來找我。」

向園今天遲到了，大概是單身久了，昨晚只是碰了那一下，讓她精神亢奮到半夜，輾轉反側失眠到四、五點才模模糊糊瞇了一下，結果一睜眼，已經八點半了。

她慌慌張張跑到公司樓下，一陣風似的衝進電梯裡，正巧碰見陳書風風火火踩著高跟鞋從裡頭出來，陳書非常淡定地看了她一眼：「不用跑了，徐燕時幫妳請假了。」

咦？

陳書說：「我們猜妳昨晚肯定睡過頭了，他一早去李總辦公室幫妳請假了。」

謝天謝地。向園長舒了一口氣。

陳書又說：「他昨天一個晚上沒回去，今早李馳一來就把人叫辦公室去了。妳上去看著點，李馳這人有點偏激，別打起來了。」

「……」

向園還沒進技術部辦公室的大門，就已經在門口感受到了那劍拔弩張的氣氛。

以往每天這個時候，是技術部員工最展現自我的時候。比如，高冷跟施天佑雷打不動討論昨晚看的韓劇，尤智一定在上班前打遊戲，張駿則是任勞任怨、勤勤懇懇地幫各位前輩泡咖啡，林卿卿逛網拍。

結果，今天所有人都一本正經。

高冷對著電腦看月報數據，頁面一動也不動，看一下子，視線就瞟會議室那緊閉的百葉窗一眼。

施天佑在泡咖啡，張駿跟他商量能不能跟他拿一瓶太太靜心口服液。

施天佑如臨大敵，冷冷地看著他：「連你也打我的主意？」

張駿愣愣地撓頭說：「我給老大喝，我看他今天脾氣挺不好的。剛剛看尤智從裡頭出來，老大沒好氣地讓他上班少打遊戲，現在又是李馳，等一下會不會輪到我們兩個了？我怎麼覺得老大這是從北京回來後，秋後算帳……」

施天佑毫不猶豫從櫃子裡掏出一盒：「都給他了。」

尤智靠在椅子上在看書——《犯罪心理學刑偵基礎》，不過拿反了。

向園走過去，提醒他，「倒著看，是不是比較考驗邏輯的縝密？」

尤智這才醒悟，慌忙把書正過來，咳了聲，他悄悄湊過來，低聲問了句：「向組長妳遲到了。」

向園放下包，「嗯」了聲，喝了口水，隨口胡謅：「嗯，過馬路的時候順手扶了個老太太。」

尤智：「可是老大說妳生理期。」

向園的水差點沒噴出來。

其實徐燕時跟李永標說的原話是，「向園身體不舒服，早上可能晚點到。」

然而，公司女生們用生理期請假用多了，李永標下意識以為又是生理假，就說了句：「女人確實辛苦啊，我老婆生理期疼得叫一個慘，下個月員工意見，我覺得可以跟總部申請一下，給女同事們一個生理假。」

「……」

話到這，向園腦筋一轉，「砰」放下杯子，十分配合地捂著肚子坐下，看著尤智，可憐兮兮的表情：「你一說，我肚子又疼了，啊……好疼。」

「……」尤智服了，「姐，我錯了，妳別叫了，不知道的還以為我把妳怎麼了呢。」

尤智本來想詐一詐向園的，別以為老大幫她瞞著，他就不知道她睡過頭的事實，遲到就遲到，居然用這麼陰險的理由，他感覺自己很吃虧。

結果向園根本就不上道，還將計就計演上了，這女人怎麼……不按牌理出牌呢？

兩人這邊鬧得正歡，彼時，辦公室忽然傳來一聲聲嘶力竭地爆喝！

「你他媽早就看我不爽了是不是？」是李馳的聲音，緊接著他幾乎從牙縫裡擠出話，「你又比我高貴多少，你爹不欠高利貸？」

彷彿一道平地雷，歐斯底里地撕開了這個清晨的道貌岸然，暴風驟雨突然傾瀉而出，兜頭澆著他們的腦袋不由分說地潑下來。

整個技術部辦公室忽然安靜下來，空氣在一瞬間凝滯，彷彿結了冰一般，所有人都不敢動，施天佑的咖啡棒也停下來了，杯面捲了個小小的漩渦，不知疲倦的慢悠悠地轉著。餘下所有人，面面相覷，眼觀鼻鼻觀心。

聽見裡面一聲輕笑。

「你想多了，能讓我看不爽的人不多，你還不夠資格。」

他的聲音比任何時候都低沉冷然，卻也沒帶什麼憤怒的語氣，相比李馳歇斯底里的失態模樣，他顯得從容淡定多了。

也確實沒把人放進眼裡。

半晌後，裡頭傳來一聲巨響。下一秒，一個人影從裡頭衝出來。

李馳摔門而出，會議室的玻璃門被他摔得來回晃動，然而在波動的門縫裡——向園能看見裡面那個男人，正一臉冷淡地微仰著頭扣襯衫釦子。

喉結突顯，像是冬日冰刀上的尖，整個人都透著寒意。

大概是她的視線太灼熱，他扣完釦子，關上電腦，目光隨意地往這邊瞥了一眼。

自昨晚那個烏龍、沒什麼溫度的吻之後。

兩人再次對上視線，他眼神一如既往地沒什麼情緒，或許是剛跟人吵完架，男人的眉眼還帶著一點不耐煩。

視線相撞的那一瞬間，他直白地靠在椅子上看她，沒避開，空氣裡，似乎有什麼在燃燒。

直到那扇門緩緩闔上，澈底遮住他微沉的臉，闔上的前一瞬間，門縫裡的眼神還是直勾勾、毫不遮掩地看著她。

或許真的就像鍾靈說的那樣。

以後的女朋友要比向園漂亮才行，心裡大概也就梗著這樣一根刺，向園就是他心裡頭的刺。拔了疼，扎著也疼。被她這樣的女生追過，應茵茵這種顯然就很索然無味了。沒她漂亮，也沒她有趣。

在鍾靈家補課時是真的還不喜歡她，只是覺得這女生有點吵有點鬧，但他不反感。她很有分寸也不黏人，偶爾跟朋友踢球的時候她會過來送水，送完就走，朋友拿他們打趣，她也不害羞，笑咪咪地站在球場外對他比愛心，皮得不行。

那時候他也沒心思談戀愛，忙著打工賺生活費，哪有空再帶個妹子，而且他本來計畫在大學畢業前都不打算談戀愛。

其實他當時有想過，如果大學畢業她還喜歡他，他好像也覺得可以接受跟她在一起。

誰知道，向園那天在老師家樓下說追不動他了。

她好像做什麼事情都沒什麼耐心，三分鐘熱度，跟寫題目一樣，數學題如果三秒鐘不知道答案就認定這道題自己不會做，英語單字永遠停留在第一頁的「abandon」，永遠都是半途而廢。

他想說妳別追了，先好好升學考吧，剩下的事情以後再說。

但是被突然出現的鍾靈打斷了。

再然後，就聽說她跟剛來的轉學生戀愛了，開始頻繁地換男朋友。

徐燕時那陣子澈底把向園拉入自己的黑名單——感情不專。

真正喜歡上她，是她跟封俊在一起之後。

徐燕時跟封俊從國中就是同學，但那時都不太熟，數學競賽的時候偶爾聽過對方的名字，封俊只有一科數學好，其他成績都很爛，在學校排名不靠前，只是光靠數學競賽拿獎進了理工大學。

他跟封俊熟悉起來，是高二的時候，那時候他已經不參加數學競賽了，封俊在競賽班沒看見他還覺得奇怪，偶爾在球社兩人會碰上，封俊第一次主動跟他搭了話，問他怎麼不去競賽班。

徐燕時那時候忙著打工賺生活費，不過他沒直說，只說不太感興趣。

封俊覺得挺可惜，本來覺得這人清高自傲，但是至少是棵競賽苗子，也是他難得能遇上的對手，結果就這麼輕飄飄地退出了，他有種獨孤求敗的感覺。本來以為徐燕時會是他保送路上最大的競爭對手，結果人家不參加了。

封俊就拍拍他的肩說，「那好吧，以後有空一起踢球吧。」

就這麼化敵為友了。

徐燕時這人不太擅長交友，身邊來來去去也就那麼幾個人，但封俊這中二少年還是一腔赤誠地想跟他交朋友，偶爾還會拿一些競賽題跟他一起討論，徐燕時雖然不參加競賽，看到難題還是會忍不住跟他分享一下心得。

一來二去，封俊就成為了他高中最好的朋友。

然而他沒想到，這個最好的朋友，在高二下學期，忽然有了女朋友。還是曾經追過他的。

那時向園應該也是真的喜歡封俊，捨不得別人說一句，封俊曾經差點為了她放棄數學競賽，兩人天天蹺課去網咖打遊戲。

徐燕時那時覺得，向園可能在氣他。

結果，看見小樹林裡兩人像熱戀情侶一般的青澀地親吻，他才覺得自己是個笑話。

他照常跟朋友踢球，她照常站在場外拎著衣服和送水，不過對象已經換成了封俊，他才意識到，人家是真的不喜歡他了。

他心理陰暗，甚至想偷偷檢舉這兩個人。

結果，那陣子封俊忽然迷上了打網遊，不肯陪向園打勁舞團了，就拜託他讓他上自己的帳號，陪向園打勁舞團。

向園追過徐燕時這件事，徐燕時不知道封俊知道不知道，但以封俊的情商，就算知道他也會裝作不知道。

所以高二那整個暑假的勁舞團、CS都是他陪向園打的。

封俊那陣子沉迷打《夢幻西遊》，向園一傳訊息讓他上線，封俊就打電話給他。

他在附近找個地方上網。

向園打遊戲其實挺笨的，打CS完全找不到方位，方向感特別差，有時候面對面打的時候，向園躲在牆角，封俊讓她別老是躲著，頭探出去看看，向園自己的腦袋探出去了，遊戲裡的人一動也不動，還一本正經地說：「看不到啊。」

封俊直接無語。

跳勁舞團也是，節奏感很差，踩不到節拍點。

但是嘴巴特甜，很會拍馬屁，動不動就「你真棒」、「你真厲害」。

徐燕時從來都不回。

直到有一次，打完CS，她忽然傳了訊息過來。

『你打遊戲真的好厲害啊！』

他照舊不回，準備下了，打了個電話給封俊想說打完了。

誰知道，對面的對話又跳出來。

『老公？你怎麼又不回我？最近怎麼這麼冷漠？』

他手裡還攥著電話，封俊一直在電話那頭問他怎麼了，他愣了很久，說了句，沒事。

然後敲下鍵盤。

『在。』

向園：『你終於回我了！』

『還玩嗎？』

『玩，但是我想跟你視訊。』

他回：『沒穿衣服，不太方便。』

『好吧，』她遺憾地傳了一則，又隨口地跟他抱怨，『真討厭，剛剛爺爺接到班導電話，肯定又是鍾靈告的狀！』

『……』

對於這種女孩子的矛盾，徐燕時還真的不太會評價，那時也是年輕，覺得男孩子在背後說些亂七八糟的挺丟臉的，就不予評價。

她總是喜歡跟他抱怨一些有的沒的，嘮嘮叨叨地像個小老太太。

暑假結束，這段關係就截止了，那時候向園在跟封俊冷戰，也不需要他陪著打遊戲了。只是偶爾他會看著電腦上遊戲裡的聊天記錄。

向園：『靠，被偷襲了。』

他：『嗯，躲我後面。』

向園：『你最近真是冷淡。』

他：『哪裡冷淡了？』

向園：『你都不叫我老婆了。』

他：『……妳又不老。』

向園被他逗笑，『你怎麼這麼可愛。』

那天在北京，向園問他這是喜歡還是不喜歡的時候，他本來就沒想那麼多，這麼多年過去了，當初那點感覺，早已經被他鎖死了，加上他跟封俊的那層關係，當時要說感情有多濃烈，倒也不至於，但是確實是跟其他人不一樣。

是他這麼多年，唯一動過心思的人。

也是在他最窮困、最落魄時最想照顧的人。

向園這樣的女孩子，是從小被封在蜜糖罐子裡長大，包括封俊偶爾的自我，和她那幾個不知道什麼東西的歷任男友，也都無條件寵著她。

雖然不知道她後來交往過什麼人，但以他的現在目前的自我認知，至少做的不能比封俊差吧。

會議室外，向園交往過的被某人認定為不知道什麼東西的歷任男友之一發了請帖給她。

這人林卿卿也認識，前陣子經常上新聞，某科技圈大佬，前個緋聞女友貌似還是個明星，她不由得有點驚訝地看著向園，「妳怎麼會認識他？」

向園胡編：「不認識，傳錯了，群發的吧。」

林卿卿才不信，「群發也要有好友啊！」

彼時，會議室門忽然被人打開，徐燕時從裡頭出來。

等人走遠，高冷一個凳子滑到林卿卿和向園中間，仰著頭跟她們八卦：「李馳這次完蛋了。」

「怎麼說？」向園低頭翻著最近的月報說。

高冷神祕兮兮地說：「李馳去年已經差點被開除了，要不是老大把他保下來，我們一直覺得李馳只是性格問題，剛剛應茵茵在小群組裡說，李馳可能有躁鬱症……這個我不知道是真的還是假的，只是應茵茵說的，她說，李馳有ＳＭ傾向。」

「……」

「……」

向園翻了個白眼，「無聊。」

高冷：「應茵茵還說，李馳手機裡有很多偷拍我們女同事的照片。」

林卿卿聽得毛骨悚然：「什麼照片？」

高冷：「偷拍照吧，什麼裙底絲襪照……」

林卿卿：「變態嗎？」

高冷：「男人都喜歡這個啊，別說李馳，妳以為老大手機裡沒小黃片啊？」

向園聽不下去，嚴肅地指著高冷的鼻子，「go out，現在，立刻，馬上。」

高冷悻悻然挪開椅子。

快下班時，向園等所有人都走了，會議室門關著，除了中午徐燕時出去了一下，之後就一直把自己關在會議室裡沒出來，李馳一下午都沒再出現過。

向園推門進去，徐燕時窩在椅子上，眉宇間有點疲倦，詫異地抬頭看了她一眼，鬆鬆懶懶地調整一下坐姿，隨後笑了下動了動滑鼠，漫不經心地說：「還以為妳不來了。」

向園放下抱在手裡的一疊文件，捋了捋包臀的裙擺，在他面前端端正正的坐好，「為什麼不來，我心裡又沒鬼。」

他沒接話。

「你的軟體做完了沒？」向園問。

「沒，把下個月新產品先做完，」徐燕時說到這，敲著鍵盤，抽空瞥了她一眼，又轉回去，「我聽陳書說，下個月新產品發表會，妳要當主持人？」

向園點頭：「有這個想法，還沒想好怎麼弄，我想弄個驚天地泣鬼神的發表會。」

「比如？」

向園歪著腦袋想了想，機靈地說：「讓高冷他們跳草裙舞？」

徐燕時笑了下，把電腦闔上，靠在椅子上看著她，「隨妳。」

向園絲毫未覺他停下來，還自顧自地說著，「這樣的話，還要準備節目，太麻煩了，不過反正高冷他們最近也沒事情做，讓他們出個節目算了，越奇葩越好，我先記下來，還有哦，這次發表會，我邀請了重量級的嘉賓，你們別給我拖後腿。」說到這，向園忽然想起來，「我後天請個假，你自己弄軟體的事，我就不陪你了。」

徐燕時：「什麼事？」

向園本想說前男友結婚，又下意識改了口，「一個朋友結婚。」

「前男友？」徐燕時看透。

「你今天跟李馳吵什麼？」向園不動聲色岔開話題，「他怎麼一個下午都沒來上班？」

徐燕時收回視線，「沒什麼。」

「高冷說李馳手機裡……有偷拍女同事的照片，我覺得我們是不是找個時間跟他談談？李馳就算家裡欠著高利貸，心理壓力大，也不能偷拍女同事，這是犯罪呀。這事是不是要跟總部彙報一下。」

「下午李總彙報過了。」他重新打開電腦，「我讓他先去看醫生了，如果真的做過，壓力大不是藉口。」

「這麼說，你知道他偷拍的事囉。」

「剛知道，」徐燕時說，「應茵茵她們在女廁所發現針孔攝影機，懷疑是他放的。所以，是前男友？」

咦，怎麼又繞回來了？

向園敗下陣來：「嗯。」

徐燕時似乎咬了下後槽牙，那深邃的眼神一如窗外的夜色，眼中的光，卻比窗外的月還亮、還透，看著她。

憋了半天，還是擠出一個字。

「行。」

笑了一下，然後裝模作樣地撓了撓眉，嘴角勾著，懶懶洋洋的。

向園太熟悉了，他以前跟人踢球的時候，憋著壞的時候，就這模樣。

科技圈大佬叫易石，創辦的意識科技，算是這幾年ＩＴ圈的新秀，背景不雄厚，但勢頭很猛。

但其實只有向園知道，這位看起來風流倜儻、英俊瀟灑的易總，其實是個小慫包，做事情非常瞻前顧後、畏首畏尾的。那時易石剛從校園畢業，也跟當代所有大學生一樣，陷入了應該創業還是工作的迷茫中，這時候遇上了向園。

向園跟易石交往的時間很短，不到一個月兩人就分手了。用易石朋友的一句話來說，手都還沒捂熱呢，你們分手了？易石也覺得快，甚至都不瞭解向園家住哪，有幾口人。向園忙著打遊戲，他忙著創業，兩人一個月見不上幾面，他覺得自己完全降不住這女生，就主動提分手了。向園答應得很爽快，也覺得易石心智不成熟，兩人還是適合做朋友，就和平分手了。但分手時，向園知道他最近融資困難，二話不說匯了個五百萬給他。讓他以後有錢再還，那口氣完全是姐姐關心弟弟。

他當時捧著這沉甸甸的五百萬銀行戶頭，站在提款機面前泣不成聲。他這是走了什麼狗屎運啊，遇上這麼一個富婆，現在不分手還來不來得及啊？

但這話也就想想，扯上經濟糾紛的感情更無法談，他當時很傲地把五百萬退回去了。過了三天後，又屁顛屁顛回來找向園，借條，利息，一分不少，當我跟妳借的。

向園笑笑，當時真的覺得易石不容易，這麼一個沒背景的男孩在北京圈裡打拼。不過易石也是她第一個毫不猶豫花錢給他的人，因為總覺得他身上那股勁似曾相識。

自那之後，易石覺得自己成了創業圈的錦鯉。融資順利，談專案也尤其順利，不過這跟向園沒關係，易石這人有一點好，長得討喜，說話也謙卑，偶爾一句冷幽默還能讓人忍俊不禁，重點是小夥子長得帥啊，加上一臉無害的國民弟弟樣，時至今日，遇上的所有甲方爸爸都對他照顧有加。

如今能躥這麼快，也跟他的性格有很大的關係，易石賺錢了也不膨脹，不太炫富，該怎麼樣還是怎樣，該追星還是追星，該交女朋友還是交女朋友，跟朋友聚餐，還是以前那樣，偶爾也會蹲在路邊抽五塊錢一包的菸，想想剛創業那段日子，時刻提醒自己不能忘本。這都是當年他武大的一個學長教他的。

那個學長大他兩屆，兩人其實不太熟，易石那陣子運氣不好，跟助教有了矛盾，助教一氣之下取消了他的單科獎學金以及全額獎學金。易石始料未及，加上那陣子窮困潦倒，連吃泡麵的錢都沒有，二十出頭的男孩子，精神恍惚地走著走著，忽然蹲在一家撞球館門口痛哭流涕。

結果就碰上那位學長。學長不認識易石，但是易石對他是久聞大名，人很高冷，易石坐在小石階上，頭埋在膝蓋裡，往旁邊挪了挪，給學長讓路。但他沒想到學長沒走，還問他哭什麼，易石就把事情解釋了一遍，最後還捎了句：「我認識您，教授上課提過您，我特地去找了您參加創業科技比賽的一些設計來看，很厲害。」

學長很酷啊，笑了下，推了下他的肩，讓他起來別蹲著了，擋人生意。

易石滿臉淚水站起來。

那位學長那天剛拿到韋德 offer，心情很不錯，難得沒去打工，在撞球館跟朋友打了一下午的撞球，還請他吃了泡麵。

那時，兩人坐在旁邊的便利商店，面前壓著兩碗紅燒牛肉麵，學長揭了蓋子，用叉子撈了兩下，低頭吃了口，告訴他：「不公平的事情太多，你要一一計較，那沒辦法活了。」

易石懵懵懂懂地問：「那你遇過嗎？」

學長一愣，把麵咬斷，抬頭深沉地看著他，「經常。」

不等他回過神，隨後又低下頭去，撈了撈麵說：「這種不公平你沒辦法自己去判斷，助教取消你的獎學金，這背後隱藏什麼誰也不知道，因為沒辦法用透明規則去判斷的東西，就不存在公平不公平。你想要的公平是建立在規則透明基礎上的，但這個世界本來就這樣，很不透明。你想要公平，那就得打破規則。」

易石發現他說的每句話，都戳中他的內心。只是他表達不出來。

其實只是那天交流了一下人生觀和價值觀，學長這樣明知生活對他不公他全都坦然接受的胸懷讓易石很受觸動，那個下午，他看著學長高大的身影衝進雨幕中，似乎天塌下來，他一個人也能撐。他久久都沒回過神。之後也沒怎麼見過面，偶爾在路上碰見，兩人會打個招呼，自從易石畢了業之後，兩人的交流就變成了逢年過節的一句問候，不過學長從來沒回過。儘管如此，他還是抱著試試看的心態，婚禮邀請了這位學長。

不知道他會不會來。

李馳否認了針孔偷拍的事，應茵茵氣不過說要報警，而作為公司管理層的角度來說，還是希望這件事暫時先不要鬧大，等事情真相查得水落石出後，再做定奪。當然也表明了態度，如果李馳真的做了違法的事情，他們也絕對不會為了公司的聲譽縱容的，但如果這是個誤會，那對公司、對個人都會造成一定程度的損失。

結果第二天下午，李馳回來了。

他自己主動報了警，說自己並沒有在女廁所安裝針孔攝影機，也沒有偷拍女同事的不雅照。徐燕時帶著一群警察去監控室查記錄，向園高冷他們留在技術部跟剩下的警察查了他所有的手機和電腦記錄，確實沒有偷拍什麼裙底絲襪照，然而卻有一張陳書的照片，也確實是偷拍的，是她在天臺抽菸的照片。

向園下意識看高冷，怕他衝動。結果後者臉色驟變，也不顧員警在場，當即一拳朝著李馳的嘴角狠狠砸下去。

「砰！」技術部一聲巨響，瞬間亂作一團，頃刻間文件如飛揚的紙屑揮灑一地，李馳被暴風驟雨般的拳風直接連人帶椅掀翻摔在地上，他一隻手撐著，擦了擦嘴角，沒有還手的意思。

風波乍起，所有人都來不及散開，向園離得最近，她穿著高跟鞋本就重心不太穩，整個人直接被李馳帶到了一旁的桌角，大腦一瞬間空白一片，眼前暈暈閃閃的，全是星星……

高冷此刻像脫了韁的野馬，完全不受控制，他不等所有人反應，陰沉著臉像條瘋狗似的撲了過去，揪著李馳的領子，將他碾碎般按在地上，聲嘶力竭地怒吼：「操你媽！你打誰的主意！」

耳邊是衝破雲霄的怒罵，向園原本被砸得七葷八素的腦袋此刻更加昏沉，模模糊糊見眼前兩道影子難解難分地扭作一團，她晃晃腦袋企圖讓意識回籠，掙扎著要起來去拉高冷，不過一旁的警察和尤智他們已經衝上去拉架了。

林卿卿這才回過神來扶她，驚呼：「天啊，組長，妳的腦袋磕破了。」

向園還是很淡定的：「有沒有更漂亮了。」

林卿卿：「妳怎麼還有心情開玩笑？」

向園笑：「沒事，扶我起來。」

徐燕時正在跟警察看這幾天的錄影，他雙手插在口袋立在兩個員警後面，目不轉睛地看著靜止不動的廁所監視器畫面。

其中一個戴眼鏡的員警問他：「你們公司女同事沒說是什麼時候發現的嗎？一天天往前排查太困難了。」

「說是這兩天發現的，應該不會差太多，」他忽然想起來，低頭問保全，「最近公司有沒有維修人員上門過？你們保全室的登記簿呢？」

員警一聽：「對對對，如果不是公司內部人員，只有維修人員作案的可能性比較大。」
保全把近一週的所有外來人員登記都翻出來。
員警一一對照，就在這時，監控室的大門忽然被人推開，是尤智，他滿頭是汗，第一次跑得這麼火急火燎，眼鏡都歪斜到一旁，火燒眉毛地對徐燕時說：「快！老大，向組長暈倒了！」
向園剛站起來，眼前就黑了，整個人軟趴趴地朝地上栽去。
她當下的第一個想法就是──原來電視劇裡都是騙人的，暈倒了不是沒有知覺的，大腦意識還在，甚至也非常清醒地知道自己在哪，只是手腳發軟，渾身無力，後背直冒冷汗，她甚至還知道第一時間把她從地上抱起來的是隔壁銷售部的一個戴眼鏡的男生，叫舒飛。
舒飛很緊張，大概是第一次抱暈倒的人，差點沒把她勒過去，後背一片涼涼的，前面皺皺巴巴一團，應該是她腰上的衣服被扯開了，光滑的腰背大裸。
如果向園此刻看見自己被人送上救護車是這副衣冠不整的模樣，可能要氣死，她有點生無可戀地想，電視劇裡果然又騙人，那些輕輕鬆鬆把女主角抱起來的男人，從來都不存在。比如現在，她已經快被人拖到地上了，全靠手腳的求生欲掛在人脖子上。
那模樣要多難看有多難看。
電梯門一打開，舒飛也被勒得臉紅脖子粗的，忽然有人從旁邊過來，「我來。」
向園聽這聲音有點耳熟，想想應該是徐燕時，舒飛很爽快地把她交過去，兩人在交接過程中，舒飛下意識說了句，「小心，有點重的。」

向園死不瞑目地說：「閉嘴，舒飛。」

徐燕時嘴角一彎，輕輕鬆鬆把人從舒飛手上接過，順手把向園後背的衣服往下一拉，澈底遮住，隨後結結實實把人打橫抱在懷裡，進了電梯。

向園迷迷糊糊間感覺後脊背沒那麼涼了，也聽見身後的人小聲的驚呼：「他真的紳士爆了。」

向園窩在他懷裡，腦袋埋在他溫熱的頸窩裡，是男人獨有的氣息，他身上永遠都帶著淡淡的沐浴露的氣息，男人頸窩處的細碎的短髮戳著她，莫名有安全感。

向園藉機占便宜，往他脖頸處又貼了貼，緊緊靠著，汲取他身上的氣息。

徐燕時低頭看她一眼，溫聲問：「醒著？」

向園在他懷裡，「嗯」了聲，在心裡默念了一句，這才是公主抱的正確打開方式啊。

她閉著眼睛，意外的舒適，心下沉穩了些，聞著他的味道，又往他脖子上貼了貼，喃喃應了句：「頭很昏，睜不開眼睛，但是我知道你是徐燕時。」

他低著頭看她，懷裡的女孩閉著眼睛，眉眼溫順，像是受傷的小貓，蜷在他懷裡，他心下一動，忍不住摟緊了些，低聲問了句：「有沒有哪裡不舒服？」

「頭暈，」她如實說，「想吐。」

等到醫院，向園真的吐了，唏哩哇啦吐得比那天徐燕時喝醉還慘。出來的時候，她已經恢復得差不多了，化驗報告一出，沒有腦震盪，只不過大腦供血不足，才會暈倒。留院觀察一晚就行了。

徐燕時去繳費，向園被安排到一個臨時三人病房。

等徐燕時回來，向園已經跟病房另外自帶削水果牌男性朋友的兩個女生混熟了，聊得熱火朝天，跟她們傳授了一下人生第一次暈倒的經歷，語言誇張地把兩個女生逗得哈哈直樂，一旁的男性朋友們削好了水果供他們的女王大人品嚐，向園看得眼饞。

就聽一旁的女生問了句：「妳男朋友嗎？」

不等她回答，徐燕時走進門，兩個女生剎時轉過頭去，直愣愣地看著這個氣質清冷的男人朝向園走過去，單手拎了張凳子，擺在她床邊：「尤智他們等一下過來，妳想吃什麼，讓他們帶上來。」

話音剛落，尤智的電話就到了。

向園接起來，很體貼地說了句：「你們隨便買點什麼水果上來就行了。」

尤智一聲好嘞，『電話給老大接一下。』

向園把電話遞過去，徐燕時接過，立在窗邊低沉地「喂」了聲。

一旁的女生見他去接電話了，湊過來孜孜不倦地問：「妳男朋友嗎？」

「不是。」

「很帥耶。」

「一般。」向園敷衍了聲。

「單身嗎？」

向園剛要說話。

一旁的男性朋友聽不過去了，「帥也跟妳沒關係，自己長什麼樣心裡沒點數？」

「呸。」

兩人你一言我一句地吵起來了。

向園怕他們再吵下去，忍不住插了句嘴，悄悄湊到那兩人耳邊說：「他單身啦，但是一直都沒交過女朋友。可能有什麼隱疾吧。」向園下意識加了句。

誰知道，徐燕時恰巧這時掛了電話，聽見了，不動聲色轉過身，一隻手抄在口袋裡，一隻手把電話丟到她面前。

還挺配合地靠在牆上，他低頭看著她，笑到不行，那笑裡，似乎還藏著一層不可言說的深意，下一秒，就聽到他道——

「這事我們兩個知道就行了。別到處說。」

「……」

——《三分野》未完待續——

高寶書版 致青春

美好故事
觸手可及

蝦皮商城同步上架中！

https://shopee.tw/gobooks.tw

高寶書版集團
gobooks.com.tw

YH 114
三分野（上）
作　　者　耳東兔子
責任編輯　吳培禎
封面設計　陳采瑩
內頁排版　賴姵均
企　　劃　何嘉雯

發 行 人　朱凱蕾
出　　版　英屬維京群島商高寶國際有限公司台灣分公司
　　　　　Global Group Holdings, Ltd.
地　　址　台北市內湖區洲子街88號3樓
網　　址　gobooks.com.tw
電　　話　(02) 27992788
電　　郵　readers@gobooks.com.tw（讀者服務部）
傳　　真　出版部(02) 27990909　行銷部 (02) 27993088
郵政劃撥　19394552
戶　　名　英屬維京群島商高寶國際有限公司台灣分公司
發　　行　英屬維京群島商高寶國際有限公司台灣分公司
初　　版　2022年11月

本著作物《三分野》，作者：耳東兔子，由北京晉江原創網絡科技有限公司授權出版。

國家圖書館出版品預行編目(CIP)資料

三分野/耳東兔子著. -- 初版. -- 臺北市：英屬維京群島商高寶國際有限公司臺灣分公司, 2022.11
冊； 公分. --

ISBN 978-986-506-590-4(上冊：平裝). --
ISBN 978-986-506-591-1(中冊：平裝). --
ISBN 978-986-506-592-8(下冊：平裝). --
ISBN 978-986-506-593-5(全套：平裝)

857.7　　111018635

凡本著作任何圖片、文字及其他內容，
未經本公司同意授權者，
均不得擅自重製、仿製或以其他方法加以侵害，
如一經查獲，必定追究到底，絕不寬貸。
版權所有　翻印必究

GOBOOKS
& SITAK
GROUP ©